T0101966

El buen padre

Santiago Díaz Cortés (Madrid, 1971), guionista de cine y de televisión con veinticinco años de carrera y cerca de seiscientos guiones escritos, publicó en 2018 su primera novela, *Talión*, que ganó en 2019 el Premio Morella Negra y el Premio Benjamín de Tudela. En 2021 vio la luz *El buen padre*, novela con la que dio inicio a la serie protagonizada por la inspectora Indira Ramos y que ha sido traducida a varios idiomas. A esta le han seguido *Las otras niñas* (2022) e *Indira* (2023), por ahora la última entrega de la serie. Asimismo, Santiago Díaz ha cultivado con éxito la literatura juvenil y obtuvo en 2021 el Premio Jaén de Narrativa Juvenil por *Taurus. Salvar la Tierra*.

SANTIAGO DÍAZ

El buen padre

DEBOLS!LLO

Papel certificado por el Forest Stewardship Council®

Primera edición en Debolsillo: febrero de 2024

Travessera de Gràcia, 47-49. 08021 Barcelona
Diseño de la cubierta: Penguin Random House Grupo Editorial
Imagen de la cubierta: © Miquel Tejedo

Printed in Spain – Impreso en España

ISBN: 978-84-663-7317-3
Depósito legal: B-21.395-2023

Impreso en Black Print CPI Ibérica
Sant Andreu de la Barca (Barcelona)

P 3 7 3 1 7 3

A Patricia

Hay cosas que deben hacerse y se hacen, pero nunca se habla de ellas. Uno no trata de justificarlas; no pueden ser justificadas. Se hacen, simplemente. Y luego se olvidan.

Mario Puzo, *El Padrino*

I

1

La calle principal de la urbanización de chalés se iluminó con el azul de las sirenas. Uno de los Zetas frenó en la rampa del garaje y el otro derrapó en el jardín de entrada, llevándose por delante un rosal y una pequeña palmera. Los cuatro agentes –tres hombres y una mujer– salieron de los coches y fueron a aporrear la puerta.

–¡Policía! ¡Abran!

Ante la ausencia de respuesta, el más veterano dio un par de pasos atrás.

–Apartaos.

–¿No deberíamos pedir una orden? –titubeó su compañero.

–No hay tiempo para eso –respondió la agente con determinación.

Después de varias patadas, la cerradura cedió y la puerta quedó abierta de par en par, con el pomo incrustado en la pared de escayola. La luz intermitente que llegaba del exterior inundó el vestíbulo.

–¡Policía! ¡¿Hay alguien en casa?!

Desenfundaron sus pistolas y entraron alumbrando con sus linternas. Nada más llegar al salón, se quedaron paralizados al descubrir una mancha de sangre en el techo. La observaron en silencio durante unos interminables segundos, presintiendo que sería una noche difícil.

–Es arriba –dijo uno de ellos, como si sus compañeros necesitasen esa información para atar cabos.

–Habría que avisar al Grupo Especial de Operaciones...

–La víctima todavía podría seguir viva –dijo el que había abierto la puerta negando con la cabeza.

Subieron por la escalera intentando recordar cuál era el protocolo en ese tipo de situaciones. Pero cuando de la teoría se pasa a la acción real, uno se olvida de todo.

Al entrar en el dormitorio, encontraron la explicación a los gritos pidiendo auxilio que había denunciado una vecina; en el suelo, boca abajo, en medio de un charco de sangre, yacía el cuerpo sin vida de Andrea Montero. Aunque todavía no había empezado a descomponerse y apenas desprendía un ligero olor metálico, bastó para que al agente más joven se le revolvieran las tripas.

–Informaré a la central –atinó a decir antes de salir a buscar un lugar donde echar la cena sin contaminar la escena del crimen.

La agente, con algo más de aguante que su compañero, le dio la vuelta al cadáver y descubrió una imagen que tardaría tiempo en borrar de su memoria: la cara era un coágulo de sangre y no se distinguían las facciones; bien podría ser una chica de veinte años o una mujer de cincuenta. Por una foto que había sobre la cómoda, dedujo que tendría unos cuarenta. Le tomó el pulso sin ninguna esperanza de encontrárselo y vio que, aparte de las al menos cinco cuchilladas en diferentes partes del cuerpo, tenía marcas defensivas en manos y brazos, y un corte en el cuello que le había seccionado la yugular y que sin duda fue lo que le causó la muerte.

–Hijos de puta –dijo apretando los dientes con rabia.

–¡Aquí! –gritó el joven agente que había salido unos segundos antes–. ¡No se mueva! ¡Las manos en la cabeza!

Sus compañeros corrieron hacia el lugar del que procedían los gritos. En medio de la habitación contigua había un hombre de mediana edad arrodillado, la típica persona que pasaría desapercibida en cualquier lugar, con rasgos demasiado comunes y cara de buena gente, alguien a quien los vecinos seguramente describirían como muy educado y agradable, incapaz de matar una mosca. Pero la primera impresión que los policías se llevaron de él decía todo lo contrario: tenía la ropa, la cara y las manos manchadas de sangre. Parecía en estado de shock, como si no comprendiera qué sucedía ni por qué habían tomado su casa. A su lado, en el suelo, había un cuchillo de trinchar ensangrentado. Uno de los agentes lo apartó de una patada al entrar en la habitación.

—¿Qué está pasando? —preguntó paseando la mirada por aquellos policías que le apuntaban con sus armas.

—¡Las manos en la cabeza, no se lo volveré a repetir!

El hombre consideró que era mejor obedecer y, en cuanto sus dedos se entrelazaron por detrás de la nuca, los agentes le cayeron encima y lo esposaron.

Al día siguiente, los informativos dirían que Andrea Montero había sido la trigésimo séptima mujer asesinada a manos de su pareja en lo que iba de año.

UN AÑO DESPUÉS

2

La inspectora de Homicidios Indira Ramos examina el vaso de zumo con detenimiento, buscando alguna marca que le haga sospechar que no está tan limpio como debería. La camarera se arma de paciencia ante una escena que se repite todos los domingos desde hace casi medio año.

–¿Qué? ¿Está a su gusto o no está a su gusto?

–El vaso lo has lavado a mano con jabón neutro, ¿verdad?

–Sí, señora... –responde harta–, igual que los cubiertos, el plato y la taza de café. ¿No cree que va siendo hora de que confíe en mí?

En lo relativo a la higiene, Indira no confía ni en la camarera ni en nadie, y eso que cuando su psicólogo le puso como ejercicio obligatorio salir a desayunar una vez a la semana, eligió esa cafetería porque es la más limpia que encontró, a pesar de que está en la otra punta de Madrid. Cuando a una le han diagnosticado un TOC (un trastorno obsesivo-compulsivo que le impide tener un comportamiento medianamente normal), cualquier precaución es poca.

–Gracias, Cristina –responde al fin.

La camarera fuerza una sonrisa y vuelve tras la barra. Indira limpia con una servilleta la tarrina de mantequilla y la abre para extenderla sobre el cruasán a la plancha. Es uno de los pocos caprichos que se permite en toda la semana y quizá no debería, pero ya le sobraban siete kilos antes de empezar con esa rutina. Debe de ser el aire lo que le engorda, porque si no, no se lo explica. Menos mal que, aparte de ese ligero sobrepeso, también tiene unas facciones lo suficientemente bonitas para permitirse ir con la cara lavada porque, como tantas otras cosas, el maquillaje le da alergia. Lo que empieza a preocuparle son las canas. A sus treinta y seis años, todavía son pocas y consigue mantenerlas a raya, aunque por si acaso, más por higiene que por moda, lleva el pelo corto. El problema llegará cuando tenga que teñirse: está convencida de que el tinte le producirá una terrible erupción cutánea.

Apenas se ha llevado el primer trozo de cruasán a la boca cuando suena su móvil. Lo ignora, pero la insistencia de su joven ayudante, Lucía Navarro, finalmente le obliga a contestar.

–¿Tú no sabes que hoy es domingo, Navarro?

–Los asesinos no entienden de festivos, jefa.

Antes de acercarse a hablar con el forense y con los de la Policía Científica, la inspectora Ramos se pasea por delante de los curiosos que se han congregado alrededor del Estanque Grande del Buen Retiro, convencida de que entre ellos está el asesino. En muchos de los libros de criminología que ha devorado a lo largo de su vida aseguran que es cierto que algunos homicidas acostumbran a volver al lugar de los hechos, que no es solo un recurso sin fundamento que utilizan con frecuencia escritores y guionistas. Hay asesinos que vuelven para comprobar que el cadáver es rescatado tal y como llevan fantaseando desde que lo depositaron en el sitio donde debe ser encontrado. A algunos les da morbo, otros simplemente quieren asegurarse de que no han cometido algún error por el que vayan a cogerlos. Lo malo es que un domingo por la mañana hay allí demasiada gente congregada y la inspectora no logra distinguir nada más incriminatorio que gestos de sorpresa, de repugnancia y de curiosidad.

Todavía está a diez metros de la cinta policial que mantiene a los domingueros alejados del cuerpo y ya siente el profundo rechazo de sus compañeros, miradas reprobatorias que la señalan como una traidora capaz de delatar a otro policía por colocar la prueba que llevaría a un hijo de puta a la cárcel. Siete meses después de aquello, el hijo de puta sigue en la calle y a la inspectora Ramos le cuesta un triunfo encontrar algo de comprensión y respeto.

Pero ¿qué le vamos a hacer? Ella ha sido así desde que nació, le viene de serie una impopular rectitud que siempre le ha causado problemas: cuando en el recreo pegaban a alguien, solo tenían que preguntarle a ella para que señalase a los culpables; cuando en el instituto un profesor se ausentaba durante un examen, solo necesitaba pedirle a Indira que vigilara. Quizá entonces se empezó a fraguar su vocación, pero nunca se sintió traidora ni chivata por denunciar a quien incumplía las reglas.

«Haber estudiado hasta las cinco de la mañana como hice yo anoche y no tendrías que copiar, gilipollas.»

Esa integridad y sus numerosas manías la alejan de ser una policía querida en su comisaría. Cuando pasa junto al agente que custodia la zona, no puede evitar fijarse en que lleva un faldón de la camisa por fuera del pantalón. Intenta morderse la lengua, pero es superior a sus fuerzas.

–Perdona, ¿podrías colocarte bien la camisa, por favor?

El agente la mira con suficiencia y, en lugar de la camisa, opta por colocarse las gafas de sol empujando el puente con su dedo anular.

La inspectora está más que acostumbrada a ese tipo de reacciones y se limita a perdonarle la vida con la mirada y a sacar de su bolso unos guantes de silicona el doble de resistentes que los que le dan en comisaría y una mascarilla FFP3 con válvula de exhalación, por lo que pueda pasar.

El forense está agachado junto a una maleta abierta. Indira llega a su lado y no puede evitar apartar la mirada al descubrir que, en su interior y rodeado de discos de pesas como los de los gimnasios, se encuentra el cuerpo de una mujer de mediana edad en una posición imposible, desnudo e hinchado grotescamente. Aunque lleva ya más de diez años en Homicidios, hay cosas a las que no consigue habituarse.

–Inspectora. –El forense saluda con un gesto de cabeza y la rutina dibujada en sus ojos, como si esa misma mañana ya se hubiera enfrentado a tres policías chivatos y a otros tres cadáveres en condiciones similares.

–¿Qué tenemos?

–Mujer de unos cuarenta y cinco años. Por el estado del cadáver diría que lleva muerta alrededor de dos semanas. Murió a causa de un disparo. –Le retira el pelo y le muestra un agujero redondo con los bordes blancos, una herida sin sangre–. Después la tiraron al fondo del estanque, seguramente esperando que nadie la encontrase hasta que volvieran a vaciarlo, pero debido a los gases la maleta ha subido a la superficie.

–¿Es que la gente ya no ve series para saber que a los cadáveres en el agua hay que abrirlos en canal si no quieres que floten?

El forense se encoge de hombros y sigue con su trabajo. La joven agente Lucía Navarro se acerca, diligente.

–Buenos días, jefa.

–Eso según para quién.

La inspectora la mira de arriba abajo, examinándola. Navarro, acostumbrada a sus excentricidades, aguanta paciente mientras piensa que menos mal que su jefa no tiene rayos X en los ojos para darse cuenta de que el sujetador y las bragas son de conjuntos distintos. Finalmente, la inspectora Ramos le quita una mota de polvo de la chaqueta y ya puede centrarse en el caso.

–¿Qué has averiguado?

–El cadáver fue hallado a primera hora de la mañana por un grupo de corredores. Al ver una maleta en la orilla, la abrieron y se encontraron el percal. No hay rastro de su documentación y tampoco tenía pulseras, cadenas o tatuajes que puedan ayudarnos a identificarla.

–Y supongo que el estado del cadáver dificultará hacerlo a partir de las huellas dactilares. Hay que comprobar las denuncias por desaparición del último mes.

–El oficial Jimeno ya está con ello.

–¿Esto tiene mucha profundidad? –pregunta la inspectora oteando el contorno del estanque.

–Medio metro en la parte que menos cubre y casi dos en la que más.

–O sea, que el asesino quería que encontrásemos a la víctima.

–O vio la oportunidad para deshacerse del cadáver y la aprovechó.

–No... –La inspectora Ramos niega con la cabeza–. Nadie con dos dedos de frente tira un muerto en un estanque tan poco profundo pretendiendo que desaparezca para siempre.

–A lo mejor es idiota.

–Puede que sí... pero para traer esa maleta hasta aquí sin que nadie te vea se necesita algo de planificación. Sabía lo que hacía y sabía que al cabo de dos semanas subiría como una boya.

–¿Entraría por la noche?

–Seguro. Hay que pedir las grabaciones del ayuntamiento y de las tiendas de los alrededores. ¿Cuál es la calle más cercana?

–O'Donnell, Menéndez Pelayo y Alfonso XII quedan más o menos a la misma distancia.

–Probablemente ya hayan borrado los vídeos después de tanto tiempo, pero pasaos por todos los comercios con vigilancia y aseguraos.

–Como es domingo, la mitad estarán cerrados.

–Pues id a los que estén abiertos.

Navarro asiente, procurando no contrariar a su maniática jefa, y se marcha a hablar con los dueños de los comercios. Un estallido seco seguido de un olor nauseabundo que atraviesa su mascarilla hace que la inspectora se vuelva hacia la maleta. La visión no puede ser más repugnante: el cadáver está expulsando por el vientre un chorro de sangre mezclada con un líquido amarillento que el forense trata de contener con las manos.

–¿Qué ha pasado? –pregunta horrorizada.

–Que los gases ya han encontrado por dónde salir –responde el forense con cara de circunstancias.

–Qué asco, por favor. No voy a poder librarme de este olor en una semana.

–Cómprate gel de café.

El hedor no tarda más que unos pocos segundos en llegar a los curiosos, que empiezan a taparse la nariz y la boca con sus prendas de ropa y a abandonar el lugar entre arcadas y toses, como cuando los miembros de la secta japonesa Verdad Suprema liberaron gas sarín en el metro de Tokio. La inspectora los observa sin perder detalle, pensando que tal vez el culpable no tenga tantos escrúpulos y quiera aguantar hasta que termine el espectáculo, pero allí no queda nadie.

–Ya sabemos cómo ahuyentar a los curiosos de la escena de un crimen –comenta el forense una vez que ha logrado contener el pestilente géiser con un tapón de gasas.

–Que el juez levante el cadáver de una vez.

La inspectora Ramos abandona el lugar oliéndose la ropa, convencida de que no hay desinfectante en el mundo que pueda quitarle ese olor de encima, y se marcha a casa a ducharse, a cambiarse y a lavarse las manos por tercera vez esa mañana hasta casi desollárselas.

3

El abogado Juan Carlos Solozábal, recién cumplidos los cuarenta, lleva dos días secuestrado, o al menos eso cree él; la débil luz que emite la bombilla del techo las veinticuatro horas le ha hecho perder por completo la noción del tiempo.

Se levanta del camastro con los músculos entumecidos tras tantas horas de inactividad y abre una de las botellas de litro y medio de agua que hay apiladas junto a una pesada puerta de metal. Nada más despertar, después de darse cuenta de que le habían drogado y trasladado a una especie de búnker de cinco metros cuadrados, sin ventanas y aislado del exterior por unos gruesos muros de hormigón ante los que de nada sirve gritar, encontró cuatro paquetes con seis botellas de agua cada uno, varias cajas con alimentos enlatados y un papel con una única palabra escrita: «Adminístrate». En ese aspecto está tranquilo, sabe que tiene más que suficiente para sobrevivir mes y medio; Juan Carlos tuvo una novia médico que siempre le repetía que no se necesita beber tanto como se dice, que mear transparente es casi tan malo como hacerlo marrón. Coge una lata de atún, tira de la anilla que retira la tapa y se queda mirando su filo, valorando si cortarse las venas y acabar con todo de una maldita vez. Está seguro de que se ahorraría muchos sufrimientos, pero su instinto de supervivencia se lo impide.

Al volver en sí, aturdido por la anestesia, pasó las primeras horas aporreando la puerta y suplicando que le dejasen salir, pero al no obtener respuesta, empezó a desesperarse. Cuando al fin le venció el agotamiento y la voz se le rompió, se miró las manos tumefactas por tanto golpe y se sentó en el catre a esperar resignado a que llegasen sus captores para machacarle. Tiene claro que, si sus sospechas sobre el motivo de su encierro son ciertas, jamás saldrá de allí con vida. Solo reza para que sea algo rápido, que no lo dejen en manos de Adriano; según le han contado, disfruta inventando nuevos métodos de tortura y se cabrea cuando sus víctimas se le mueren demasiado pronto.

Pero si algo le extraña en todo esto es haber encontrado junto a la puerta los víveres. ¿Por qué tomarse tantas molestias para mantenerlo bien alimentado cuando su vida ya no vale una mierda? Eso le hace tener la esperanza de que quizá se equivoque y no esté allí por lo que cree. Además, tampoco es normal llevar encerrado tantas horas sin que nadie lo haya visitado. Tendría sentido si pretendieran que se ablandase y empezase a temer por su integridad, pero sus supuestos captores son cualquier cosa menos sutiles.

4

Mientras espera a que llegue su equipo, la inspectora Indira Ramos lee el informe preliminar que le ha enviado el forense. No hay en él demasiados datos, pero sí los suficientes para empezar a crear un perfil tanto de la víctima como de su asesino. Mientras piensa en el caso, coloca en un perfecto orden cuanto hay sobre la gran mesa de reuniones, casi sin darse cuenta. Al terminar, parece que por allí haya pasado un batallón de solícitas secretarias de una Cumbre del G-20; entre un bolígrafo y otro hay la misma separación, los papeles están alineados con las esquinas de la mesa, y los vasos llenos de agua hasta el mismo punto y colocados frente a los respaldos de las sillas, que han quedado a justo diez centímetros de la mesa. La primera en llegar es la agente Lucía Navarro, que aparece comiéndose un trozo de empanada que ha traído una mujer de la limpieza desde Galicia. Indira la mira con una mezcla de angustia por las miguitas que le caen sobre la camisa y de envidia porque, aunque Lucía se pasa el día comiendo, su juventud y su constitución le permiten mantenerse en plena forma.

—Dime que has encontrado algo, Navarro...

—Ninguna de las cámaras que hay en la zona enfoca hacia la valla del parque, jefa —responde Navarro negando con la cabeza—. Aun así, he pedido las grabaciones de dos bancos y dos tiendas de ropa por si viéramos a alguien paseando con la maleta.

–No lo creo, pero hay que intentarlo.

Enseguida llega el subinspector Iván Moreno con aspecto de no haber dormido más que un par de horas, a pesar de que es lunes y casi nadie trasnocha los domingos. Si fuera por la inspectora, le echaría de su equipo de una patada en el culo, pero sabe que no encontrará a un policía con más instinto que él. Y la verdad es que, debido a la animadversión que ella suele provocar, tampoco es que tenga mucho donde elegir. Moreno, por su parte, está allí como castigo por la cantidad de cagadas que ha cometido. A pesar de cumplir con los requisitos necesarios para presentarse al examen de ascenso a inspector, tiene causas disciplinarias abiertas por enfrentamientos con su jefa que le impiden progresar en el escalafón. Sabe que debería controlarse, pero le resulta imposible reprimir el desprecio que siente por ella después de que fuera precisamente a su mentor y mejor amigo a quien Indira delatase meses atrás. De momento, y hasta que pueda hacérselo pagar, le basta con tocarle los cojones siempre que tiene ocasión. La inspectora sabe que Moreno tiene éxito entre sus compañeras, pero ella no ve ningún atractivo en su pelo despeinado y su barba de tres días. Además, le horroriza cómo viste; por muy a la moda que pueda ir, le parece un hortera integral. La irregularidad y cantidad de rotos de sus vaqueros le ponen de los nervios.

–¿Te has enganchado en una valla cuando venías hacia aquí?

Moreno le dedica una mirada desafiante, se sienta en su sitio y, fingiendo no darse cuenta, descoloca tanto sus papeles y bolígrafos como los de sus vecinos. La inspectora aparta la mirada, como si hubiera sido testigo del atropello de un cachorro de labrador.

Más tarde llegan la subinspectora María Ortega y el oficial Óscar Jimeno. Indira y María compartieron habitación durante su formación en la Academia de Ávila y, aunque no puede decirse que sean íntimas, aprendieron a respetarse. Su pelo rojo natural hace que le resulte imposible pasar inadvertida, pero ella se niega a cambiárselo aunque los delincuentes la vean llegar desde un kilómetro de distancia. Jimeno, por su parte, es un joven abogado, psicólogo y criminólogo. Todo lo que le falta de arrojo lo suple con un cociente intelectual a la altura de Albert Einstein. Desde niño quiso ser policía, pero estaba capacitado para ser juez, neurocirujano o ingeniero espacial, lo que le hubiese dado la gana. Como buen genio que es, el cuidado de su aspecto físico ha quedado en un segundo plano.

–Ya tenemos el informe preliminar del cuerpo hallado en el estanque del Retiro –dice Indira–. La ejecutaron con un calibre nueve después de romperle todos los dedos de la mano izquierda hace más o menos dos semanas.

–¿Un ajuste de cuentas? –pregunta la subinspectora Ortega.

–Tiene toda la pinta.

–¿Sabemos ya quién es? –pregunta el subinspector Moreno.

–¿Óscar?

Todos se vuelven hacia el oficial Jimeno. A pesar de su inteligencia –o tal vez a causa de ella–, la mayoría de la gente lo describiría como una persona torpe. Se pasa más de un minuto rebuscando entre sus papeles, subiéndose las gafas a intervalos regulares y sonrojándose por momentos debido a su tardanza.

–Por Dios... –La inspectora resopla–. Como después de todo esto digas que no sabes quién es, te vas a enterar.

–Sí lo sé, jefa... –responde el oficial, aliviado al encontrar por fin lo que buscaba–. No podría certificarlo al cien por cien, pero he analizado las probabilidades a partir de los datos que tenemos y las denuncias de desaparición del último mes y yo apostaría por Alicia Sánchez Merino, de cuarenta y tres años. Su marido denunció su desaparición hace doce días. Aquí tengo la copia de la denuncia.

–Ahora vamos tú y yo a hablar con él, María –le dice Indira a la subinspectora Ortega, haciéndose con el papel.

–En veinte minutos tengo que ir al juzgado a declarar por lo del apuñalamiento de Usera –responde la policía.

–Yo te acompaño, jefa... no sea que al detenerle te rompas una uña y entres en crisis –dice el subinspector Moreno, incisivo.

La inspectora Ramos le fulmina con la mirada mientras los demás se ocultan detrás de sus papeles, procurando no reírse.

–¿Sabemos algo de la maleta? –pregunta finalmente, intentando obviar el comentario.

–Es un modelo de Loewe de hace seis o siete temporadas –responde Jimeno–. Es muy caro, pero por ahí no creo que lleguemos a nada. Podría haberse comprado en cualquier sitio. En cuanto a las pesas que había dentro, son del Decathlon.

5

La inspectora Indira Ramos y el subinspector Iván Moreno suben en el ascensor de un lujoso edificio de oficinas cerca del estadio Santiago Bernabéu, sede del Real Madrid Club de Fútbol. Durante el ascenso hasta la última planta pueden admirarse varios de los seis kilómetros y medio que mide el paseo de la Castellana, una de las principales arterias que vertebra la capital de norte a sur; hacia el norte se distingue el Palacio de Congresos, con su gran mural de azulejería basado en un diseño original de Joan Miró, el edificio del Ministerio de Defensa, con sus cientos de monótonas ventanas, y la plaza de Cuzco. Hacia el sur el Corte Inglés, el distrito financiero de Azca –centro neurálgico de negocios de Madrid– y los Nuevos Ministerios, un enorme complejo de edificios gubernamentales que ocupan el lugar en el que, hasta 1933, estaba ubicado el Hipódromo de la Castellana.

–Para trabajar aquí hay que haber estudiado mucho o tener muy pocos escrúpulos, una de dos –dice Indira–. ¿Qué sabemos del marido?

–Miguel Ángel Ricardos, empresario de cuarenta y ocho años –informa el subinspector consultando su libreta–. Toca todos los palos: hoteles, restaurantes, salas de fiesta, concesionarios de coches... Tiene a su nombre un piso en Serrano, un chalé en Zahara de los Atunes y una finca en Jaén. Hace unos años fue investigado por Hacienda y le pusieron una multa de tres millones de euros, pero ya la ha pagado y ahora está limpio.

–Un tío con tanta pasta nunca puede estar limpio. ¿Y la mujer?

–Alicia Sánchez, hija única de un banquero de los de toda la vida. Menos propiedades que el marido, pero tampoco iba mal servida. Lo más destacable es un chalé en Sotogrande. Igual el marido se lo quiso quedar para él solo.

–Un marido no le rompe los dedos de una mano a su mujer antes de asesinarla.

Al abrirse las puertas del ascensor, una mujer está esperándolos. Si no fuera porque ella misma se presenta amablemente como la secretaria de Miguel Ángel Ricardos, la habrían tomado por una modelo que ha ido allí a hacer algún casting. Mientras la siguen a través de un largo pasillo enmoquetado y plagado de cuadros con motivos cinegéticos, el subinspector Moreno no puede evitar mirarle el culo hipnotizado. Al volverse hacia su jefa en busca de su complicidad, se encuentra con una mirada de profundo desprecio.

Un par de guardaespaldas que aguardan junto a una puerta de cristal traslúcido se ponen en tensión al ver acercarse a los policías, pero vuelven a relajarse cuando el señor Ricardos, con el pelo engominado y un traje de más de cinco mil euros, les hace pasar a un despacho con una decoración minimalista, pero que rezuma dinero por los cuatro costados.

–Buenos días –saluda estrechándoles la mano–. ¿En qué puedo ayudarles?

«¿Cómo que en qué puedo ayudarles?», piensa la inspectora Ramos. Alguien que ha denunciado la desaparición de su esposa días atrás debería tener claro que, si recibe la visita de la policía, por fuerza tiene que estar relacionado con ello.

6

En la improvisada celda de la jueza Almudena García, de cincuenta y nueve años, han dejado las mismas botellas de agua y cajas con alimentos que en la del abogado Juan Carlos Solozábal. Y sobre ellas, también una nota sugiriéndole que se administre. Pero, a diferencia del lugar donde permanece encerrado el abogado, este más que un búnker parece el despacho de una fábrica abandonada, con las paredes cubiertas de grafitis y la puerta y las ventanas selladas con muros de ladrillos y cemento. El zumbido de la solitaria bombilla del techo y el silbido de la rejilla de ventilación que hay encima del catre son los únicos sonidos que evitan que se encuentre completamente aislada.

La incertidumbre de no saber por qué se está retenido es peor aún que la falta de libertad, aunque la jueza tiene la vaga sospecha de que la han secuestrado por alguna de las sentencias que ha dictado a lo largo de su carrera. Es lo que pasa cuando lo peor de la sociedad te odia visceralmente: en los últimos años le han avisado al menos en tres ocasiones de que planeaban atentados contra ella en alguna cárcel. Almudena sabe que no siempre ha sido todo lo justa que requería su cargo, que a veces la vida y la experiencia la han llevado a dictar sentencia obedeciendo más al corazón que a la razón. Pero cuando tienes ante ti a alguien que irradia culpabilidad, aunque no pueda demostrarse más allá de la famosa duda razonable, es inevitable ejercer el poder que te ha sido otorgado. Ella sospecha que ha enviado a más de un inocente a la cárcel, pero el sistema no es perfecto y en su fuero interno está convencida de que, aun siendo una desgracia, eso es mucho mejor que dejar a culpables en la calle.

Aunque lo que a ella le quita el sueño no es lo sucedido dentro de los juzgados, sino alrededor de una mesa de juego. La jueza Almudena García tiene un secreto que condiciona su vida desde la primera vez que echó el cambio del café en una máquina tragaperras y que, de conocerse, acabaría con su carrera fulminantemente. En aquel momento no estaba pasando por una buena racha: acababa de separarse de su marido debido a una infidelidad de este, no lograba controlar a su hijo adolescente y en el juzgado llevaban un retraso de meses, con decenas de acusados a punto de agotar la prisión preventiva. Almudena encontró una escapatoria a tanta presión en la repetitiva y estridente musiquita que salía de la máquina colocada junto a la puerta del bar donde desayunaba a diario. Al principio lo tomaba como un simple desahogo, algo inocente y hasta cierto punto excitante, aunque pronto se convirtió en una obsesión con la que soñaba día y noche y que la llevaba a conducir decenas de kilómetros para encontrar un bar donde nadie la conociera, donde le dieran exactamente igual las miradas condescendientes y los cuchicheos a sus espaldas. Pero aquello solo fue el principio.

7

Miguel Ángel Ricardos aguarda en la sala de interrogatorios mientras la inspectora Ramos y su equipo lo observan a través de las cámaras de vigilancia. Después de identificar positivamente el cadáver de su esposa, ha accedido a acudir a la comisaría para responder a unas preguntas rutinarias. Al principio le pareció una buena idea para disipar sospechas. Ahora, cuando ya lleva esperando media hora, empieza a pensar que no debería habérselo puesto tan fácil a esa inspectora. La forma de hablarle y de mirarle cuando lo visitó en su oficina enseguida le hizo comprender que ella no era de las que se dejan engañar, y mucho menos sobornar.

–No parece muy nervioso –apunta el oficial Óscar Jimeno–. Y un hombre que ha matado a su mujer y va a ser interrogado por la policía tendría que estarlo.

–Deberíamos empezar antes de que se arrepienta de no querer llamar a su abogado, ¿no? –comenta la agente Navarro.

La inspectora asiente pensativa y se dirige a la subinspectora María Ortega.

–Entra conmigo.

–Lo siento, pero si he ido yo a su oficina, también me toca interrogarlo –dice el subinspector Moreno, y se dirige a la sala de interrogatorios sin esperar la aprobación de su jefa.

A Indira cada vez le cuesta más contenerse ante los desplantes de Moreno y decide que tiene que cortarlos en seco. En cuanto cometa algún error, no dudará en redactar un informe negativo, otro más. Solo debe esperar.

El oficial Óscar Jimeno se ha equivocado en una cosa: el sospechoso sí está nervioso, pero sabe disimularlo. La inspectora se da cuenta porque, a pesar de que el aire acondicionado está a tope, una gota de sudor recorre el nacimiento de su pelo hasta perderse en su barba perfectamente cuidada.

—¿Debería llamar a mi abogado? —pregunta Ricardos en cuanto ve entrar a los policías, tratando de mostrarse tranquilo.

—Está en su derecho, pero depende de si es usted o no culpable —responde el subinspector Moreno—. Si no lo es, dentro de unos minutos podrá marcharse a casa.

—¿Mató usted a su mujer, señor Ricardos? —La inspectora empieza fuerte.

—¡Por supuesto que no! —responde indignado—. Yo la quería. Era la madre de mis hijos.

—¿Qué edad tienen sus hijos?

—Doce y ocho años. Y por cierto, debería estar con ellos en este momento. No sé cómo reaccionarán cuando se enteren de lo ocurrido.

—¿No había empezado a prepararlos?

—Tenía la esperanza de que Alicia regresara sana y salva.

—¿Sabe quién podría querer verla muerta?

La mirada de Miguel Ángel Ricardos se nubla durante una milésima de segundo, lo suficiente para que los policías sepan que van bien encaminados.

—¿Le repito la pregunta, señor Ricardos?

—No, no es necesario. En los ambientes en los que yo me muevo no es difícil crearse enemigos. Supongo que muchas personas querrían hacerme daño, y no me extrañaría que lo intentasen a través de mi esposa o mis hijos.

–¿A qué se dedica usted exactamente?

–Compro empresas, las desmantelo y las vendo después por partes.

–De todas las personas a las que ha jodido, ¿cuál sería capaz de matar a su esposa?

–No creo que deba acusar a nadie sin pruebas.

–Verá, señor Ricardos... –La inspectora le clava la mirada–. Si nos oculta información sobre un asesinato, como mínimo podríamos acusarle de encubrimiento, así que yo en su lugar empezaría a contar todo lo que sepa.

Las gotas de sudor dejan de ocultarse en el contorno del pelo y empiezan a bajarle directamente por la frente hasta la punta de la nariz. Cuando una de ellas cae sobre la mesa, para la inspectora Ramos ya no existe nada más.

–Ve a buscar un pañuelo –le dice muy nerviosa a Moreno.

–No creo que sea el momento, inspectora.

–Va a poner la mesa perdida, joder. –Ramos se bloquea al constatar que ya son tres las gotas que han caído sobre la mesa.

Moreno se baja la manga de la camisa y limpia el charco de sudor ante la mirada de asco de su jefa y la estupefacción del sospechoso, que no entiende nada.

–Entonces, ¿qué? –dice el subinspector Moreno retomando el interrogatorio–. ¿Va a contarnos lo que sabe o le acusamos formalmente?

–Será mejor que llame a mi abogado –responde finalmente Miguel Ángel Ricardos, entre la espada y la pared.

Que los abogados todo lo complican es una realidad, pero el del millonario es un auténtico grano en el culo. Interrumpe cada pocos segundos para protestar por la forma, el fondo o la intención de las preguntas, y cuando los policías por fin la formulan a su gusto, recomienda a su cliente que responda a medias, de la manera más neutra posible. Tras más de una hora de interrogatorio fallido, la inspectora Ramos se harta y da una fuerte palmada en la mesa.

–¡Basta ya, abogado! Si su cliente no contesta a nuestras preguntas, pasará a estar en condición de detenido, se le trasladará a una celda y mañana volveremos a intentarlo. Pero le aseguro que terminará hablando.

El abogado se dispone a protestar una vez más, pero el empresario lo detiene, dándose por vencido.

–Está bien, Felipe. Será mejor que les cuente lo que sé.

–¿Estás seguro, Miguel Ángel? –pregunta el letrado con gravedad, más preocupado por las posibles represalias que por las consecuencias legales.

–Ya han matado a Alicia y no creo que vayan a detenerse ahí.

–¿Quién ha matado a su esposa, señor Ricardos? –le presiona la inspectora.

El señor Ricardos se lleva el vaso de agua a los labios, tembloroso. Por primera vez desde que fueron a visitarle la inspectora Ramos y el subinspector Moreno, ha dejado de disimular. Cuando un culpable se ve descubierto, suele experimentar un profundo alivio al no tener que seguir mintiendo: o eres un psicópata de manual, o el haber matado a alguien pesa sobre la conciencia de cualquiera. Lo que ahora siente el viudo es un miedo profundo ante lo que se dispone a contar.

–Una de las empresas que compré el año pasado pertenecía a un colombiano llamado Walter Vargas. Lo que yo no sabía en aquel momento es que se trataba de una sociedad dedicada a blanquear dinero del narcotráfico. Cuando quise dar marcha atrás a la operación, ya era demasiado tarde y el señor Vargas consideró que debía indemnizarle por haberle arruinado el negocio.

–¿Cuánto dinero le reclamaba?

–Cinco millones de euros.

Los policías cruzan una mirada, impresionados.

–Como comprenderán –continúa Ricardos–, me negué a pagar. Le ofrecí un cuarto de millón por los inconvenientes que le había causado, pero el señor Vargas no se quedó conforme y me amenazó con hacerle daño a mi esposa y a mis hijos.

–Y sabiendo a qué se dedica ese tal Vargas, ¿no les puso protección?

–Claro que sí. Todos los miembros de mi familia tenemos seguridad las veinticuatro horas, pero mi esposa aprovechó una visita a un centro comercial para despistar a los dos guardaespaldas que siempre la acompañaban.

–Lo que no entiendo –interviene el subinspector Moreno– es por qué querría su esposa quedarse sola cuando sabía que podían hacerle daño.

El señor Ricardos mira a su abogado, que ya se ha rendido al pensar en lo que supone la declaración de su cliente y termina encogiéndose de hombros.

–Ya que has empezado, cuéntaselo todo.

–Mi esposa tenía un amante desde hacía más de un año, cuando descubrió que yo me acostaba con mi secretaria. Desde entonces hacíamos vidas separadas aunque siguiésemos viviendo juntos. Al empezar todo esto tuvo que dejar de verle y supongo que le resultó demasiado duro. Cuando ya no aguantó más, cometió una locura.

–¿Cómo se llama el amante de su mujer?

–Rodrigo Blanco. Es el profesor de natación de nuestros hijos, pero les aseguro que no tiene nada que ver con esto.

8

Noelia Sampedro, de veintidós años y con aspecto de modelo de Victoria's Secret, golpea regularmente las tuberías con una lata de espárragos. No pierde la esperanza de que alguien en el exterior oiga el ruido y descubra que lleva encerrada en ese lugar desde el sábado por la noche. En su caso, se trata de una especie de duchas comunitarias con las paredes cubiertas de unas baldosas que algún día fueron blancas. Al igual que en la celda de la jueza Almudena García, la puerta de acceso está tapiada con un muro de ladrillos y cemento y del techo cuelga una bombilla que emite una débil luz. Por el zumbido constante procedente del exterior, parece estar conectada a un pequeño generador. Noelia reza para que no se detenga y se quede completamente a oscuras.

Cuando se pasó el efecto de la droga que le suministraron en el aparcamiento de un lujoso hotel del centro de Madrid, temió que la hubiesen secuestrado para abusar de ella, o incluso para venderla a alguna de las numerosas redes de tráfico de mujeres que aún hoy siguen activas en España. Pero en cuanto vio las cajas de alimentos enlatados y las botellas de agua junto a aquella nota, se dio cuenta de que eso tenía un significado muy distinto al que se había imaginado en un principio, que el secuestro nada tiene que ver con ninguna red de trata de blancas que surte de prostitutas a las decenas de miles de burdeles que hay repartidos por Europa.

Hace un esfuerzo para no seguir dándole vueltas a lo mismo, pero es inevitable preguntarse qué hace allí, y más cuando las horas se eternizan en un lugar donde no hay nada que hacer salvo enloquecer por momentos.

Al despertar después de cada cabezada, la falta de estímulos y la inestable intensidad de la bombilla del techo hacen que Noelia no sepa si han pasado quince minutos o tres horas, pero de manera rutinaria vuelve a golpear las tuberías. En algún momento serán las cuatro de la tarde o de la mañana y tal vez despierte a alguien que quiera averiguar el origen de un ruido tan molesto. Al cabo de un rato se da cuenta de que la cadencia de sus golpes puede hacer pensar a quien los oiga que se trata simplemente de un ruido mecánico sin ningún significado. Ahora lamenta no haber aprendido a comunicarse en código morse aquella tarde, cuando acababa de cumplir quince años y su primo Javi quiso enseñárselo.

Pero, a cambio, aprendió otras cosas.

9

El anciano Ramón Fonseca recorre la Gran Vía madrileña mirándolo todo con curiosidad. Es la primera vez que pasea por ella a pesar de que hace ya un año que se trasladó a Madrid desde Málaga, cuando detuvieron a su hijo Gonzalo por haber acuchillado a su nuera hasta matarla. Pero la mayor parte del tiempo lo ha pasado dejando que su carácter se agrie un poco más cada día en los alrededores de los juzgados de la plaza de Castilla, muy cerca de donde una vez por semana coge el autobús que le lleva al Centro Penitenciario Madrid II, en Alcalá de Henares. Todo le suena de haberlo visto por televisión, pero quería verlo en persona antes de quitarse de en medio para siempre. Lo que no se imaginaba es que en la famosa Gran Vía habría tanto trasiego de gente.

«¿Adónde coño irán?»

Se detiene a ver el espectáculo de unos chicos a los que rodean medio centenar de personas. Practican esa lucha brasileña tan extraña en la que no se tocan un pelo, la capoeira. Supone que, cuando haya que luchar de verdad, no se andarán con tantos remilgos. Dos chicos y una preciosa chica con sus mochilas de libros al hombro se colocan a su lado. El menos agraciado de los dos observa a uno de los luchadores, que da brincos y lanza patadas al aire a una velocidad endiablada.

–Ese sordomudo es un poco excesivo, ¿no?

La chica le mira sorprendida y estalla en carcajadas. El otro chico, el guapo, sonríe por compromiso, tratando infructuosamente de entender el chiste. Si ella es lista, no dudará sobre con cuál de los dos quedarse.

–Perdonad –les interrumpe el anciano–, ¿podríais decirme dónde queda el Congreso de los Diputados, por favor?

–Siga un poquito más por la Gran Vía hasta llegar al hotel de Las Letras –responde la chica con amabilidad, señalándole el camino–, ahí tire a la derecha hasta la calle Alcalá, la cruza, siga hasta la Carrera de San Jerónimo y a la izquierda lo encuentra. No tiene pérdida.

–Muchas gracias.

Ramón deja a los brasileños haciendo piruetas mitad en el aire y mitad en el suelo y sigue las indicaciones de la chica. El Congreso es algo menos imponente de lo que se imaginaba, pero los leones de la entrada, Daoiz y Velarde –llamados así en honor a los héroes del levantamiento del 2 de Mayo–, son verdaderamente majestuosos. A unos metros hay varias reporteras junto a sus respectivos cámaras, ellas memorizando el texto que dirán en la siguiente conexión en directo y ellos trasteando con el móvil. El anciano se acerca a una periodista que le suena de haberla visto en la tele y aguarda a que termine de ensayar. La reportera se incomoda ante la mirada de resentimiento del viejo y le hace una seña con disimulo a su cámara.

–¿Necesita algo, jefe?

–Las noticias empiezan a las tres, ¿verdad?

–De toda la vida... –El cámara mira su reloj–. Exactamente dentro de quince minutos.

–Gracias.

Ramón Fonseca toma un pincho de tortilla y un vaso de vino frente a la tele de un bar cercano al Congreso. El informativo arranca con las fotos de tres personas. Son un hombre y dos mujeres con sus respectivos nombres, ocupaciones y edades debajo de cada una de sus caras: Juan Carlos Solozábal, abogado, cuarenta años; Almudena García, jueza, cincuenta y nueve años; Noelia Sampedro, estudiante, veintidós años.

«La Policía sigue sin hallar pistas sobre los tres desaparecidos, aunque su documentación y sus teléfonos móviles se han encontrado en una bolsa en el aparcamiento del hotel donde fue raptada la más joven de los tres, lo que confirmaría que los secuestros son obra de una misma persona.»

Ya en el plató, el presentador mira a su compañera.

«–¿Qué novedades tenemos?

»–Prácticamente ninguna, y eso es lo que tiene desconcertados a los investigadores. Se trata de una jueza, un abogado y una estudiante desaparecidos entre el sábado y el domingo por la noche en circunstancias similares. La policía está estudiando si los dos primeros trabajaron en algún caso en común, pero lo que es una incógnita es la chica.

»–Estaremos muy atentos en las próximas horas. Un nuevo caso de corrupción ha sacudido a la clase política...»

Ramón Fonseca paga su consumición y vuelve a la calle. Pasa junto a la reportera y el cámara, que ya están recogiendo para marcharse, y se acerca a unos policías –un hombre y una mujer– que charlan junto a la entrada del Congreso.

–Disculpen que les interrumpa, agentes.

–Buenas tardes, caballero –dice ella con amabilidad–. ¿En qué podemos ayudarle?

–Quiero entregarme.

–¿Entregarse? –pregunta el policía sin tomárselo demasiado en serio–. ¿Y qué se supone que ha hecho?

–Esas tres personas de las que hablan en las noticias...

–¿Sí?

–... las he secuestrado yo.

–No debería bromear con eso, señor –dice la policía frunciendo el ceño.

–No bromeo. Aquí tienen las fotografías que prueban lo que digo.

Ramón Fonseca saca del bolsillo de su chaqueta tres fotos en las que aparecen los secuestrados drogados y tumbados en los catres de tres celdas diferentes. Los policías se miran, perplejos.

10

Mientras esperan a que el juez tramite la orden de detención contra el colombiano Walter Vargas como sospechoso del asesinato de la maleta en el parque del Retiro, la inspectora Ramos y la subinspectora Ortega deciden ir a hablar con Rodrigo Blanco –el supuesto amante de la víctima, Alicia Sánchez– a la piscina municipal Huerta Vieja, en Majadahonda, a unos veinte kilómetros de Madrid. El encargado de mantenimiento, un hombre con barba de hípster que está concentrado en escribir a mano una obra de microteatro, mira a las policías de arriba abajo, más molesto porque le interrumpan en plena inspiración que impresionado por las placas que le enseñan.

–¿Van a detener a Rodri? Si es muy buen chaval...

–No vamos a detener a nadie, solo queremos hablar con él.

–Pues entonces vayan por las gradas, aunque ahora no sé si podrá atenderlas. Creo que está con bebés en la piscina pequeña.

Las dos policías atraviesan una puerta de cristal y llegan a las gradas, prácticamente vacías un lunes a la hora de comer. Por las tardes deben de estar llenas de los padres y, sobre todo, de los sufridos abuelos de los nadadores, que recargarán todavía más el ya de por sí caluroso ambiente. Detrás de un muro que separa una piscina de veinticinco metros y seis calles donde nadan una docena de personas guiadas por tres monitores, hay otra más pequeña, en la que está Rodrigo Blanco con cuatro bebés y sus madres. El chico, de uno ochenta de estatura, moreno, con dentadura blanca y un cuerpo definido sin un gramo de grasa, sonríe a las madres y a sus hijos por igual, aunque parece caerle mejor a ellas.

–Joder... –dice la subinspectora Ortega–. Alicia Sánchez no tenía mal gusto.

–Yo no me acostaría con ese en la puta vida –responde la inspectora–. ¿Tú sabes la cantidad de bacterias y hongos que llevará encima después de pasarse horas a remojo en una piscina llena de mocos, meados y alguna que otra cagada?

–Eres la hostia, jefa. –Ortega cabecea asqueada.

La inspectora le dice a una joven monitora que avise a su compañero. Al chico le cambia la cara al saber que la policía está allí y les pide que le esperen en la cafetería mientras se seca y se pone algo de ropa. Al cabo de diez minutos, aparece con un uniforme de monitor, chanclas y cara de susto.

–Tenemos entendido que te veías con ella –dice la inspectora después de anunciarle que han encontrado el cadáver de Alicia Sánchez dentro de una maleta.

–¿Muerta? –pregunta el monitor conmocionado, tratando de asimilar la noticia.

–Me temo que sí.

La sorpresa del chico da paso a un profundo sentimiento de culpa. Debió decirle a Alicia que esperasen a que todo se calmase para volver a quedar, pero deseaba con toda su alma hacerle el amor en la lujosa habitación de hotel donde solían verse e insistió en que despistase a los guardaespaldas. Él era consciente de que su historia no tenía futuro, pero ella hacía que se sintiera importante, y a eso cuesta renunciar. Las policías le dan unos segundos para que lo procese y retoman el interrogatorio.

–Ahora necesitamos que te centres y nos digas cuándo fue la última vez que la viste, Rodrigo.

–Hasta que desapareció hace dos semanas, venía con los niños los martes y los jueves, pero a solas, sin sus guardaespaldas, hará más o menos un mes.

–¿Te dijo por qué necesitaba llevar protección?

–Creo que su marido tenía problemas con un socio y les había amenazado, pero no sé mucho más.

Las preguntas que le formulan al monitor confirman punto por punto la declaración del viudo. Asegura que llevaba casi un año acostándose con Alicia y que ella jamás se refirió a su marido como alguien violento capaz de hacerle daño. La inspectora Ramos recibe un mensaje en su móvil.

–Ya tenemos la orden.

11

El chalé de Walter Vargas ocupa una parcela de aproximadamente diez mil metros cuadrados en la avenida principal de La Moraleja, una urbanización residencial de lujo situada al norte de Madrid. Dos furgones del Grupo Especial de Operaciones están aparcados en una calle aledaña. Junto a ellos se encuentran el subinspector Moreno y la agente Navarro. La inspectora Ramos y la subinspectora Ortega bajan del coche poniéndose el chaleco antibalas.

–¿Está en casa? –pregunta la inspectora.

–Hemos interceptado a una criada que había salido a comprar tabaco –responde la agente Navarro señalando con la cabeza a una muchacha colombiana que habla muy asustada con varios policías–. Según dice, en el interior de la vivienda están Vargas, su mujer, cuatro de sus hijos y diez personas más entre personal de seguridad y servicio.

–No se priva de nada.

–Debemos darnos prisa antes de que empiecen a echar de menos a la criada –señala el subinspector Moreno.

Media docena de geos se sitúan ante la puerta principal y otros tantos frente a la trasera. Cuando la inspectora Ramos lo autoriza, el capitán al mando da la señal y los doce entran en el recinto de la casa tirando abajo las puertas, sin contemplaciones.

Se ven trasladados inmediatamente a un jardín japonés, con bonsáis, estanques llenos de nenúfares y peces de colores, y fuentes de piedra rodeadas de flores de todo tipo. Para tener un jardín tan cuidado hacen falta como mínimo tres o cuatro jardineros, pero para su sorpresa, los policías no se encuentran con nadie hasta que llegan a la puerta de la vivienda, donde hay un chico mulato con una camiseta de los Dallas Mavericks escuchando música a través de unos cascos, con un fusil de asalto apoyado en la pared a metro y medio de él, y jugando al Candy Crush en su móvil. Todo un vigilante.

—¡Al suelo, policía!

El chico se sobresalta y, por un momento, se ve tentado de coger su arma, pero uno de los policías lo intuye y le da un culatazo en la frente que le hace caer de espaldas. Mientras dos de ellos lo inmovilizan, un tercero aporrea la puerta custodiado por sus compañeros y por el equipo de la inspectora Ramos, que entra justo detrás.

—¡Policía! ¡Abran!

Uno de los geos se adelanta con un ariete, dispuesto a reventar la puerta, pero esta se abre. Para desconcierto de los policías, ante ellos aparece un niño de unos seis años.

—¡Menor!

—¡Sácalo de aquí! —le ordena la inspectora Ramos a la agente Navarro.

Navarro se lleva en volandas al niño, que no ha tenido tiempo de darse cuenta de lo que está pasando y no empieza llorar hasta que está atravesando el jardín japonés en brazos de la agente. Los del Grupo Especial de Operaciones entran en tromba en la vivienda profiriendo todo tipo de voces y reduciendo a cuantas personas, armadas o no, salen a su paso. De camino al salón, los policías tumban boca abajo a cuatro vigilantes, tres muchachas de servicio y dos chicos de mantenimiento. Allí, Walter Vargas aguarda junto a su mujer y sus otros tres hijos, con la tranquilidad de quien ya ha sufrido más de una redada.

—¿Qué sucede, agentes?

–¡Las manos en la nuca!

El señor Vargas obedece mientras su esposa protege a sus hijos y llora asustada, preguntando a gritos por su hijo menor.

–Tranquilos, no vamos a resistirnos –dice Vargas–. Aunque me temo que están cometiendo un grave error. ¿Se puede saber de qué se me acusa?

–Del asesinato de Alicia Sánchez Merino.

Walter Vargas frunce el ceño, comprendiendo que Miguel Ángel Ricardos ha debido delatarle. Algo así en su país sería impensable; los hijos, padres, hermanos y hasta amigos del confidente aparecerían colgados de un puente en las semanas siguientes. Uno puede vengarse si lo desea, pero jamás denunciar a nadie, aunque haya matado a tu esposa. Son las reglas de los narcos.

–No conozco a esa señora, agentes.

–Eso dígaselo al juez –dice Ramos y después se dirige a Moreno–. Espósale.

El subinspector se acerca al sospechoso y, al ir a coger sus esposas del cinto, lo pierde de vista por un momento. Walter Vargas aprovecha para sacar una pequeña pistola plateada y apuntar a la cabeza del policía. Cuando está a punto de disparar, la mano le desaparece, literalmente. A unos metros, la inspectora Ramos sigue apuntándole con su pistola humeante.

–¡Tírese al suelo!

–¡Perra *hijaeputa*! –grita Vargas sujetándose el muñón ensangrentado.

Dos geos reducen al colombiano mientras el subinspector Moreno mira a su jefa aturdido, empezando a comprender que, por mucho que la desprecie, acaba de salvarle la vida.

12

Ramón Fonseca aguarda en la sala de interrogatorios de la comisaría a la que le han trasladado tras confesar que él es el secuestrador que están buscando. El comisario se acerca a hablar con los dos policías que lo observan a través del espejo de la sala contigua. Sobre la mesa están las tres fotografías que el anciano aportó como prueba de su delito.

–¿Son ellos? –pregunta el comisario señalando las fotos.

–Sí, señor –responde el mayor de los agentes–. La madre de la chica y el exmarido de la jueza lo han confirmado. De quien todavía no sabemos nada es del abogado, pero todo parece indicar que se trata de él.

–Joder –resopla el comisario–, lo mejor para empezar la semana es encontrarte con un chalado de este calibre.

–Yo no creo que esté chalado. Más bien desesperado y dispuesto a lo que sea para liberar a su hijo.

–¿Y quién cojones es su hijo?

–Gonzalo Fonseca, acusado de acuchillar a su mujer, Andrea Montero, y condenado a veinte años de prisión por ello. Según les dijo su padre a los agentes que lo detuvieron en el Congreso, está encarcelado injustamente.

–Los padres de la mitad de los presos de este país dirán lo mismo. ¿Las pruebas contra él eran sólidas?

–Lo encontraron en la misma casa que el cadáver de su mujer cosido a cuchilladas –responde el policía más joven–. Tenía las manos ensangrentadas y sus huellas estaban en el arma del crimen.

–Un inocente de manual, vamos –ironiza el comisario.

Ramón Fonseca levanta la mirada cuando los investigadores entran en la sala de interrogatorios.

–Buenas tardes, señor Fonseca.

–¿Dónde está la inspectora Ramos?

–¿Quién? –pregunta el mayor de los policías, desconcertado.

–La inspectora Indira Ramos. Les dije a los policías a los que me entregué que solo hablaría con ella.

–En esta comisaría no hay ninguna inspectora Ramos, así que tendrá que conformarse con nosotros.

–En ese caso, me acojo a mi derecho de no declarar.

El anciano baja la mirada y la fija de nuevo en la mesa de metal. Los policías, a pesar de la advertencia del detenido, se sientan frente a él y le muestran las fotografías de los tres secuestrados.

–Entendemos que esté usted enfadado y que solo quiera ayudar a su hijo, pero esta no es la manera. Una televisión grabó su detención y dentro de poco media España hablará de ello, así que lo mejor es que nos diga dónde tiene retenidas a estas personas y nos deje hacer nuestro trabajo.

El detenido se mantiene en silencio, impasible.

–Aún no ha pasado nada que no tenga remedio, señor Fonseca. Teniendo en cuenta su edad y los motivos que le han llevado a hacer esto, estamos seguros de que el juez será indulgente con usted. Solo tiene que decirnos dónde están esas personas y enviaremos una unidad a buscarlas.

Pero Ramón Fonseca sigue sin reaccionar. Los dos policías intercambian una mirada, empezando a perder la paciencia.

–¿Por qué narices quiere hablar con esa inspectora y no con nosotros?

–Seguí su caso en los periódicos –responde al fin el anciano.

–¿De qué coño de caso habla ahora? –pregunta el mayor de los policías a su compañero, irritado.

–De lo que pasó en casa de aquel camello, ya sabes. Lo de las pruebas falsas que colocó ese agente de la UDYCO.

La respuesta pone de peor humor al policía, que vuelve a dirigirse al detenido.

–Pues si leyó los periódicos, debería saber que esa inspectora dejó con el culo al aire a un compañero.

–Fue honesta. Su compañero cometió una ilegalidad y ella tuvo la decencia de denunciarlo, a pesar de las consecuencias.

–Las consecuencias fueron que un asesino quedó libre, señor Fonseca. ¿Quién le dice que no fue precisamente él quien mató a su nuera e inculpó a su hijo?

Fonseca titubea. El policía decide apretarle un poco más.

–Su actitud es un poco hipócrita, ¿no le parece?

–Solo quiero que encuentren al verdadero culpable de...

–Condena que un buen policía haga cualquier cosa para que un asesino pague por un crimen que cometió –le interrumpe– y en cambio le parece cojonudo secuestrar a tres inocentes para salirse con la suya.

–¡No son inocentes! ¡Les pagaron por condenar a mi hijo!

–¿Quiénes?

–Son ustedes los que tienen que averiguarlo. Por eso estamos aquí.

–¿Cómo sabe que fueron sobornados?

–Estoy seguro. Les aconsejo que no tarden en avisar a la inspectora Ramos, pierden un tiempo precioso y están en juego tres vidas.

–¿Qué quiere decir con eso? –pregunta el policía más joven, temiéndose lo peor.

—Tengo secuestradas a esas personas en diferentes lugares y todo está programado para que mueran una cada semana, empezando a contar desde este mismo momento —responde Ramón Fonseca con frialdad—. Si antes del lunes que viene a las tres de la tarde no han detenido a los verdaderos asesinos de mi nuera y se ha tramitado la orden de puesta en libertad de mi hijo, les diré dónde encontrar el cadáver de uno de los secuestrados, y lo mismo sucederá cada siete días. Si pasadas tres semanas Gonzalo sigue en la cárcel, no quedará vivo ninguno de ellos.

II

13

La inspectora Indira Ramos observa los títulos, las fotografías, los diplomas y los recortes de periódico que plagan la pared de detrás del escritorio del juez. Sobre la mesa y a ambos lados de ella, hay pilas de papeles de más de un metro de altura: carpetas llenas de atestados, sentencias y denuncias que se acumulan desde hace bastante tiempo. Ella sabe que puede tener muchos problemas e intenta estar atenta a lo que le dice el juez, pero el desorden reinante en ese despacho no le deja pensar en nada más. Aparte de la mezcolanza de recuerdos personales y laborales colgados de la pared, los marcos no son del mismo tamaño ni del mismo modelo, por lo que el batiburrillo de volúmenes y colores le provoca una irritación incontenible que pronto dará paso a una especie de ataque de pánico que puede llevarla a hiperventilar, a sudar copiosamente e incluso a perder la conciencia. Y por si eso fuera poco, la corbata del juez está torcida y tiene una mancha de grasa a la que sabe Dios qué hay adherida.

La inspectora Ramos intenta apartar la mirada, pero se siente como Alex DeLarge, el protagonista de *La naranja mecánica*, cuando le inmovilizaron la cabeza y le abrieron los párpados a la fuerza. Si le dejasen media hora, un martillo y unas alcayatas, todo quedaría arreglado, pero a ver cómo se lo dice.

–¿Está usted escuchándome, inspectora? –pregunta el juez, molesto tras mirar a su espalda y no ver nada que pueda distraer a nadie de esa manera.

–Sí, claro que sí –responde Indira intentando centrarse.

–Entonces ¿por qué no me contesta?

–¿Podría repetirme la pregunta, por favor?

–¿Por qué disparó al señor Walter Vargas? –vuelve a preguntar, armándose de paciencia.

–Porque le vi sacar una pistola y apuntar a mi compañero.

–Según la declaración del detenido, sacó la pistola para entregarla y usted le disparó sin mediar palabra.

–Eso no es cierto, señoría. Empuñó la pistola y estaba dispuesto a usarla. Si no llego a volarle la mano, ahora mismo vendríamos de un funeral y usted estaría preguntándome por qué no hice uso de mi arma reglamentaria.

–La cuestión es joderles la vida, ¿no? –El juez la mira con la tirria que habitualmente provoca la inspectora.

–Eso lo ha dicho usted, señor.

–Ya sé que ustedes se creen por encima del bien y del mal y que los demás solo estamos aquí para tocarles los huevos –añade irritado–, pero yo tengo que hacer mi trabajo.

–Entonces hágalo. Archive el caso y déjeme volver a comisaría. Tengo muchas cosas de las que ocuparme.

–Lárguese de una vez.

La inspectora se lo agradece con un gesto y se levanta dispuesta a marcharse, pero en lugar de darse la vuelta, una fuerza invisible y terriblemente poderosa hace que se quede de nuevo obnubilada mirando el desastroso tapiz de la pared.

–¿Pasa algo, inspectora?

Indira lucha con todas sus fuerzas por morderse la lengua, negar con la cabeza y salir del despacho, pero el malestar toma el control.

–¿Cómo coño puede tener ese desastre en la pared y quedarse tan tranquilo?

–¿Cómo dice? –pregunta el juez desconcertado, volviendo a girarse.

La inspectora rodea la mesa y descuelga varios marcos, que procede a recolocar en el otro extremo de la pared ante la mirada estupefacta del magistrado.

–¿Por qué no se compra marcos iguales y trata de mantenerlos rectos? No creo que sea tan difícil.

–Haga el favor de salir de mi despacho.

–Lo mejor es que coloque los diplomas a un lado y...

El juez le arranca con firmeza los marcos de la mano y señala hacia la puerta, muy enfadado.

–¡Si dentro de tres segundos no está fuera de aquí, le meto un puro y le juro por mis hijos que termina de guarda jurado en un puto centro comercial!

Ya de regreso en la comisaría, la inspectora Ramos se lava una vez más las manos, eliminando por unas horas las bacterias imaginarias. Cuando va a secarse, ve una mancha blanquecina en el espejo y coge un trozo de papel para limpiarla, pero en el último momento se arrepiente y, haciendo un esfuerzo sobrehumano, consigue dejarlo como está y salir del baño. En la puerta está esperándola el subinspector Iván Moreno.

–¿Podemos hablar?

–Ahora no es buen momento –responde ella encaminándose a su despacho.

–Quiero darte las gracias.

–No tienes por qué. Me limité a hacer mi trabajo.

–Aun así, me salvaste la vida. Si puedo hacer algo por ti, solo tienes que pedírmelo.

La inspectora al fin se detiene y le mira de arriba abajo.

–No vuelvas a ponerte esos vaqueros llenos de agujeros, por favor.

Antes de que el subinspector Moreno pueda responder, el móvil de su jefa empieza a sonar. Tuerce el gesto al ver quién llama.

–Joder, el que faltaba... –Se aclara la voz y contesta, falsamente amable–: Buenas tardes, comisario.

La inspectora Ramos intenta comprender lo que trata de decirle su interlocutor, pero por su expresión no parece estar lográndolo.

–Espere, jefe, espere un momento porque no sé de qué me habla. ¿A qué secuestrador se refiere?

La inspectora se sorprende al escuchar lo que le dice el comisario al otro lado del teléfono. Después de un par de asentimientos, se despide y cuelga.

–¿Va todo bien? –pregunta Moreno con cautela.

–Avisa a María. Salimos dentro de cinco minutos.

–¿Salimos adónde?

Pero la inspectora ya se he encerrado en su despacho. En cualquier otro momento el subinspector Moreno le hubiera puesto alguna pega aludiendo a las horas extra o a una indisposición repentina, pero ahora no se siente con fuerzas.

14

Cuando las máquinas tragaperras dejaron de producirle la adrenalina que necesitaba, la jueza Almudena García pasó a drogas más duras como las carreras de caballos, la ruleta o las apuestas deportivas... hasta que encontró algo que conseguía saciar todas sus necesidades: el póquer. Nunca le habían gustado las cartas, ni siquiera había jugado al mus en la cafetería de la facultad, pero aquel juego la atrapó desde el primer momento. Probablemente se tratara de una estrategia de sus contrincantes, que se dejaban ganar las primeras manos para que ella fuese metiéndose poco a poco en la boca del lobo, pero con lo que no contaba ninguno era con que se le fuera a dar tan bien. Tal vez solo era la llamada «suerte del principiante» o quizá había nacido con un don que tardó medio siglo en encontrar, pero le bastaba con concentrarse para que le entrase la carta que necesitaba.

–¡Vamos, no me jodas! –protestó lanzando con rabia sus cartas sobre la mesa un joven futbolista que bebía como un cosaco, pero que al día siguiente seguía siendo el que más corría– ¿Otra vez full de ases?

–Hoy es mi día de suerte. –Almudena recogió con tranquilidad las fichas que se amontonaban en el centro del tapete.

–Hoy y todos, no te jode la abuela.

–Sigamos jugando –dijo uno de los organizadores de la partida, intentando atajar las protestas del futbolista–. Ya sabes que la suerte cambia de bando cuando menos te lo esperas.

–Es que no es normal que gane todas las manos, joder. Aquí algo huele muy mal.

–Si insinúas que hago trampas, demuéstralo. Si no, cállate la puta boca, niñato de mierda –respondió la jueza desafiándole con la mirada.

Almudena le dio una ficha de propina al crupier y salió a fumar un cigarrillo a la terraza de la suite del hotel de cinco estrellas donde se celebraba aquella noche la partida. Tiempo atrás se citaba a los participantes en reservados de restaurantes o en chalés privados, pero los organizadores pronto descubrieron que los jugadores se sentían más cómodos en un hotel y allí tenían cuanto necesitaban para atender a sus clientes: desde un completo servicio de habitaciones, pasando por una ducha cuando no entraban las cartas, hasta una cama donde descansar entre mano y mano, solos o acompañados por mujeres, hombres o ambos a la vez. A cambio de tantas atenciones, solo debían pagar mil euros de inscripción y fichas por valor de quince mil que podrían reponerse las veces que fueran necesarias mientras los jugadores demostrasen tener fondos. El negocio consistía en que la casa se llevaba un diez por ciento de comisión de todo el dinero que allí se moviese. Y dependiendo de la noche, eso podía significar muchos miles de euros.

–Yo al principio protesté por que dejasen jugar a gente tan joven, pero uno se queda como Dios desplumando al máximo goleador de la Liga, ¿verdad?

Sebastián Oller, un empresario que ese año había pisado más los juzgados que su despacho, se encendió un habano y miró el horizonte al lado de la jueza, que guardó un prudente silencio. A Almudena no le hacía gracia relacionarse con alguien habitual de los telediarios por tener tantas causas abiertas, pero no era ella quien elegía a sus compañeros de partida. Además, solo gente de ese tipo podía permitirse una velada como aquella. Había coincidido ya en cuatro o cinco ocasiones con él, y para ser honesta, debía decir que jamás la importunó ni le habló de otra cosa que no fuese el póquer.

–Me han dicho que el otro día puso en su sitio al nominado –comentó el empresario, aludiendo a un conocido actor que hacía unos años había sido candidato a un Óscar como mejor actor de reparto.

–Es demasiado impulsivo.

–Mejor para nosotros. Supongo que los años nos han enseñado a ambos a tener paciencia... aunque usted es mucho más joven que yo, por supuesto.

Almudena le devolvió una tibia sonrisa y regresó al interior para continuar la partida. En los meses que siguieron coincidió con Sebastián Oller unas cuantas veces más y su relación no fue más allá de intercambiar algunas palabras cuando se encontraban fumando en la terraza. El día que entró en la sala de juicios y vio que el acusado era el empresario, le dio un vuelco el corazón, pero él actuó como si no la conociera. No comentó absolutamente nada ni entonces ni cuando volvieron a verse después de que lo hubiera condenado a pagar una elevada indemnización a un trabajador que se había roto las dos piernas al caer por el hueco del ascensor de su edificio de oficinas. Lo único que le dijo al día siguiente de la sentencia fue que los ases estaban siendo esquivos. A partir de ese momento, aunque sabía que jugaba con fuego, empezó a confiar en él.

Con el resto de los jugadores pasaba lo mismo: si alguna vez se encontraban fuera de la habitación del hotel, ambos disimulaban y seguían su camino. Pero llevar una doble vida hace que a veces se vivan situaciones surrealistas, como cierto día en que, mientras comía con su hijo en un restaurante cerca de los juzgados, entró el nominado.

–Mira, mamá –dijo emocionado el hijo de la jueza al verlo–. ¿Ese no es el actor?

–No tengo ni idea, hijo –respondió Almudena con cara de aprieto–. No lo había visto en mi vida.

–Sí, joder. Es el que estuvo a punto de ganar un Óscar. Sácame una foto con él, porfa. Las tías de mi clase se van a morir de envidia.

La jueza intentó resistirse, pero ante la insistencia de su hijo, no tuvo más remedio que acompañarle a pedirle un autógrafo y una foto. El actor accedió con suma amabilidad y posó sonriente, pasándole al chico el brazo por los hombros sin contarle que la zorra de su madre hacía unos días le había ganado una mano de seis mil euros tirándose un farol como una catedral de grande.

Hasta aquel momento, Almudena había logrado compaginar perfectamente su vida pública con la privada, pero todo cambió la tarde en que se le acercó un hombre en el supermercado. Al principio le costó reconocerlo, pero cuando se fijó bien descubrió que se trataba de uno de los crupieres profesionales que solían contratar para las partidas. El hombre sacó un sobre de la chaqueta y se lo tendió.

–Esto es para usted.

–No le conozco de nada.

La jueza intentó seguir su camino, pero el crupier la sujetó del brazo.

–Claro que me conoce, jueza. Coja el sobre.

–¿Qué es?

–Algo que no le conviene que se haga público. Mírelo en casa con calma y yo la llamaré dentro de unos días.

15

Ramón Fonseca continúa en la sala de interrogatorios, en la misma postura en que dos horas antes le dejaron los policías que no lograron hacerle confesar el paradero de las tres personas secuestradas. Ahora, al otro lado del cristal, lo observan con curiosidad la inspectora Indira Ramos y los subinspectores Iván Moreno y María Ortega. Los policías a quienes el secuestrador ha rechazado les miran con inquina, confirmando sin palabras que colaborarán lo menos posible.

–¿No ha llegado su abogado? –pregunta la inspectora.

–Según sus palabras, por culpa de los abogados estamos en esta situación y, de momento, no quiere ninguno –responde el policía más joven.

–¿Le han dado de comer y le han ofrecido ir al baño?

–Ese hombre amenaza con asesinar a tres personas, inspectora. Si quiere también le ponemos un sofá y una tele de sesenta pulgadas para que se relaje –dice el policía mayor, arrancando una sonrisa a su compañero y a dos agentes de su equipo que tampoco ven con buenos ojos el intrusismo de la inspectora y sus ayudantes.

–No creo que vaya a asesinar a nadie cuando ya está detenido, inspector. –La inspectora mantiene la calma–. Si acaso, los dejará morir.

–¿Qué más da una cosa que otra? Es un asesino.

–Todavía no. Si no he entendido mal, en cuanto se demuestre la inocencia de su hijo nos dirá dónde están los secuestrados y nadie morirá.

–El tal Gonzalo Fonseca es culpable y ya está condenado. ¿Qué cojones de inocencia va a demostrarse?

–Él parece convencido de que no mató a su mujer.

–Es su padre, joder –responde el policía, irritado–. Hasta el suyo justificará que traicionase usted a un compañero.

La inspectora Ramos le fulmina con la mirada, dispuesta a bajarse al barro, pero el subinspector Moreno adivina sus intenciones y se interpone entre ellos.

–Será mejor que entremos ya a hablar con él.

Indira le mira desconcertada. El subinspector, que siempre ha disfrutado cuando la veía meterse en problemas, ahora parece querer evitárselos. Moreno es consciente de su cambio de actitud y se justifica, cargado de razón:

–No deberíamos perder el tiempo, inspectora.

Ella está a punto de decirle que no necesita que nadie la defienda y que casi prefería tenerlo como enemigo, pero lo deja para cuando estén a solas.

–María, tú quédate aquí –le dice a la subinspectora Ortega sin dejar de mirar al policía que lleva machacándola desde que han llegado a esa comisaría–. Si alguno de estos te hace algún comentario, dímelo, que tengo unas ganas locas de traicionar a otro soplapollas.

En cuanto se da la vuelta, el policía musita un «puta» lo bastante bajo para que no lo capte ningún micrófono, pero lo suficientemente alto para que la inspectora lo oiga. El subinspector Moreno está a punto de volverse a responderle, pero ahora es ella quien lo frena.

–No digas una palabra, joder.

Moreno se queda cortado viendo alejarse a la inspectora. Al seguirla, oye las risas de los policías a su espalda.

Ramón Fonseca, que empezaba a pensar que no atenderían sus peticiones, esboza una sonrisa de satisfacción al ver que por fin aparece la inspectora Ramos acompañada por el subinspector Moreno.

–Creía que no vendría, inspectora Ramos.

–¿Nos conocemos?

–Yo a usted, desde luego. Leí lo de la denuncia que interpuso contra su compañero por falsificar pruebas. Enhorabuena.

–Hay que joderse –masculla Moreno.

Indira lo fusila con la mirada y se centra en el anciano.

–Me han llamado de todo por aquello, pero es la primera vez que me felicitan.

–Demostró ser una policía íntegra, aunque la mayoría de las veces eso no esté bien visto por quienes no lo son tanto. –Se gira hacia el subinspector–. ¿Y usted es...?

–Mi ayudante, el subinspector Moreno –responde ella–. ¿Necesita comer algo o ir al baño?

–Estoy bien, gracias. Les aconsejo que no pierdan tiempo con formalidades. Tienen menos de una semana para evitar que muera uno de los secuestrados.

–Vayamos entonces al grano –dice Moreno interviniendo por primera vez–. ¿Dónde están, señor Fonseca?

–Supongo que no será tan ingenuo para pensar que voy a decírselo así de fácil. Antes deben cumplir la condición que he puesto.

–Demostrar la inocencia de su hijo, ¿no?

–Eso es.

La inspectora Ramos abre una carpeta y lee con semblante serio durante cinco minutos. Luego la cierra y mira al anciano.

–Será mejor que vayamos dándole el pésame a la familia de los secuestrados. Aunque su hijo no hubiera matado a su mujer, cosa que quedó más que demostrada en el juicio, jamás encontraremos al verdadero culpable en tan poco tiempo.

–El juicio estaba amañado. Colocaron pruebas falsas, igual que hizo su compañero.

–Su hijo estaba junto al cadáver y tenía la ropa y las manos ensangrentadas –Moreno interviene de nuevo–. Y eso por no hablar de que sus huellas estaban en el cuchillo con el que se cometió el crimen.

–Le digo que fue una trampa.

–¿Una trampa de quién?

–Eso es lo que deben hacer ustedes: averiguarlo. Lo que sí puedo decirles es que sospecho que Juan Carlos Solozábal, Noelia Sampedro y Almudena García recibieron una gran suma de dinero.

–¿Lo sospecha o tiene constancia de ello?

–Les he vigilado desde que terminó el juicio y he comprobado que los tres han multiplicado sus gastos en los últimos meses.

–Eso no prueba nada.

–Cuando secuestré a la chica, llevaba encima un sobre con veinte mil euros. ¿Cómo podría una simple estudiante tener tanto dinero? Y en cuanto a la jueza, me consta que compró una casa en Valencia, en efectivo. Y aunque no puedo probarlo, estoy seguro de que Juan Carlos Solozábal, el abogado, estaba preparándolo todo para marcharse de España.

Los policías se miran, sin poder disimular su sorpresa.

–¿Qué hizo con el dinero de la chica?

–Entregarlo en una iglesia, pero ahora no recuerdo en cuál. Deberán creer en mi palabra y no perder el tiempo con eso.

–Les ha dicho a mis compañeros que irían muriendo uno a uno, ¿es cierto?

–Así es, uno cada semana.

–¿En qué orden?

–Eso prefiero guardármelo para mí, inspectora. Si el lunes que viene no ha habido detenciones por la muerte de mi nuera, sabrán quién es el primero.

–Sabe que lo que hace es una salvajada, ¿verdad, señor Fonseca?

–No disfruto con ello, se lo aseguro, pero a lo sumo viviré tres o cuatro años más, mi esposa murió de pena hace unos meses al ver a nuestro único hijo encarcelado injustamente y a Gonzalo ya no le quedan más recursos. Si estuviera usted en mi lugar, ¿no haría lo que fuera para demostrar su inocencia?

16

El abogado Juan Carlos Solozábal había conocido por casualidad a su ahora secuestrador y a su mujer hacía unos cuatro o cinco años, durante un viaje con su pareja de entonces a Egipto. No es extraño que en esos viajes organizados uno haga amistad con gente de todo tipo; los españoles, que tan desunidos están en su propio país, suelen hacer piña en cuanto ponen un pie fuera de sus fronteras. Coincidieron en las excursiones a Abu Simbel, al Valle de los Reyes, a Luxor y, cuando se embarcaron en el clásico crucero por el Nilo, ya casi formaban una familia. Todas las noches cenaron juntos en el barco y no se separaron a su llegada a El Cairo. A la hora de despedirse, prometieron escribirse y verse en España, lo que, como sucede la mayoría de las veces, jamás ocurrió. Por eso le sorprendió tanto encontrárselos esperándole en el portal.

–Ramón, Nieves... qué sorpresa. ¿Qué hacen ustedes aquí?

–Nos dijiste que si algún día te necesitábamos viniésemos a buscarte, hijo –respondió Nieves con los ojos empañados.

Al ver que el asunto era serio, los hizo subir a su despacho. Leyó el informe policial de Gonzalo Fonseca con el ceño fruncido y los miró con gravedad.

–No voy a engañarles. Su hijo tiene todas las de perder, no solo porque las pruebas apuntan en su contra, sino porque la sociedad ahora está muy concienciada con este tipo de crímenes.

–Pero él no lo hizo –protestó la mujer.

–¿Cómo lo sabe usted?

–Porque me miró a los ojos y me juró que era inocente. Él quería a Andrea con toda su alma.

–Entiendo que les cueste asumirlo, pero...

–No, por favor –lo interrumpió Ramón Fonseca–. No nos trates con condescendencia. Solo queremos que investigues qué ha pasado y que defiendas a nuestro hijo.

Juan Carlos se sintió en el compromiso moral de ayudarlos y pasó las siguientes semanas preparando una defensa que, aunque en principio parecía una pérdida de tiempo, pronto empezó a hacerle dudar. Pero transcurrieron los días y no consiguió encontrar nada que confirmase su corazonada. Y lo peor de todo es que Ramón Fonseca ya estaba quedándose sin fondos y él tenía demasiadas facturas que pagar.

La solución a sus problemas de liquidez entró en su despacho una fría mañana de febrero acompañado por un sobrino llamado Luca, de unos treinta años, con tantos músculos como tatuajes y vestido de marca de la cabeza a los pies, y por un tal Adriano, bastante más mayor y también más comedido tanto en la musculatura como en el vestir, pero con una mirada que helaba la sangre y que venía a decir que, si se te ocurría meterte con él, su cara sería el último recuerdo que te llevarías de esta vida.

Salvatore Fusco, que a sus casi setenta años exudaba poder y dinero por todos los poros de la piel, vestía un traje de color crema más apropiado para la primavera o el verano que aún tardaría unos meses en asomar, un sombrero a juego y zapatos marrones, todo de una calidad indiscutible.

–¿Puedo ayudarles en algo? –preguntó Juan Carlos con cautela.

–¿Es usted el abogado? –preguntó a su vez el viejo haciendo un meritorio esfuerzo por hablar en el español aprendido durante los dos años que llevaba afincado en Madrid tras llegar de su Calabria natal.

–Juan Carlos Solozábal. Abogado, sí.

–Soy Salvatore Fusco. –Le tendió la mano y se la estrechó con firmeza. Enseguida señaló a su sobrino y añadió–: Él es mi... ¿cómo se dice?

–Sobrino. –El chico salió en su ayuda.

–Sobrino, eso es. Luca es mi sobrino y Adriano mi... asistente.

El abogado saludó a ambos y despejó tres sillas de papeles y carpetas de casos antiguos que iban cogiendo polvo sin remedio.

–Siéntense, por favor.

Los roles de cada uno quedaron perfectamente definidos cuando solo el tío y el sobrino se sentaron frente a él. Adriano permaneció de pie junto a la puerta y Juan Carlos se fijó en un bulto sospechoso que se marcaba debajo de su chaqueta, a la altura del pecho. Estuvo a punto de pedirle que saliera de su despacho, que no lograba concentrarse sabiendo que tenía un arma tan cerca, pero toda la prudencia que más tarde le faltaría entonces le hizo callar.

–¿Necesitan un abogado?

–¿Quién no necesita un abogado en los tiempos que corren? –respondió Salvatore sonriente–. Es para mi... –buscó en vano la palabra– para el hermano de Gianna, mi esposa.

–Para su cuñado, entiendo. ¿Podría saber por qué motivo requiere mis servicios?

–Tiene mucho carácter.

Juan Carlos miró al sobrino en busca de ayuda y este le pidió permiso con un gesto a su tío. El señor Fusco se lo concedió resignado, comprendiendo que acabarían mucho antes si lo dejaba en manos de Luca.

–Lo que mi tío quiere decir –comenzó a explicar Luca en un castellano perfecto, aunque también con un marcado acento italiano– es que su cuñado tiene mucho carácter y se metió en una pelea con unos negros.

–¿Cuál fue el resultado de la pelea?

–Uno murió y el otro perdió un ojo.

–Supongo que se trata del incidente del que han hablado esta semana en las noticias –suspiró Juan Carlos, consciente de que la presión social lo había convertido en un caso muy difícil de ganar–. Lo lamento mucho, pero ahora mismo me resulta imposible hacerme cargo de...

Juan Carlos se interrumpió al ver que Adriano metía la mano en la chaqueta mientras se acercaba a él. Para su alivio, lo que sacó no fue una pistola, sino un fajo de billetes de cincuenta euros que colocó sobre la mesa con una sonrisa dibujada en la cara.

–Espero que sea suficiente... –volvió a intervenir el señor Fusco.

–¿Por qué yo? –preguntó el abogado intentando calcular cuánto dinero habría allí–. Para ser honesto, debo decirle que hasta la fecha he perdido más juicios de los que he ganado.

–Un cuñado no es un hermano –zanjó don Salvatore.

Si entonces Juan Carlos hubiera dicho que no podía defender a aquel hombre, seguramente meses después no estaría a punto de morir en un frío búnker. Pero Salvatore Fusco no parecía de esas personas que aceptaban un no por respuesta.

17

Cuando la inspectora Ramos llega a la sala de reuniones ya está todo su equipo esperándola. Nada más entrar se percata de que el subinspector Moreno ha captado el mensaje: los bolígrafos y papeles que tiene frente a él están desperdigados sobre la mesa y ha vuelto a ponerse los vaqueros agujereados. En esta ocasión, y para sorpresa de la propia inspectora, la irritación que le produce es menor que el alivio de saber que el haberle salvado la vida no lo ha convertido en un gilipollas que se cree con la obligación de protegerla.

–Aunque gilipollas ya era antes...

Todos la miran desconcertados. Indira se da cuenta de que lo ha dicho en voz alta y, disimulando, se sienta a la cabecera de la mesa.

–Tenemos seis días para averiguar si Gonzalo Fonseca mató o no a Andrea Montero.

–Nada indica que sea inocente, jefa –contesta la subinspectora María Ortega mostrando la extensa sentencia del caso–. Esto está lleno de pruebas que lo implican directamente.

–Me parece muy bien, pero si no encontramos algo de lo que tirar, dentro de tres semanas tendremos tres cadáveres más. –La inspectora mira al oficial Jimeno, que antes de que le pregunten ya se ha hecho un lío con los papeles–. Jimeno, céntrate y dinos qué has averiguado de Fonseca y de su mujer.

–Un segundo, jefa –responde él ya con su sonrojo habitual.

La inspectora aprovecha los segundos que les concede el oficial para mirar al subinspector Moreno y preguntarle sin palabras qué narices hace con esos pantalones rotos. Él le devuelve una media sonrisa como diciéndole que, aunque le deba una muy gorda, no va a dejarse comer el terreno.

–Gonzalo Fonseca –dice al fin Jimeno–, cuarenta y dos años cuando sucedieron los hechos hace un año, así que ahora tiene...

–Sabemos sumar, gracias –lo interrumpe Moreno.

–Cuarenta y tres –continúa el oficial como si no le hubiese oído–. Es hijo único y, hasta el momento de su detención, no tenía antecedentes penales. Ni siquiera una multa de tráfico.

–¿A qué se dedicaba? –pregunta la subinspectora Ortega.

–Director comercial de una marca de electrodomésticos. Según parece, ganaba una pasta, como tres veces más que yo... aunque eso tampoco es muy difícil.

–¿Y ella?

–Andrea Montero, treinta y siete años al morir. También sin antecedentes y también hija única de una familia bien de Zaragoza. Estudió una ingeniería, trabajaba desde hacía varios años como jefa de obra de una constructora y ganaba casi el doble que él. Vamos, que estaban forrados.

–¿Estaría celoso? –pregunta pensativa la subinspectora María Ortega.

–Seguro que sí –responde la agente Lucía Navarro–. A muchos hombres todavía les escuece que sus mujeres ganen más que ellos.

–Mi novia gana más que yo –dice Jimeno–, y eso que todavía está de pasante en un despacho de abogados.

–¿Tú tienes novia, Jimeno? –pregunta sorprendida Navarro.

–Desde hace seis meses –asiente el oficial orgulloso–. Nos conocimos en un concierto de...

–Enhorabuena –lo interrumpe la inspectora Ramos–, pero ahora dejémonos de gilipolleces y a lo que vamos. Tendremos que pedir refuerzos y dividirnos en tres equipos: María y yo reabriremos el caso de Andrea Montero...

–Eso no le sentará demasiado bien a la fiscalía –dice la subinspectora.

–Me da igual. Moreno y un par de agentes os dedicaréis a investigar al viejo y a buscar a los secuestrados. Necesito saber si tiene algún cómplice.

–No ha mencionado nada de eso.

–De alguna manera tendrá que matarlos justo en la fecha y la hora que ha marcado. Y Navarro, quiero que te cojas a otros dos de los refuerzos, destripes la vida de los secuestrados y averigües si hay algún indicio de que pudieron ser sobornados para ir en contra de Gonzalo Fonseca. Lo de la jueza y el abogado lo tengo claro, pero ¿por qué el viejo culpa a la chica?

–Tiró por tierra la imagen de matrimonio perfecto que quería dar Gonzalo Fonseca al declarar que lo vio agredir a su mujer en el ascensor de un hotel el mismo día en que la asesinaron.

Todos asienten, asimilando sus tareas.

–El problema que tenemos –dice la agente Navarro– es que a Ramón Fonseca solo podremos tenerlo retenido setenta y dos horas. El juez tendrá que mandarle a prisión preventiva y eso nos va a complicar la vida.

–Vosotros no os preocupéis por eso. Este es un caso muy especial y estoy segura de que el juez nos dará un poco más de margen. De momento ya he conseguido que podamos traerlo a nuestra comisaría. El traslado está previsto a última hora de la tarde.

Tras un instante, el oficial Jimeno carraspea.

–Esto... ¿y yo qué hago?

–Coordinarás los tres equipos desde aquí.

–Cuenta con ello, jefa –dice sin poder contener la sonrisa de satisfacción.

–Necesito que estéis disponibles las veinticuatro horas. Recordad que hay una cuenta atrás, así que no os entretengáis con cosas que no nos lleven a ningún lado. Mucha suerte a todos.

18

El primo de la estudiante Noelia Sampedro quiso enseñarle el código morse cuando entró en el ejército y ella acababa de cumplir quince años. Según decía, algún día podría salvarle la vida. Noelia estaba segura de que, al igual que las raíces cuadradas, era un conocimiento inútil para la vida cotidiana. Pero estar a solas con su primo no era algo que pudiera desperdiciar, llevaba deseándolo demasiado tiempo. La primera vez que se masturbó, hacía entonces tres años, lo hizo pensando en él. Sintió placer y culpa a partes iguales, ya que solo había pasado una semana desde que su padre pinchó la rueda de su camión a pocos kilómetros de Soria y un coche se lo llevó por delante. El conductor se dio a la fuga y jamás pudieron detenerlo.

–El código morse –dijo Javi nada más entrar en su habitación, mientras cogía un libro de la estantería y se sentaba en la cama– es un sistema que permite escribir un mensaje a alguien que perfectamente puede estar en la otra punta del mundo.

–O sea, como el WhatsApp.

–Sí, bueno... –Javi titubeó sintiéndose estúpido–, pero si estás encerrada en un lugar sin móvil, lo mejor es el morse. Cada letra del código...

–Javi –lo interrumpió Noelia, mirándolo a los ojos–, ¿yo te parezco guapa?

–Claro que sí.

Javi trató de continuar con su explicación, pero Noelia le quitó el libro de las manos, se le acercó e intentó besarle. Él se retiró, aturdido.

–¿Qué estás haciendo, Noe?

–Quiero acostarme contigo.

–¿Te has vuelto loca? –Javi se levantó de la cama de un salto–. Eres mi prima, joder. Y además solo tienes quince años.

–Muchas de mis amigas follan desde los catorce.

Javi la miró descolocado. Noelia era aparentemente la niña perfecta: guapa, con clase, buena estudiante y, sobre todo, muy educada. Hasta ese momento a su primo ni se le había pasado por la cabeza que conociera el verbo «follar».

–Déjate de tonterías. Como te decía, el morse...

–Entonces se lo pediré a tu amigo Pablo –volvió a interrumpirlo ella.

Eso le descolocó todavía más; una cosa es que él no estuviera dispuesto a tener nada con su prima y otra muy distinta empujarla a los brazos del mayor macarra de todo Cercedilla, un pequeño pueblo situado en la sierra de Guadarrama, a unos sesenta kilómetros de Madrid.

–¿Se puede saber a qué viene esto, tía?

–Prefiero perder la virginidad con alguien que me guste y al que quiero antes que con cualquier gilipollas del insti, nada más –respondió Noelia con tranquilidad.

Javi la miró de arriba abajo, probablemente por primera vez como a una chica y no como a un familiar. Ella advirtió las dudas de su primo y aprovechó su oportunidad. Se desabrochó lentamente la blusa y Javi no pudo evitar mirar con deseo los duros pezones que se marcaban debajo de un sujetador deportivo.

–Noelia... –dijo él, empezando a perder la batalla–, yo creo que lo mejor es que lo dejemos aquí y nos olvidemos.

Ella le cogió una mano y la llevó hacia uno de sus pechos. Él dejó de resistirse y una repentina e incontrolable erección surgió de entre sus piernas. Noelia le desabrochó el cinturón y le bajó los pantalones. Unos calzoncillos verdes, de los que se pone alguien que no espera que ese día se los vea nadie, aparecieron frente a ella con una mancha de humedad. Cuando se decidió a tocarla con la yema del dedo índice, descubrió que era un líquido suave y resbaladizo, de la misma textura que el que a ella le empapaba cuando pensaba en él.

–Eso es normal, no te creas que ya me he corrido –se justificó, como si el inexperto realmente fuese él.

–Espero que no. –Ella rio y llevó los dedos a la goma de la prenda, dispuesta a retirarla–. ¿Puedo?

Javi asintió. Noelia le bajó los calzoncillos y se encontró frente una polla mucho más grande y oscura de lo que había imaginado. La miró en silencio unos segundos, disfrutando de un momento con el que llevaba años fantaseando.

–¿Qué pasa? ¿No te gusta? –preguntó Javi, inseguro.

–Al contrario –respondió Noelia.

La cogió con una mano y se la llevó directa a la boca, como había visto hacer a las actrices de los vídeos porno que mandaban sus amigas por WhatsApp. Después de intentar darle placer con más ganas que destreza, se quitó los pantalones y las bragas de una vez y se subió a horcajadas sobre su primo.

Entonces descubrió que, gracias a su cuerpo, podría conseguir cuanto deseara de los hombres. Y también de muchas mujeres.

Tras aquel primer encuentro, Noelia y su primo estuvieron viéndose en sesión de mañana y tarde hasta que Javi se incorporó al ejército. Fueron dos semanas en las que ambos aprendieron en un cursillo intensivo buena parte de lo que a esa edad puede saberse sobre sexo. El problema es que, cuando uno prueba algo así, está deseando repetirlo.

A la semana de abstinencia, y a pesar de que había prometido no acercarse al amigo de su primo, Noelia no encontró a nadie mejor con quien seguir practicando y se hizo la encontradiza con él a la salida del gimnasio municipal, donde Pablo pasaba las tardes convencido de que allí se preparaba mejor para la vida que en la biblioteca, que estaba a escasos cincuenta metros de distancia.

–Hola, Pablo.

Él la miró con indiferencia, intentando disimular lo que le impresionaba estar ante la que ya era la chica más guapa del pueblo. El vestido que había elegido Noelia aquella tarde, de elastán blanco y pegado al cuerpo, no dejaba demasiado a la imaginación. Todavía no había pasado un mes desde que había perdido la virginidad, pero ya nada quedaba en ella de la niña inocente que soñaba con que su príncipe azul se la llevaría por la ventana de su habitación a lomos de un helicóptero del ejército.

Dos chicos con unas palas de pádel pasaron por su lado y se dieron un codazo con complicidad mirando descaradamente a Noelia.

–¿Vosotros qué coño miráis? –les increpó Pablo.

–A tu amiga se le ha olvidado ponerse bragas –respondió divertido el más alto.

El otro ahogó una risa y Pablo tiró su mochila al suelo, dispuesto a partirse la cara con ellos. Pero Noelia, que aquella tarde tenía claro su objetivo y no era precisamente que tres paletos con las hormonas revolucionadas se peleasen por ella, lo detuvo en seco.

–Déjalos, Pablo. Son unos niñatos de mierda.

–¡Gilipollas!

Los chicos se alejaron haciéndoles una peineta y se metieron en un coche. Pablo continuó mirándolos como un perro de presa hasta que desaparecieron calle abajo. Al volverse, vio que Noelia lo miraba sonriente.

–¿Y tú de qué te ríes? –preguntó a la defensiva.

–Me gusta que me defiendas así.

–Lo hago por tu primo Javi, que somos colegas de toda la vida.

–¿Solo por él?

Cuando se miraron a los ojos, Pablo se dio cuenta de que estaba en desventaja. Por muy buena opinión que tuviera de sí mismo, sabía que Noelia muy pronto sería inalcanzable para alguien que no tenía más aspiraciones en la vida que trabajar en el taller mecánico de su padre.

–¿Tú no tienes bragas que ponerte o qué?

–Con este vestido se marcan y queda muy choni.

–Pero ¿cuántos años tienes, niña?

–El mes que viene cumplo dieciséis.

Pablo volvió a mirarla, aturdido. No parecía ni de lejos una niña de quince años; él tenía varias primas de esa edad y todavía eran unas crías. Ni siquiera su hermana, con diecisiete, estaba tan desarrollada como Noelia.

–Bueno, ¿qué? ¿No me invitas a una cerveza?

–A ti no te servirían una cerveza en ningún bar.

–¿Quién ha hablado de ir a un bar?

El despacho del padre de Pablo estaba situado sobre el taller y, en contra de lo que esperaba Noelia cuando le dijo que allí nadie les molestaría, estaba limpio como una patena y decorado con cierto gusto. Él tiró su mochila sobre un sofá de cuero negro y sacó dos cervezas de una neverita de Bridgestone. Después de una charla intrascendente en la que Noelia se hizo la experta en cerveza cuando en realidad era la primera vez que la probaba y además le pareció asquerosa, le puso la mano en el paquete, que enseguida cobró vida bajo los pantalones del chándal Kappa.

–¿No vas demasiado rápido?

–¿Para qué esperar?

Noelia se deshizo de las zapatillas, se quitó el vestido blanco por la cabeza y se quedó completamente desnuda frente a él. Pablo la miró de arriba abajo con deseo. Por un momento pensó en decirle que se vistiera y que le llamase cuando hubiera cumplido los dieciocho, pero las palabras desaparecieron en algún punto entre su cerebro y su boca.

–Cómemelo –dijo Noelia subiéndose en el sofá y poniéndole un pie sobre el hombro, mostrándole abierto su sexo ya húmedo.

Pablo dudó. Siempre llevaba la iniciativa en sus escarceos sexuales, pero tampoco logró materializar las protestas y hundió la cabeza entre las piernas de la chica.

19

El patio es un lugar peligroso para un recluso, y peor aún si se trata de alguien con pinta de jugar al pádel todos los fines de semana y de haber vivido desde niño en un chalé con piscina. Allí dentro, tener un origen acomodado es casi peor que ser pederasta.

Nada más sacar el paquete de tabaco, varios presos rodean a Gonzalo Fonseca. El primer día accedió a repartir cigarrillos para no tener problemas con ellos y ahora no consigue quitárselos de encima. Adonay, un gitano con más tatuajes que seso que cumple condena por haber matado accidentalmente a una anciana al darle un tirón desde una moto robada, le pasa un brazo por los hombros, protector.

–¡A tomar por culo todos, hombre ya! –dice para espantar a los demás gorrones–. ¿No veis que vais a dejar al puto payo sin tabaco, joder? ¡Venga, aire!

Los presos se dispersan entre protestas y Adonay sonríe a Gonzalo, mostrando un hueco enorme donde debería haber dos paletas.

–Ea, ya te dejan tranquilo, puto payo. A mí sí que me darás un par de cigarritos por el favor, ¿no?

–No deberías llamarme «puto payo» si después vas a pedirme tabaco, Adonay.

–Lo digo con cariño. Tírate el rollo y dame lo que te queda del paquete, anda. Hoy tengo un mono que me cago patas abajo.

–¿Y el paquete que te regalé ayer?

–Se ha convertido en humo, y nunca mejor dicho.

Adonay se ríe con su propio chiste. Gonzalo también sonreiría si no supiera que así aumentará todavía más la presión sobre él.

–Lo siento, pero tengo que utilizar el peculio en cosas que necesito y hoy no puedo comprar más tabaco.

–Venga, put... –corrige–: Payo. ¿Tú sabes lo que te harían todos estos desgraciados si yo no te protegiera?

–¿Me estás coaccionando?

–No tengo ni puta idea de lo que es eso, pero si me das el tabaco, vale.

–¿No me dijiste que tu familia te mandaba pasta todos los meses?

–Ya te digo, pero tengo otros vicios. Además, estoy ahorrando para ponerme los piños cuando me suelten.

Gonzalo sabe que no le va a dejar en paz hasta que consiga lo que quiere, así que, tras encenderse un cigarrillo, le regala el medio paquete que le queda.

–Cojonudo, puto payo.

Mientras pasean alrededor del campo de futbito, Gonzalo se fija en un hombre que lleva una venda cubriéndole un muñón donde debía haber una mano derecha. Está hablando con el grupo de colombianos que dominan la zona norte del patio y que parecen mostrarle un respeto reverencial.

–¿Quién es ese?

–Un tal Walter Vargas –responde el gitano a la vez que se enciende su tercer cigarrillo con la colilla del anterior–, un payo poni chungo que te cagas. Lo trajeron ayer.

–¿Qué le ha pasado en la mano?

–Si tienes huevos, ve y pregúntaselo tú.

En los casi doce meses que lleva encerrado, Gonzalo ha aprendido a evitar los conflictos. Pero por mucho que trate de mantener un perfil bajo, es difícil estar tranquilo cuando se vive rodeado de gente cuyo mayor don es causar problemas. Cuando entra del patio suele encerrarse en la biblioteca hasta la hora de la cena, alejado de las timbas que se forman en la galería y que por lo general terminan en pelea. Pero ni siquiera en el sitio menos frecuentado de la cárcel puede ocultarse durante demasiado tiempo. Gheorghe, el rumano que controla el tráfico de drogas allí dentro, se sienta frente a él y le cierra el libro de derecho que está leyendo.

–Te vas a quedar ciego con tanta letra.

Gonzalo le mira en tensión, guardando silencio. El rumano trata de mostrar su lado más amable con una amplia sonrisa, pero su boca salpicada de dientes de oro consigue cualquier cosa menos tranquilizar.

–Tengo que pedirte un favor, amigo.

–¿Qué clase de favor?

–Necesito que recojas algo y que lo lleves a mi celda.

–A mí esas cosas no me gustan. Mejor búscate a otro.

–Si hubiera otro no te lo pediría a ti, *cretinule*. –La simpatía de Gheorghe desaparece de un plumazo–. Tú trabajas en la cocina, ¿no?

Gonzalo aguanta callado. Gheorghe le agarra la cara con tal violencia que le deja marcados los dedos en las mejillas.

–Te he hecho una puta pregunta, joder.

–Sí, trabajo en la cocina –responde Gonzalo con esfuerzo.

–No tendrás ningún problema, amigo. –El rumano lo suelta y vuelve a relajar el gesto–. Uno de los repartidores te dará un paquete, te lo escondes en los calzoncillos y después me lo entregas.

–¿Qué contiene ese paquete?

–Lo único que necesitas saber es que, si trabajas para mí, aquí dentro nadie te molestará.

–¿Y si no?

–Si no... seré yo quien te moleste.

El rumano suelta una risotada y Gonzalo comprende que no tiene escapatoria. Antes de que pueda responder, un funcionario entra en la biblioteca.

–Fonseca, tienes visita.

–Te avisaré cuando esté listo –le dice Gheorghe sonriente, y luego le observa mientras sale de la biblioteca con el funcionario.

20

La jueza Almudena García entró en casa procurando mantener la calma. Se quitó los zapatos, que le estaban destrozando los pies, guardó tranquilamente la compra en la nevera y se sirvió una copa. Hasta que se sentó en el sofá, no abrió el sobre que le había entregado el crupier en el supermercado. En el interior había cinco fotografías en las que se la veía a ella: en dos estaba acompañada por el empresario Sebastián Oller en la terraza de la habitación de hotel, en otras dos se hallaba sentada a la mesa de juego junto con él y varios jugadores más, y en la última estaba comprando quince mil euros en fichas a los organizadores de las partidas de póquer. Sobre una de las imágenes había un pósit pegado: «¿Cree que le conviene a su carrera que se hagan públicas estas fotos?».

–Hijo de puta...

Hacía varios meses que había decidido pedir el traslado a los Juzgados de Violencia sobre la Mujer y se acababa de incorporar, pero no lograba concentrarse en el primer caso que tendría que juzgar: el asesinato de una mujer supuestamente a manos de su pareja. El acusado se llamaba Gonzalo Fonseca. Después del primer día de juicio en el que la fiscalía y el abogado defensor expusieron sus consideraciones iniciales, nada más subirse al coche para volver a casa, recibió la llamada que llevaba cinco días esperando.

–¿Qué le han parecido las fotos?

–¿Qué quiere?

–Cien mil euros en efectivo. Esta noche.

–Eso es una fortuna. No puedo disponer de tanto dinero en tan poco tiempo.

–No me tome por estúpido. Recuerde que llevo viéndola jugar y ganar desde hace mucho tiempo.

–No siempre he ganado, lo sabe mejor que nadie. Me ha ido bien, es cierto, pero también he perdido muchas noches.

–¡¿Quiere tocarme los cojones, o qué?! –estalló el crupier, irritado–. Si no tengo esta noche mis cien mil euros, mandaré las fotos a todos los periódicos.

–¿Dónde? –preguntó Almudena tras unos segundos de duda.

–Vaya a la estación de metro de Sol y súbase en el primer tren que pase en dirección a Moncloa a partir de las diez de la noche.

La comunicación se cortó y la jueza Almudena García tuvo claro que no podía sucumbir al chantaje. Conocía cómo funcionaba esa gente y sabía que después de los cien mil euros vendrían otros tantos, y se repetiría las veces que fueran necesarias hasta dejarla sin nada. Tenía que denunciarlo, pero no sabía ante quién.

El empresario Sebastián Oller acababa de almorzar en su despacho acompañado por varios de sus consejeros cuando su secretaria le dijo que tenía visita. Al saber quién había ido a verle, hizo salir a toda prisa a los empleados por una puerta lateral y fue a recibirla.

–Qué sorpresa más agradable.

–Siento no poder decir lo mismo, señor Oller.

–¿Qué sucede? –preguntó el empresario, desconcertado.

La jueza Almudena García le contó cómo había llegado a sus manos ese sobre con las fotos y el empresario fue mirándolas una a una con el ceño fruncido.

–¿Tiene usted algo que ver con esto? –preguntó ella escudriñándole.

–Le doy mi palabra de que no –respondió Sebastián Oller con solemnidad.

La jueza le miró a los ojos y decidió creerle.

–Creía que allí dentro estábamos seguros.

–Yo también. Deberíamos decirles a los organizadores que se ocupen ellos de ese crupier... ¿Cuánto le ha pedido?

–Cien mil.

–¿Y va a pagarlos?

–¿Qué haría usted en mi lugar?

–No creo que esté preparada para oír mi respuesta –contestó el empresario con frialdad.

La jueza comprendió muy bien lo que significaba eso y se estremeció.

–En su caso solo tiene dos opciones –continuó Oller–. O lo denuncia ante la policía y reza para que no salga a la luz, o paga. El problema es que a este tipo de gente le puede la codicia y no creo que vaya a detenerse ahí. Si se decide a pagar, sería justo que me hiciera cargo de la mitad, aunque solo por esta primera vez.

–Es usted muy generoso.

–Probablemente yo solo tendría un problema con mi mujer, pero tampoco querría salir en los periódicos por algo así. Cuente con el dinero... o con cualquier otra cosa que pueda necesitar.

La jueza se marchó de aquel despacho sin dejar de pensar en la oferta velada que le había hecho Sebastián Oller. Durante las horas que siguieron intentó no pensar en ello, pero seguía ahí, martilleándole. A las nueve de la noche abrió su caja fuerte, guardó en una bolsa cien de los ciento veinte mil euros que tenía y se encaminó a la estación de Sol. Se sentó en el andén indicado y dejó pasar cuatro trenes. A las diez y tres minutos, llegó el que tenía que coger. Se levantó y fue hacia la puerta, pero en el último segundo decidió no subirse. En cuanto el vagón de cola desapareció por el túnel en dirección a Moncloa, recibió la llamada de teléfono.

–¡¿Qué coño ha pasado?! –gritó el crupier, iracundo–. ¡¿Por qué no se ha subido al puto tren?!

–Porque no he logrado reunir todo el dinero –respondió ella con tranquilidad–. Le juro que mañana le pagaré.

–Es su última oportunidad. Le recomiendo que no la desaproveche.

La comunicación se cortó. La jueza tomó aire y marcó el número que aparecía en una tarjeta de visita que sacó de su bolso.

–¿Señor Oller? He decidido aceptar su oferta. –Escuchó impasible–. No, no me refiero al dinero. ¿Se ocupa usted del problema?

21

Gonzalo Fonseca llega a la sala de visitas, donde la inspectora Indira Ramos y la subinspectora María Ortega ya están esperándole. Las dos policías le observan en silencio mientras el guardia abre la puerta. La primera impresión que les causa es, como defiende su padre, la de un hombre inocente acusado injustamente.

–No tiene pinta de asesino –dice en voz baja la subinspectora.

–Tampoco Ted Bundy, y mira –replica la inspectora.

Lo que más le llama la atención a la inspectora es su pulcritud. Para alguien como ella, que ha estado a punto de sufrir un infarto siete veces desde que ha entrado en la cárcel hasta que ha llegado a la sala de visitas por el desorden y la suciedad con que se ha encontrado, supone un auténtico alivio.

–¿En qué puedo ayudarlas? –pregunta Gonzalo con desconfianza.

–Buenas tardes, señor Fonseca. Yo soy la inspectora Ramos y ella la subinspectora Ortega. Sentémonos, por favor.

Los tres toman asiento alrededor de la mesa metálica, todavía estudiándose.

–Reconozco que estoy intrigado –dice Gonzalo.

–Hemos venido a hablarle de su padre, Ramón Fonseca.

–¿Qué le ha pasado?

–Ayer confesó ser el autor del secuestro de tres personas.

Gonzalo se recuesta en la silla, asimilando la información. Por su reacción parece que de verdad no se lo esperaba.

–Entonces ¿ha sido él?

–¿No lo sabía?

–Lo sospeché cuando vi en televisión que habían desaparecido la jueza que me condenó, el abogado que me dejó tirado y la testigo que mintió en mi juicio. Pero me resistía a creer que fuera capaz de algo así. ¿Qué pide?

–Que se reabra su caso y detengamos al verdadero culpable de la muerte de su esposa –responde la subinspectora Ortega.

–¿O?

–O cada semana irá muriendo uno de los secuestrados.

–Vaya –dice Gonzalo todavía más impresionado.

–Vamos, señor Fonseca. –La inspectora le mira con suficiencia–. ¿Va a decirnos que no tenía ni idea de lo que pretendía hacer su padre?

–Desde que murió mi madre se volvió más radical con mi defensa y yo sabía que intentaría algo, pero me imaginaba que haría una huelga de hambre frente al palacio de la Moncloa o algo parecido. Le aseguro que esto me ha sorprendido tanto como a ustedes.

–¿Cree que de verdad puede convertirse en un asesino?

Gonzalo Fonseca reflexiona unos segundos antes de responder.

–Mi padre es un hombre desesperado, inspectora. Todo esto le ha afectado mucho, más incluso que a mí. Él cree en mi inocencia y la última vez que vino me juró que conseguiría sacarme de la cárcel aunque fuese lo último que hiciera en su vida.

–Debería hablar con él y decirle que termine con esta locura.

–Si ha hecho esto es porque ha sopesado todas las posibilidades, y le aseguro que yo no conseguiré que cambie de opinión.

—Si de verdad es usted buena persona, no permitirá que mueran tres inocentes —interviene de nuevo la subinspectora Ortega.

—Sobre la supuesta inocencia de esas personas habría mucho que discutir, subinspectora. Por lo pronto, han mentido sin preocuparles lo que me sucedería. Y en cuanto a dejar morir a alguien... en caso de que llegase a suceder, cosa que no deseo, sería solo culpa de la policía. En sus manos está encontrar al asesino de Andrea y acabar con todo esto.

—¿En menos de siete días?

—Han tenido más de un año y no han movido un dedo.

Las dos policías intercambian una mirada, conscientes de que por ese camino no conseguirán mucho más.

—De modo que usted no mató a su esposa, ¿no?

—No.

—¿Y cómo explica que le encontrasen en el escenario del crimen, manchado de sangre y que el arma estuviera repleta de sus huellas?

—No tengo una explicación, pero puesto que yo no lo hice, supongo que me tendieron una trampa. Debieron de drogarme con algo y prepararon el escenario para que yo pareciese culpable. El caso es que, cuando desperté, ya estaba rodeado de policías.

—¿Quién se tomaría tantas molestias, señor Fonseca?

—No lo sé.

—Échenos una mano para que podamos creerle, por favor. ¿Quién querría ver a su mujer muerta?

—No lo sé, joder. Andrea no tenía enemigos ni estaba metida en asuntos turbios. Se dedicaba a trabajar y a sus clases de cocina.

—Trabajaba en una constructora, ¿verdad?

—Acababa de empezar una nueva obra —responde él asintiendo—. Unos chalés en un campo de golf muy exclusivo cerca de Toledo. Decía que era su mejor proyecto y estaba muy ilusionada.

Las dos policías se sorprenden al ver que a Gonzalo Fonseca se le humedecen los ojos. O es un actor consumado, o el asunto no está tan claro como parecía inicialmente.

–¿Por qué deberíamos creerle, señor Fonseca? –pregunta al fin la inspectora.

–Porque la quería. ¿Cómo coño iba a acuchillarla de esa manera cuando Andrea y yo habíamos planeado ser padres este año, inspectora?

22

Aquel jueves se presentaba movido para el abogado Juan Carlos Solozábal. A primera hora fue a visitar a Gonzalo Fonseca a la cárcel de Alcalá de Henares, donde permanecía detenido a la espera de juicio por el asesinato de Andrea Montero. Y a media mañana ya estaba en la de Soto del Real con el cuñado de Salvatore Fusco, en prisión preventiva por haber matado a un inmigrante sudanés y haber dejado tuerto a otro. Ni con uno ni con otro tenía puestas demasiadas esperanzas de lograr una condena absolutoria. Aunque si bien el presunto uxoricida tenía en su contra las pruebas halladas en la escena del crimen, su buena actitud, la ausencia de antecedentes y su empeño en jurar su inocencia hacían que tanto el abogado como los padres del acusado albergaran alguna esperanza, por remota que fuera.

Otra cosa era el tal Vincenzo Gallo. A sus treinta y cuatro años, aquel angelito ya había sido detenido en más de veinte ocasiones acusado de tráfico de drogas, agresión, amenazas, atraco, posesión de armas, extorsión o pertenencia a grupo criminal, la mitad de las veces en Italia y la otra mitad en España, donde residía desde hacía seis años. Y por si fuera poco, la pelea había quedado grabada: es cierto que los sudaneses parecían haber empezado la trifulca, pero el italiano enseguida sacó una navaja y no vaciló en usarla; primero atacó al más joven y, con el ojo de este colgando del filo, se la clavó a su amigo en el corazón.

A diferencia del resto de detenidos en su misma situación, Vincenzo no trataba de justificar su acción alegando defensa propia, sino que, muy al contrario, alardeaba sonriente de lo que había hecho.

–Esos orangutanes se lo pensarán dos veces antes de volver a acercarse a mí.

–No sé si es usted consciente, señor Gallo –le advirtió Juan Carlos Solozábal armándose de paciencia–, pero si no cambia de actitud, es muy probable que en los próximos veinte años todo el que se le acerque lo haga por la espalda.

–¡A la mierda, abogado! –El detenido dio un puñetazo en la mesa y se levantó, agresivo.

–Tranquilo. –El letrado trató de calmarle y detuvo con un gesto a los guardias, que ya se dirigían hacia ellos–. No pasa nada.

–Dígale a su cliente que esté tranquilito o le devolveremos a su celda, abogado –dijo uno de ellos.

El detenido pareció entenderlo porque volvió a sentarse, aunque seguía mirando a su abogado con animadversión.

–Lo único que estoy tratando de explicarle es que, si sigue por ese camino, me resultará imposible ayudarle. Y le aseguro que, en este momento, soy el único que puede hacerlo. Bien, ahora cuénteme exactamente su versión de los hechos.

–Esos orangutanes me faltaron al respeto –dijo Vincenzo Gallo–. Me llamaron espagueti.

–En primer lugar, estaría bien que dejase de llamarlos orangutanes.

La siguiente media hora transcurrió en los mismos términos, un tira y afloja agotador para el abogado. Al salir de la cárcel, decidió renunciar a su defensa mientras todavía estuviera a tiempo y así se lo comunicó por teléfono a Luca, el sobrino de Fusco. Pero al llegar a su despacho, una mujer lo estaba esperando.

Era de esas mujeres que hacen que los hombres se vuelvan a mirarlas por la calle. Sin embargo, en lugar de sentirse halagada por ello, parecía avergonzarse de su belleza: su pelo, largo y negro, estaba recogido en una coleta, y contrastaba con una piel blanca, solo mancillada por un moratón amarillento alrededor del ojo izquierdo. El traje de chaqueta que vestía, aunque de calidad indudable, cumplía la sola función de ocultar la perfección de su cuerpo, y sus manos, muñecas y cuello carecían de cualquier adorno que resaltara sus facciones. Solamente unos discretos pendientes de brillantes se rebelaban contra la ausencia de feminidad que trataba de transmitir. Pero Juan Carlos no necesitaba más para sentir que estaba ante una de las mujeres más bellas que había visto en su vida. Cuando supo que su nombre era Gianna, que era la esposa de don Salvatore y la única hermana del infausto Vincenzo Gallo, se dio cuenta de que no disimulaba su belleza por vergüenza, sino por miedo. Miedo de despertar en su marido el deseo y de tener que volver a entregarse a él, a la persona que más repugnancia le causaba en este mundo. La delicadeza de sus movimientos al tomar asiento la situaron en las antípodas del hombre al que el abogado acababa de conocer en prisión.

–¿Cuál de los dos es el hijo adoptado? –preguntó Juan Carlos mientras le servía un café.

Ella sonrió, dejando al descubierto la única imperfección que podía adivinarse a simple vista: un colmillo ligeramente montado que, lejos de estropear su belleza, la dotaba de cierta humanidad y la hacía aún más atractiva.

–Vincenzo no ha tenido una vida fácil –respondió Gianna–. Nuestro padre murió cuando éramos pequeños y él tuvo que sacarnos adelante a mi madre, a mi abuela y a mí. Eso le endureció.

–Una cosa es ser duro y otra un... –Juan Carlos buscó las palabras, tratando de no ofenderla, pero no supo cómo llamarle «hijo de puta» de una manera más suave y se limitó a suspirar–. ¿Ha visto usted el vídeo de la pelea?

–Sí.

–Con esas pruebas no puedo hacer demasiado por él. Y menos si se empeña en no demostrar el mínimo arrepentimiento.

–Sé que no lo parece, pero en el fondo Vincenzo tiene buen corazón.

Juan Carlos la miró con incredulidad.

–Dele otra oportunidad y se lo demostrará. Hablaré con él y haré que lo trate con el respeto que usted merece.

–No se trata de mí, sino...

–Por favor... –lo interrumpió Gianna–. Solo nos tiene a nosotros dos. Ayúdenos.

Ante la mirada suplicante de la mujer, Juan Carlos fue incapaz de negarse.

–Está bien, pero debería concienciarse de que su hermano pasará muchos años en la cárcel. No solo está la grabación, sino que hay varias decenas de testigos de la pelea que seguramente estén deseando declarar.

–Usted haga lo que pueda para que salga cuanto antes. No le pido más.

Juan Carlos asintió y ella le sonrió mirándole a los ojos con agradecimiento. Ninguno de los dos se dio cuenta de que, en ese preciso momento, habían empezado a cavarse su propia tumba.

23

Los lujosos chalés –todavía a medio construir– están desperdigados entre los hoyos del exclusivo campo de golf, réplica exacta del Augusta National de Georgia, donde anualmente se celebra el Masters de Augusta, el primero de los cuatro grandes torneos masculinos de golf. No falta ni un detalle, ni siquiera el célebre Magnolia Lane, un impresionante acceso donde sesenta y un magnolios dan la bienvenida a los jugadores. La avenida desemboca en la casa club, un imponente edificio colonial que media docena de obreros están pintando de un blanco inmaculado.

–¿Qué leches es esto? –pregunta la subinspectora Ortega mirando deslumbrada a su alrededor.

–Una urbanización para gente de mucha pasta –responde la inspectora Ramos tan impresionada como su ayudante.

–¿Cuánto costará una casa aquí?

–Las más baratas salieron a la venta por un millón de euros...

El hombre que ha respondido se acerca con lentitud a las policías debido a su obesidad mórbida y parece perder doscientas calorías al recorrer los cinco metros que le separa de ellas. Su movimiento llega acompañado de un ruido extraño, como si le estuvieran llamando y tuviera el móvil en modo vibración, pero en realidad lo provocan las diversas fricciones que produce su cuerpo al desplazarse. Hace una pausa antes de continuar, recuperando el resuello.

–... aunque siento decirles que de esas no queda ninguna. Ni de esas, ni de las de dos millones. Y de las de tres, creo que solo nos quedan cuatro. Soy Germán Pardo, gerente del campo de golf, ¿en qué puedo ayudarlas?

–Soy la inspectora Ramos y ella es la subinspectora Ortega –responde Indira al tiempo que ambas le muestran sus placas con un gesto mecánico–. ¿De verdad aquí una casa cuesta tres millones de euros?

–Yo diría que son algo más que casas, inspectora. Son villas con la mejor calidad del mercado y los últimos avances en domótica. Y eso por no hablar del entorno: cada una de las treinta y seis villas Premium tendrá vistas exclusivas al *green* de cada hoyo del campo. El resto estarán situadas a lo largo de la calle.

–¿Cuántos chalés se han construido aquí?

–Unos ciento veinte.

–A una media de dos, suman doscientos cuarenta millones de euros. No es mal negocio, no.

–Para mantener un campo como el que estamos construyendo hace falta una enorme inversión.

–¿Qué tiene de especial este campo? –pregunta la subinspectora Ortega.

–No sé si han oído hablar del Augusta National Golf Club. Supongo que sí –se contesta a sí mismo el gerente, temiendo una respuesta negativa–. Pues cuando este campo se termine, será una réplica exacta del que hay en Estados Unidos, con la salvedad de los chalés, por supuesto, que son imprescindibles para hacer viable el proyecto. Cualquiera que sueñe con jugar una ronda en Augusta, donde únicamente pueden hacerlo sus trescientos socios, además de los clasificados para el torneo anual, ahora solo tendrá que venir aquí.

–O sea, que esto es como un Eurodisney, ¿no? La imitación europea del original.

A Germán Pardo le repatea la visión tan simplista de las policías ante algo tan grandioso como ese club y fuerza una sonrisa, deseando librarse de ese par de catetas cuanto antes.

–Más o menos, sí. No me han dicho qué las trae por aquí.

–Andrea Montero. Si no estamos equivocadas, fue la primera jefa de obra de este proyecto.

Al gerente le cambia la cara. Hablar de ese tema no le hace ninguna gracia.

–Andrea Montero murió hace un año, inspectora. Su marido la asesinó.

–¿Conoció usted a Gonzalo Fonseca?

–Lo vi un par de veces, pero apenas crucé unas palabras con él. Parecía un hombre completamente normal.

–¿Qué puede decirnos de Andrea?

–Nada, salvo que era una trabajadora excelente y que estaba tan ilusionada con este proyecto como el resto de nosotros.

–¿Tuvo algún problema con alguien?

–En absoluto, inspectora. A Andrea se la respetaba y siempre se tenían muy en cuenta sus opiniones. Todos sentimos mucho lo que le pasó.

De regreso a Madrid, la subinspectora Ortega tiene que parar con el coche en cuatro gasolineras distintas, hasta que la inspectora Ramos encuentra una con un baño lo bastante limpio para orinar en él.

–Ir contigo de viaje tiene que ser un espectáculo, jefa.

–No me gusta viajar.

–Pues deberías hacer un plan de choque y marcharte quince días a la India. Si no la palmas del susto, te quedas inmunizada para siempre.

Indira no se siente cómoda hablando de sus rarezas y guarda silencio hasta que María aparca en la puerta de una escuela de cocina del barrio de Salamanca.

–Joder, qué poderío... –comenta la subinspectora mientras esperan a que les abran la puerta–. Aquí, como mínimo, cocinarán ostras.

–Las ostras no se cocinan, María.

La directora de la escuela –una elegante mujer en la cincuentena que parece saber más de inversiones en bolsa que de pucheros– atiende a las policías con amabilidad. Asegura que todos allí sintieron mucho la muerte de Andrea, a la que describe como una mujer encantadora y con talento para la cocina, igual que su marido.

–¿Gonzalo Fonseca también venía aquí? –pregunta sorprendida la inspectora.

–Solo asistía a algunos cursos sueltos, no era un habitual. Jamás me creí que pudiera hacerle eso a la pobre muchacha.

La directora presenta a las agentes al grupo de compañeros de Andrea, que casualmente se encuentra allí. Lo integran cinco mujeres y tres hombres que hablan de la fallecida con cariño. El único que falta es el profesor que tenían por aquel entonces.

–¿Le despidieron?

–No –responde la directora, afligida–. Por desgracia también falleció muy poquitos días después de morir Andrea.

24

Mudarse a Madrid para estudiar Comunicación Audiovisual y escapar del pueblo donde la consideraban una zorra por haberse acostado con la mayoría de los hombres con edades comprendidas entre los dieciséis y los veinticinco años fue un alivio para Noelia. Después de su primo Javi y de Pablo, llegaron algunos más del instituto, varios camareros de la mayor discoteca de Cercedilla y un par de hombres casados, entre ellos el tío de Pablo, al que se folló en el sofá de cuero del despacho del taller, igual que a su sobrino. El problema es que la mayor parte de ellos –incluidos los casados, en una demostración de la infinita estupidez masculina– se dedicaron a contárselo unos a otros, lo que provocó más de un enfrentamiento. Incluso hubo un intento de asesinato por parte de Lucas, un compañero de clase que aseguraba haberse enamorado perdidamente de ella, a Leandro, el dueño del estanco.

No es que a Noelia le importasen mucho los comentarios, pero no dejaba de resultar incómodo que la menospreciasen, sobre todo las mujeres que no eran tan agraciadas ni se atrevían a vivir su sexualidad con tanta naturalidad.

Mientras iba en autobús de camino al colegio mayor donde se alojaría durante su primer año en la universidad, se planteó la posibilidad de seleccionar un poco mejor a los chicos con los que se acostaba, de valorarse un poco más, como solía decirle su madre, pero se dio cuenta de que estaba muy a gusto siendo como era y haciendo lo que hacía. ¿Por qué debía renunciar al sexo cuando no solo le encantaba, sino que también se le daba de maravilla? Además, jamás podría serle fiel a un hombre, pues en cada uno de ellos buscaba una cosa distinta.

Al día siguiente, nada más entrar en clase, sintió una especie de vértigo. Llevaba mucho tiempo deseando dejar el pueblo, pero temió no encajar con aquellos chicos y chicas llegados de toda España. Buscó un lugar discreto donde sentarse y se puso a consultar el horario de clases que le habían dado en secretaría.

–Perdona, ¿está ocupado?

En ese momento, Noelia comprendió que tendría que acostumbrarse a no ser la más guapa del lugar, o al menos no la única. La estudiante que tenía delante quizá no la superase en belleza, pero sí en estilo. Noelia había visto la chaqueta militar que llevaba en un catálogo de The Extreme Collection y costaba alrededor de cuatrocientos euros, y eso por no hablar de los vaqueros Diesel skinny y los botines de Isabel Marant.

–Pregunto si el sitio está ocupado –insistió la chica.

Noelia reaccionó y quitó sus libros del asiento.

–No, perdona.

Se sentó a su lado y sonrió a Noelia, algo a lo que no estaba acostumbrada. Desde que había descubierto el sexo y el poder que tenía sobre los hombres, perdió a todas sus amigas, que empezaron a considerarla una apestada.

–Soy Marta, encantada.

–Noelia.

Se dieron dos besos y Noelia tuvo la certeza de que el perfume que llevaba también costaba una fortuna. Por primera vez en su vida, se sintió insignificante frente a otra chica de su edad.

–¿Eres de Madrid? –preguntó Marta.

–De Cercedilla, un pueblo de la sierra. ¿Y tú?

–Nací en Bilbao, pero llevo viviendo aquí desde los tres años. ¿Vuelves todos los días a dormir a tu pueblo?

–Qué va –dijo Noelia negando con la cabeza, aliviada–. Por suerte he podido cogerme una habitación en un colegio mayor.

–Mejor. Yo estoy en un apartamento alquilado.

En realidad el apartamento de Marta era un dúplex de ciento veinte metros cuadrados con una terraza de cuarenta, todo decorado con un gusto exquisito y con vistas al Parque del Oeste. Desde el primer fin de semana de clase se celebraron fiestas en las distintas facultades y, como era previsible, muchas terminaron allí. Una de las primeras a las que Noelia asistió estaba organizada por los alumnos de la Facultad de Medicina. Si la gente de la calle supiese lo que hacen algunos de sus futuros médicos bajo los efectos del alcohol y las drogas, se pasaría de inmediato a la homeopatía. Lo bueno de aquellas fiestas era que en ellas se mezclaban estudiantes de todas las carreras relacionadas con la sanidad: médicos, enfermeros, odontólogos, psicólogos, podólogos y hasta veterinarios. En aquella ocasión solo una veintena de elegidos se trasladaron al apartamento de Marta desde el descampado donde se habían instalado barras con todo tipo de bebidas, grifos de cerveza patrocinados por las mejores marcas y puestos de comida. Entre ellos estaba Noelia, que se había convertido en el objetivo de dos futuros médicos, un aspirante a veterinario, otro que cursaba tercero de Odontología y un podólogo al que solo le quedaban dos asignaturas para terminar la carrera.

–El problema –le dijo a Marta en el baño mientras esta preparaba dos rayas de coca sobre el lavabo– es que el que más me pone es el podólogo.

–¿Y?

–Pues que los zapatos que me prestaste el otro día me han hecho un callo.

Las dos se miraron y estallaron en carcajadas.

–A lo mejor se pone cachondo limándotelo.

Marta sacó un turulo de metal de su bolso de Prada y esnifó una de las rayas. Se lo pasó a Noelia, que se agachó para meterse la suya. Cuando la excitación de la droga surtió efecto, Marta le agarró el culo con ambas manos.

–¿Te han dicho alguna vez que tienes el mejor culo de todo Madrid, Noe? –preguntó provocadora.

Noelia se volvió sorprendida. Nunca había estado con una chica, pero sabía que tarde o temprano ocurriría. Muchas veces se masturbaba pensando en ello y supo que había llegado el momento de realizar sus fantasías. ¿Y con quién mejor que con alguien con tanta clase como Marta?

–Fíjate que lo mismo pienso yo del tuyo –dijo al fin.

Marta se chupó un dedo y recogió con él los restos de cocaína que habían quedado en el lavabo. Lo llevó a la boca de Noelia, que lo saboreó mirándola a los ojos. Cuando retiró el dedo, sus labios se aproximaron. El primer beso que Noelia le daba a otra mujer le resultó tan extraño que estuvo a punto de rechazarla, pero Marta la sujetó por la nuca y Noelia se dejó llevar. Se besaron y acariciaron hasta que Marta se separó, ya con algunos botones de la blusa desabrochados.

–¿Quieres que llamemos a tu podólogo para que se una a la fiesta?

–Otro día –respondió Noelia excitada.

Ambas se desvistieron con urgencia hasta quedarse desnudas. El cuerpo de Marta no era tan perfecto como el de Noelia y, aunque siempre pareciese estar por encima del bien y el mal, por primera vez mostró cierta inseguridad.

–Qué injusto que estés así sin pisar un gimnasio... –dijo Marta incapaz de contener la envidia.

–Follar me mantiene en forma –respondió Noelia sonriente.

Mordió los pezones de Marta y bajó besándole el vientre hasta su sexo, perfectamente depilado. Lo único que deslucía su blanca piel era un carácter chino tatuado en la ingle. Noelia se fijó en él un par de segundos y sonrió al recordar que uno de su pueblo se había pasado media vida pensando que llevaba tatuado en el brazo una profunda reflexión de Sun Tzu en *El arte de la guerra*, hasta que el dueño del Todo a Cien le dijo que era la carta de un restaurante.

–¿Pasa algo? –preguntó Marta extrañada.

–Nada...

Noelia volvió a centrarse y dejó atrás el carácter chino, significara lo que significase. Le abrió los labios con los dedos y hundió la boca, de la misma manera que le habían hecho a ella decenas de veces. Aunque al principio el sabor salado le pareció fuerte, pronto se acostumbró. Al cabo de medio minuto, Marta le dijo que se corría y la humedad aumentó.

–Sabes a coño –le dijo Marta excitada cuando la besó.

–¿Te gusta?

–Me vuelve loca.

Marta le dio la vuelta y Noelia apoyó las manos en el espejo, formándose una silueta de vaho y de excitación alrededor de ellas. Su amiga se arrodilló y besó cada centímetro de su piel con deseo, lo que provocó en Noelia un sorprendentemente rápido orgasmo. Cuando salieron del baño, más de una hora después, ya no había rastro de médicos, veterinarios o podólogos.

25

La inspectora Indira Ramos se reúne con su equipo, ahora mucho más numeroso: a los subinspectores Iván Moreno y María Ortega, la agente Lucía Navarro y el oficial Óscar Jimeno se les han unido otros cinco policías, tres hombres y dos mujeres. Han pasado ya cuatro días desde que Ramón Fonseca se entregó –o lo que es lo mismo: faltan tres para que se cumpla el plazo marcado para la primera muerte– y en el rostro de cada uno de ellos se nota la tensión. Hoy ni siquiera hay tiempo para que Moreno le toque los cojones a su jefa. Todos desean salvar la vida de los secuestrados y saben que ese caso marcará un antes y un después en sus carreras.

–¿Alguien tiene una buena noticia que darme? –pregunta la inspectora nada más sentarse a la mesa–. ¿Moreno?

–Nada, jefa –responde el subinspector negando con la cabeza–. El viejo sigue sin hablar, y tampoco parece que vayamos a sacarle dónde tiene a los secuestrados... al menos, no por las buenas.

–¿No hay nada con lo que presionarle?

–¿Legalmente?

–No contemplo otra manera.

–Entonces, no. Enviudó al poco de que detuvieran a su hijo y no tiene más familia. Es un hombre sin nada que perder.

–Sigue investigando, no hay nadie tan solo ni tan aislado en el mundo.

–¿Y si empezamos a interrogarle las veinticuatro horas hasta que se derrumbe? –pregunta la subinspectora Ortega con cautela.

–Sabes tan bien como yo que la privación del sueño es una tortura, María –responde la inspectora frunciendo el ceño.

–Lo que está haciendo Fonseca con los tres secuestrados también.

La inspectora Ramos duda. Jamás permitiría que se le hiciera algo así a un detenido, pero lo cierto es que la situación es desesperada y está en juego la vida de tres personas.

–Déjanos intentarlo unos días a ver si le sacamos algo, jefa –insiste el subinspector Moreno.

–Está bien. –Indira se rinde–. Pero no quiero que se le toque un solo pelo, ¿estamos?

Todos asienten, sorprendidos por obtener su permiso. La inspectora mira a la agente Lucía Navarro.

–¿Tú qué tienes?

–Todavía no he podido investigar a fondo la vida de los tres secuestrados –responde Navarro–, pero a priori son gente absolutamente normal. Juan Carlos Solozábal es un abogado de cuarenta años solo condenado por desacato al defender con demasiada vehemencia la inocencia de un cliente; Almudena García es una jueza de casi sesenta muy respetada y con fama de incorruptible, y Noelia Sampedro es una estudiante de Comunicación Audiovisual que saca unas notas cojonudas.

–¿Habéis comprobado si es cierto lo que dijo Ramón Fonseca sobre que les sobornaron para lograr la condena de su hijo?

–Hemos pedido una orden judicial para poder meternos en sus cuentas –interviene el oficial Jimeno–, pero todavía no nos han autorizado. Y no consta que la jueza se comprase ningún piso en Valencia.

–Ahora hablaré con el comisario para que presione al juez, pero si recibieron dinero ilegal, no creo que se lo ingresaran en sus cuentas. –Indira se dirige al subinspector Moreno–: Búscate la vida para comprobar si es cierto lo que nos dijo el viejo de la donación que hizo a la iglesia.

Él asiente y la inspectora se centra en la subinspectora Ortega.

–¿Qué has averiguado del profesor de cocina?

–Se llamaba Antonio Figueroa –responde Ortega consultando sus papeles–. Murió en un accidente de moto seis días después que Andrea Montero.

–¿Cómo fue?

–Por lo visto se salió de la carretera de El Escorial cuando iba al restaurante que llevaba en Galapagar.

–Esa carretera es jodida –comenta uno de los agentes de apoyo–. Según un reportaje que se publicó hace unos años, es la más peligrosa de la Comunidad de Madrid.

Indira frunce el ceño, pensativa.

–Necesito una teoría. Vamos, por una vez os dejo decir tonterías. Todo lo que se os pase por la cabeza sobre la muerte de Andrea Montero.

–Y supongo que no vale que su marido la matase con un cuchillo de cocina, ¿no? –pregunta la agente Navarro.

–Imaginemos por un momento que él de verdad no tuvo nada que ver.

Durante la siguiente media hora, los policías hablan de la posibilidad de un robo, un intento de secuestro y hasta del ataque de una secta satánica, pero nada les lleva a pensar que podría haber pasado algo parecido.

Después de la frustrante reunión, la inspectora Ramos y la subinspectora Ortega se dirigen a Galapagar. Nada más pasar Molino de la Hoz y comenzar el ascenso del puerto, se dan cuenta de que, si el profesor de cocina de Andrea Montero iba a diario en moto por esa carretera, lo extraño es que no se hubiese matado antes.

–Ya que estamos, te invito a comer.

El restaurante que había regentado el chef Antonio Figueroa es un chalé de piedra a las afueras del pueblo. Lo desangelado que está y la cara de amargura del hermano menor del fallecido hacen comprender que aquel era un proyecto de los dos y que ya no tiene ningún sentido.

–Nos metimos en demasiadas obras y ahora no hay Dios que se deshaga de esto –comenta el chico.

–¿Cómo fue la muerte de Antonio?

–Debió de apretarle y se salió a la altura del antiguo puente del Retamar.

–¿Le gustaba correr?

–Sí que le gustaba, sí –responde el hermano con resignación–. Mire que le dije veces que tuviera cuidado, y más de noche.

–¿De dónde venía?

–No tengo ni idea. Llamó para decir que se retrasaría porque tenía algo que hacer en Madrid, pero no le pregunté más. Solía hacerlo bastante a menudo.

La inspectora Ramos no dispone de efectivos, y mucho menos de tiempo, para abrir una línea de investigación que seguramente no lleve a ninguna parte. Vuelven a estar en un callejón sin salida, y encima lejísimos de la comisaría.

26

Gustavo Burgos, excrupier del casino de Torrelodones que entonces se ganaba la vida trabajando en timbas privadas de póquer, se levantó de su asiento a las diez en punto, cuando el tren dejó atrás la estación de Lavapiés. El corazón volvía a latirle con fuerza, exactamente igual que la noche anterior a esa misma hora. La idea era abordar a la jueza Almudena García en cuanto se subiera en Sol, guardarse el dinero y hacer transbordo en Callao hasta Alonso Martínez, donde cogería otro metro que le llevaría hasta Ventas. Y de ahí, a preparar la maleta y a disfrutar de unas merecidas vacaciones. Pero todos los planes se fueron al traste cuando, por segunda vez consecutiva, la jueza no cumplió su palabra. El crupier sacó su móvil y marcó sumamente irritado, pero esta vez saltó el buzón de voz. Tal era su indignación que olvidó ser precavido e hizo los transbordos sin comprobar si alguien le seguía.

Los dos hombres caminaban a unos metros de él, tan cerca que podían oírle despotricar, totalmente fuera de sí.

–Me cago en su puta madre... Esa jueza no sabe con quién se la está jugando, joder... Le voy a hundir su puta vida...

Cuando supieron que ya no habría más cambios de tren y que el destino final era Ventas, uno de los hombres llamó por teléfono. El crupier caminó hacia la calle Roma, giró a la derecha por la de Cardenal Belluga y, al llegar a la esquina de la de Francisco Navacerrada, un coche se detuvo a su lado con un frenazo. En apenas cinco segundos, los dos hombres se le acercaron por la espalda, lo inmovilizaron con una pistola táser y lo metieron en el coche. La resistencia del crupier fue inútil ante sicarios acostumbrados a someter incluso a otros como ellos.

Lo llevaron a una nave industrial de las afueras de Madrid y lo ataron a una silla de metal. Uno de los dos tipos que habían estado siguiéndole se sentó frente a él y le escuchó llorar y suplicar por su vida.

–Tú ya estás muerto –le dijo con frialdad en un inquietante acento de algún país del Este–. Solo te queda decidir cómo quieres que suceda, si rápido o lento. Nosotros no tenemos prisa.

–No me hagan daño, por favor... –rogó entre sollozos.

–Ahora tienes que decirnos dónde están las copias de las fotos.

–No sé de qué fotos me hablan.

El violento puñetazo le reventó el globo ocular izquierdo. Una lágrima mezclada con sangre rodó por su mejilla, pero no era solo producto del dolor, sino también de la rabia y la frustración al comprender que había tenido al alcance de la mano la vida con la que siempre soñó y se le había escapado entre los dedos.

–Como iba diciendo –prosiguió el sicario–, queremos las fotos. Todas. Si nos dices dónde están y comprobamos que no nos engañas, será rápido. Pero si intentas jugar con nosotros... –Chasqueó la lengua–, entonces nosotros también jugaremos contigo.

El cadáver de Gustavo Burgos fue encontrado tres días después en un descampado de Villaverde. Había sido torturado y mutilado salvajemente antes de que lo ejecutasen con un tiro en la nuca. Nunca se descubrió el motivo de su asesinato, pero los investigadores coincidieron en que, fuera lo que fuese lo que trataban de conseguir de él, lo lograron con creces.

La jueza Almudena García sintió una punzada en el estómago al leer la noticia en el periódico. No estaba orgullosa de haber permitido que mataran a un hombre, y menos de manera tan cruel, pero fue él quien decidió meterse en algo para lo que no estaba preparado. Los días que siguieron al asesinato estuvo nerviosa y preocupada, convencida de que en algún momento la detendrían y su vida quedaría hecha añicos. Pero no pasó nada. A la semana, coincidió en el juzgado con el inspector que llevaba el caso, quien le confirmó que la muerte de Gustavo Burgos había sido archivada por falta de pruebas. Uno de tantos ajustes de cuentas que suceden a diario en el mundo del hampa. Solo entonces pudo centrarse y ocuparse del caso que estaba juzgando.

Todo indicaba que Gonzalo Fonseca era culpable de haber matado a su mujer con un cuchillo de trinchar, pero algo no terminaba de cuadrarle. La experiencia le decía que, si alguien parece culpable, normalmente lo es, pero el problema es que aquel hombre no lo parecía. Releyó por enésima vez el informe policial y, a pesar de las huellas en el arma homicida y de las manchas de sangre del acusado, seguía sin verlo claro; tenían el cómo, el quién y el dónde, pero les faltaba lo más importante: ¿por qué?

Todos los testigos que pasaron por aquel juzgado aseguraron que Gonzalo Fonseca y Andrea Montero eran una pareja perfecta. Ninguno, ni siquiera entre los más cercanos a la mujer asesinada, declaró que tuviera algún problema con su marido... hasta que apareció aquella testigo sorpresa que afirmó haber coincidido con la pareja en un hotel y presenciado una agresión por parte del marido la misma noche del asesinato. La jueza cogió con pinzas la oportuna declaración de la chica, sobre todo porque no había pruebas que confirmasen su versión –las grabaciones habían sido borradas hacía meses y en ningún documento constaba el paso de Andrea Montero o de Gonzalo Fonseca por aquel hotel–, pero tras hablar durante dos horas a solas con ella, se dio cuenta de que no tenía absolutamente nada que ganar. El único problema era que, cuando le preguntó al acusado, su respuesta la desconcertó todavía más:

–Yo no digo que no viese a una pareja discutir, pero le aseguro que no éramos nosotros. ¿Para qué íbamos a ir a ese hotel cuando nuestra casa está a menos de un kilómetro de distancia?

Las dudas de la jueza fueron en aumento a medida que iban pasando los testigos por el estrado y, un juicio que debía ser rápido por la contundencia de las pruebas presentadas por la fiscalía, empezaba a alargarse más de la cuenta.

También el estrés crecía en ella por llevar varias semanas sin asistir a aquellas partidas de póquer que hacían que se sintiera tan bien. Una noche no pudo aguantar más y se presentó en el hotel.

–No la esperábamos hoy, señora.

–¿Puedo sentarme a jugar un rato?

El organizador le dijo que sí y, tras pasarle un detector para evitar las filtraciones que había denunciado un jugador de manera anónima, se sentó a jugar con el actor nominado, con una cantante de ópera, con un financiero chino, con dos hombres de negocios a los que no conocía de nada y con Sebastián Oller. Cuando salió a la terraza a fumar un cigarrillo, el empresario se le acercó.

–Hace una noche fantástica, ¿verdad?

–Me gustaría que me entrasen mejores cartas, sinceramente –respondió la jueza.

–¿A quién no? Pero para atraer a la suerte hay que alimentarla, y usted se ha saltado unas cuantas partidas...

–He estado muy ocupada.

–Lo sé. Me gusta saber lo que hacen mis amigos.

La jueza le miró, tratando de descifrar si sus palabras tenían un doble sentido. Él le mantuvo la mirada y ella comprendió que sí.

–¿Pasa algo?

–Me temo que es hora de que me devuelva el favor... –respondió Sebastián Oller.

27

Los cinco días de intensos interrogatorios empiezan a hacer mella en Ramón Fonseca. Hay muchas maneras de torturar, y no todas requieren el uso de la violencia; la privación del descanso para presionar a un detenido es casi peor que una paliza. A partir de veinticuatro horas sin dormir empiezan los primeros trastornos: malestar corporal, irritabilidad, desánimo... Más tarde surgen los deterioros neurológicos, como la falta de reflejos o las variaciones en los tiempos de reacción, y por último las alteraciones metabólicas hasta producir síntomas parecidos a los de la esquizofrenia, como delirios o alucinaciones. Ramón Fonseca se siente ebrio, pero aún con fuerzas para no revelar el sitio donde mantiene retenidos a los tres secuestrados. Como ha ocurrido siempre en los últimos días, justo cuando cierra los ojos, la puerta de la sala de interrogatorios vuelve a abrirse.

El subinspector Moreno pone frente al anciano un papel y aguarda en silencio a que le pueda la curiosidad.

–Si pretende que lea algo –dice Ramón Fonseca tras unos segundos–, será mejor que aumente un poquito el tamaño de las letras, subinspector. Tengo la vista cansada y juraría que la falta de sueño no me beneficia.

–Son las notas de Noelia Sampedro. Su madre nos las acaba de enviar. Si quiere, se las leo yo. –Moreno coge el papel y empieza a leer–: Análisis de la imagen, sobresaliente; Arte español contemporáneo, notable; Derecho de la Comunicación Audiovisual, sobresaliente; Fotografía, matrícula de honor...

—¿Adónde quiere ir a parar? —lo interrumpe el anciano.

—A que no me creo que sea usted tan cabrón para acabar con la vida de una chica con un futuro brillante.

Las palabras del policía incomodan a Ramón Fonseca, pero sigue tratando de mostrarse entero y firme en sus convicciones.

—Si no quiere que muera, debería buscar al asesino de mi nuera en vez de estar aquí perdiendo el tiempo.

—Dígame dónde están y le juro por mi vida que me dedicaré en cuerpo y alma a encontrar a quien lo hizo.

—No puedo confiar en usted.

Si a Iván Moreno le hubieran dado un euro cada vez que le han dicho eso, a estas alturas sería rico; alguien que nace en un barrio humilde en el que los delincuentes campan a sus anchas y decide hacerse poli debe acostumbrarse al desprecio y la desconfianza. Cuando tenía catorce años, se dejó tentar por unos chicos mayores para llevar huevos de hachís en la mochila del instituto, y en los dos años siguientes lo hizo tantas veces que pronto perdió la sensación de peligro. Pero las traiciones están a la orden del día y bastó con que un profesor presionase a unos chavales en el recreo para que confesasen quién les vendía el costo.

Una mañana de martes, un chico joven de aspecto desenfadado esperaba a Iván apoyado en un coche enfrente de su portal. Tenía previsto seguirle para ver quién le entregaba la mercancía que después él repartiría entre sus compañeros de clase, pero a pesar de su inexperiencia, Iván ya conocía el protocolo de seguridad y se fijó en él. Sabía que no era del barrio porque nunca le había visto, pero sobre todo por las Air Jordan relucientes que calzaba: nadie que hubiese nacido allí y que no se dedicase al trapicheo se las podría permitir. Al sentirse descubierto, el chico se acercó a Iván.

–Tú eres Iván, ¿verdad?

–¿Quién coño eres tú? –preguntó este a la defensiva.

–Me llamo Daniel Rubio. Soy de la UDYCO, Unidad de Drogas y Crimen Organizado.

–Una polla como una olla vas a ser tú poli.

Daniel se llevó la mano al bolsillo trasero del pantalón y sacó su cartera. Al abrirla y mostrar su placa, Iván se quedó de piedra, pero no por saberse en apuros, sino porque no podía imaginar que hubiera policías con esa pinta. Los únicos que solían aparecer por allí iban con uniforme y armados con rifles de asalto, o eran inspectores con aspecto rancio y muy malos humos. Nunca había visto a ninguno tan joven con unas Nike último modelo, vaqueros rotos y camiseta de Quiksilver.

–Sabemos que eres tú quien lleva hachís al instituto, Iván.

–Eso es mentira. –El chico se puso a la defensiva.

–Tenemos pruebas.

–¿Qué pruebas?

Daniel sacó un Nokia 7650 –el primero de la marca con cámara incorporada– y le enseñó varias fotografías en las que se le veía trapicheando con unos compañeros. Iván ni siquiera se fijó en las imágenes que probaban su delito.

–Hostia puta... ¿es uno de esos teléfonos con cámara? ¿Puedo hacer una foto?

Ver cómo Iván disfrutaba sacando fotos con una sonrisa de oreja a oreja probablemente fue lo que le salvó de pasar por un reformatorio. Daniel, que procedía de un ambiente muy parecido al suyo, enseguida se identificó con él.

–Sabemos quién te pasa el hachís, Iván. Solo necesitamos que declares contra él y tú quedarás libre de cargos.

–Olvídate –dijo devolviéndole el teléfono–. No soy un chivato.

–¿Prefieres pagar tú, que solo te llevas calderilla, a que paguen ellos, que se están forrando a tu costa?

–No me pidas eso, tío. Tú hoy te largas e igual ya no vuelves por este barrio, pero yo tendré que vivir en esta pocilga hasta que me muera.

Daniel captó en su tono una llamada de auxilio y, sin tener claro por qué, decidió echarle una mano.

–¿Qué me das a cambio de borrar estas fotos?

–No tengo pasta.

–No quiero pasta, y tampoco que te chives de nadie, pero tienes que jurarme que vas a dejar esta puta mierda y seguir estudiando. Todavía no tienes antecedentes y estás a tiempo de salir limpio de esto.

–Estudiar se me da como el culo.

–Pues tienes que empezar a pensar cómo ganarte la vida, tío, porque si sigues así, del reformatorio irás directo a la cárcel.

A Iván no solo le sorprendió que un poli vistiese como Daniel, sino también que le ayudase desinteresadamente. La única manera que se le ocurrió de agradecerle lo que había hecho fue siguiendo sus pasos. Cuando salió de la academia de policía y se presentó frente a él con su uniforme recién estrenado, Daniel sonrió, satisfecho por lo que había logrado.

–Te sienta de puta madre.

–¿Tú crees? –preguntó Iván mirándose con desconfianza–. Si parezco un pintamonas. ¿Qué hay que hacer para ir de paisano?

–Buscar un destino que te lo permita.

Daniel le habló de las bondades de la UDYCO, pero Iván le dijo que a él le tiraban más los homicidios. Durante seis años, los dos amigos siguieron caminos diferentes: mientras que Iván disfrutaba cada vez más de la profesión que había elegido y se presentó a todas las oposiciones posibles hasta llegar a subinspector, Daniel pagaba el llevar tantos años rodeado de miseria y de chavales que tiraban su vida por la borda trabajando para camellos a los que era casi imposible detener. La frustración le llevó a luchar contra ellos por su cuenta, y no siempre de manera legal. Iván intentó advertirle, pero Daniel tenía claro que utilizar únicamente sus armas de policía le dejaba en desventaja. Y lo peor era que, sin darse cuenta, empezaba a ser adicto a algunas de las sustancias que perseguía.

Por aquel entonces, la extravagante inspectora Indira Ramos estaba formando su equipo e Iván ya tenía la experiencia suficiente para pertenecer a él. A pesar de las rarezas de su nueva jefa, los primeros meses fueron más o menos bien, pero un día encontraron ejecutado a un hombre en un narcopiso del barrio de Lavapiés y quiso el destino que los caminos de Daniel e Indira se cruzasen. La inspectora Ramos enseguida tuvo claro que el culpable era un camello que solía operar en el barrio, pero no consiguieron reunir las pruebas necesarias contra él. Daniel, harto de que ese delincuente llevase años escapando de la justicia, decidió manipular la escena del crimen. El problema es que Indira Ramos se dio cuenta y, aunque en el fondo le dolió hacerlo, desoyó las súplicas del subinspector Moreno y lo denunció. Daniel, el poli que logró encauzar la vida de Iván y que se convirtió en su mejor amigo, fue suspendido de empleo y sueldo, juzgado y finalmente inhabilitado.

—¿Alguna vez se ha planteado que lo hiciera? —Iván mira a Ramón Fonseca tras volver de sus recuerdos.

Esa es la pregunta que más veces se ha hecho Ramón en los últimos meses, seguramente en toda su vida.

—No soy estúpido, subinspector. Sé muy bien que los seres queridos de muchos asesinos son los últimos en enterarse de sus tendencias homicidas, pero le aseguro que Gonzalo no es así.

—¿Cómo lo sabe?

–Porque yo le crie y jamás mostró ningún tipo de reacción violenta.

–Eso no prueba nada. Tal vez todo fue producto de un arrebato, puede que perdiera los nervios en una discusión y simplemente tuviera ese cuchillo a mano. Nadie dice que no se arrepintiera nada más hacerlo.

–En ese caso, se habría suicidado justo después de acabar con la vida de la mujer a la que amaba.

–Eso no es tan sencillo como parece.

–Seguramente no, y es cierto que quizá no hubiera reunido el valor suficiente, pero habría admitido lo que hizo y le parecería justo su castigo. Gonzalo nos miró a los ojos a su madre y a mí y nos juró que era inocente. Y me digan lo que me digan, yo le creo.

Moreno decide dejar de insistir en una batalla perdida de antemano.

–¿A qué iglesia donó el dinero que supuestamente le quitó a Noelia Sampedro?

–Ya les dije que no lo recuerdo.

–Eso ya no me vale, señor Fonseca. Haga memoria.

–Solo me acuerdo de que estaba cerca de la calle Serrano.

El subinspector Moreno apunta el dato sin darle demasiada credibilidad.

–Lamento decirle que no consta que la jueza Almudena García comprase ningún piso en efectivo en Valencia.

–¿Han comprobado si lo puso a nombre de su hijo?

Al policía le repatea que tenga que ser justo ese viejo quien guíe las investigaciones, pero reconoce que tiene sentido.

–¿Cómo ha previsto que mueran?

–Si eso llegase a suceder, le aseguro que no sufrirán.

–Debe darnos más días, señor Fonseca. Comprobar todos estos datos no se hace de la noche a la mañana.

–Lo siento, pero ya no puedo pararlo. Han perdido demasiado tiempo y habrán de atenerse a las consecuencias.

Tras recorrer tres o cuatro iglesias sin éxito, el subinspector Moreno entra en la parroquia del Santísimo Cristo de la Salud, situada en la calle Ayala, casi esquina con Serrano. Un viejo sacerdote que sale del confesonario le confirma que, en efecto, días atrás alguien dejó un sobre con veinte mil euros y que ya se lo había comunicado a las autoridades. Después de hacer una llamada y comprobar que es cierto, se pasa por el Registro de la Propiedad y certifica que, hace solo unas semanas, el hijo de la jueza Almudena García compró un piso en Valencia, muy cerca de la playa de la Malvarrosa. Le costará más verificar que el abogado estuviese preparando su huida del país, pero visto lo visto, no duda de que sea cierto.

28

En cuanto el abogado Juan Carlos Solozábal les dijo a los padres de Gonzalo Fonseca que no lograría que absolvieran a su hijo del asesinato de su esposa y que debían prepararse para una condena más que segura, a Nieves empezó a faltarle el aire, se llevó la mano al pecho y se desplomó sobre el escritorio. Los médicos del SAMUR nada pudieron hacer por lo que determinaron como una muerte súbita causada por un fulminante ataque al corazón.

Gonzalo obtuvo un permiso extraordinario para asistir a la incineración de su madre –que se llevó a cabo en el Crematorio Municipal Sur–, pero por más que su abogado insistió, no consiguió que le quitasen las esposas.

–Déjenle por lo menos abrazar a su padre –les pidió Juan Carlos Solozábal a los guardias que custodiaban a Gonzalo desde la cárcel de Alcalá de Henares.

–Si por mí fuera le quitaría ahora mismo las esposas, créame –le respondió uno de ellos con sinceridad–, pero nos han dicho que no se puede y nosotros solo cumplimos órdenes.

Hasta el día siguiente al funeral, Ramón Fonseca prefirió no avisar de lo ocurrido a la única hermana de su mujer ni a los pocos amigos que les quedaban después de enterarse de que su hijo estaba acusado de matar a su esposa. Guardó la urna con las cenizas en la pensión que ocupaba cerca de la plaza de Castilla con la intención de llevarla a Málaga en cuanto pudiera hacerlo acompañado por Gonzalo, por más que el abogado asegurase que eso jamás sucedería.

–No me jodas, muchacho –le dijo el anciano con una dureza impropia de él–. Hemos puesto todas nuestras esperanzas en ti. Ahora no puedes fallarnos.

–¿Y si fue él, don Ramón?

–¡Ya te he dicho mil veces que no, joder! –explotó–. Mi hijo es inocente y tu obligación es demostrarlo.

Desde aquel momento, el carácter de Ramón Fonseca empezó a agriarse a pasos agigantados: acosó día y noche tanto al abogado Solozábal como a los policías que habían investigado el caso, exigiéndoles que diesen con los verdaderos asesinos de su nuera y convirtiéndose en alguien muy incómodo.

Juan Carlos le pidió un whisky solo al camarero del bar donde solía desayunar y lo apuró de un trago de espaldas a la enorme tele, donde estaban retransmitiendo un partido de la Euroliga de baloncesto entre el Real Madrid y el PBC CSKA de Moscú. Alguien le tocó el hombro por la espalda y se llevó un susto de muerte, pero aún fue mayor su sorpresa cuando se giró y vio que era la italiana Gianna Gallo.

–Gianna, ¿qué hace aquí? –preguntó desconcertado.

–Siento haberle asustado, pero no sabía adónde ir...

–¿Por qué? ¿Qué ha pasado?

Juan Carlos descubrió contrariado que las enormes gafas de sol ocultaban un terrible moratón en el ojo, esta vez en el derecho.

–Debería denunciar al animal de su marido hoy mismo.

–No sabe lo que dice. –La hermana de Vincenzo Gallo sonrió con resignación–. Si hiciera eso, no llegaría viva a esta noche.

–Si no lo hace, alguna de estas noches aparecerá muerta.

Juan Carlos pidió una bolsa de hielo al camarero y llevó a Gianna a su despacho, donde trató de bajarle la hinchazón de la cara mientras la miraba con una mezcla de deseo y de tristeza. En algún momento de aquella noche, dejaron de tratarse de usted.

–No entiendo por qué te casaste con ese hombre. Podrías haber estado con quien te hubiera dado la gana.

–Fue Salvatore quien me eligió a mí, no yo a él.

–¿Y por qué no te negaste?

–Ojalá hubiera podido, pero mi hermano tenía negocios con él en Italia y llegaron a un acuerdo.

–¿Y aun así le defiendes? –preguntó Juan Carlos con rabia–. Tu hermano te ha jodido la vida, Gianna. Deberías desear que se pudriera en la cárcel.

–No digas eso. Aunque haya cometido errores, es mi familia.

La compasión que demostraba bajó todavía más las defensas de Juan Carlos. Él sabía que aquel era un terreno prohibido, el más peligroso que podría pisar en toda su vida, pero no logró contenerse y se acercó para besarla. En cuanto sus labios se rozaron, Gianna se retiró, pero no porque no estuviera deseándolo tanto o más que él, sino porque ella no podía olvidar lo que se jugaban.

–Si Salvatore llegara a enterarse...

–Yo no se lo diré –la interrumpió Juan Carlos acercándose de nuevo a ella.

–Espera... –Lo detuvo–. Deberías pensártelo bien antes de dar este paso, Juan Carlos. Si mi marido sospechase algo, enviaría a Adriano a matarnos a los dos, y tú no sabes de lo que es capaz ese hombre.

–Sé que no es muy inteligente por mi parte, pero deseo hacerlo con toda mi alma, ¿tú no?

Gianna le miró en silencio intentando luchar contra la atracción que sentía desde el día que lo conoció. Se moriría de la vergüenza si él llegara a enterarse, pero desde aquel primer momento había soñado con que él sería el hombre que le rescataría. Incluso, en una visita reciente a Italia, se había desplazado expresamente hasta Terni, a unos cien kilómetros de Roma, para poner una vela en la basílica de San Valentín y pedirle al famoso santo –cuyos restos se conservan allí– que le ayudase a enamorarlo. Finalmente asintió y fue ella la que se acercó para devolverle el beso.

29

Indira está sentada frente a su psicólogo, un hombre maduro de aspecto desaliñado, tanto que durante las primeras sesiones con él a la inspectora le resultaba imposible concentrarse en nada que no fuera su melena despeinada, la irregularidad de su barba o las pelotillas de su jersey. Pero poco a poco ha ido acostumbrándose a su presencia y ese despacho se ha convertido en el único lugar donde logra librarse por un rato de sus manías y obsesiones.

–¿No habíamos quedado en que si te encontrabas en una situación estresante debías poner en marcha tu rutina?

–Aquella pared era un completo caos y no pude contenerme. Estaba llena de marcos y fotografías mal colocadas y torcidas.

–¿Y qué? No era tu pared. Creí que ese tipo de cosas ya las teníamos controladas, Indira. ¿Hay algo que te esté desequilibrando?

–No sabría ni por dónde empezar. –La inspectora resopla–. Hace unos días disparé a un tipo, un narcotraficante colombiano.

–¿Lo mataste? –pregunta el psicólogo con cautela.

–Solo le destrocé la mano cuando iba a disparar contra un compañero, pero el juez me está presionando bastante. Aunque lo peor es lo de esos secuestros.

–¿Estás llevando tú el caso?

–Ramón Fonseca lo pidió expresamente... –responde asintiendo con la cabeza–, y mañana se cumple el plazo que dio para la muerte de uno de los rehenes.

–Vaya... –El psicólogo chasquea la lengua contrariado–. Supongo que eso no ayuda mucho a mantener el control.

–No, no lo hace. Y por si fuera poco... –Indira aparta la mirada, ligeramente avergonzada–. La otra noche tuve un sueño.

–¿Un sueño en plan «Me ha tocado el Euromillones»?

–No, un sueño en plan «Métemela hasta el fondo».

–Joder, eso sí que es nuevo... –El psicólogo se recuesta en su silla, desconcertado–. ¿Con alguien especial?

–Era un hombre cualquiera. No lo conocía de nada.

–¿Cuánto llevas sin tener relaciones sexuales, Indira?

Indira nunca se ha sentido cómoda hablando de sexo, y mucho menos practicándolo. Puede contar con los dedos de una mano los amantes que ha tenido a lo largo de su vida; entregarse a alguien ahora le resulta impensable, pero no siempre fue así. A los diecisiete años perdió la virginidad con su primer novio, al que conoció en el instituto y que en la actualidad goza de bastante popularidad como periodista deportivo. Disfrutaba con él y hasta cierto punto le quería, pero más que romántico era amor fraternal. La primera vez que se enamoró de verdad fue cuando ya estaba preparándose para ser inspectora de policía.

A pesar de esa extraña rectitud de la que hacía gala desde niña, en su casa sorprendió que, nada más diplomarse en Magisterio, cuando todos creían que se colocaría en un colegio, ella dijera que quería ser policía. Al principio no la tomaron demasiado en serio, pensando que, con lo especial que era –aunque todavía no llegaba, ni mucho menos, a lo que es hoy–, pronto abandonaría la preparación necesaria para superar las duras pruebas de acceso. Pero una mañana de finales de agosto, Indira se presentó ante sus padres con una maleta.

–¿Te vas unos días, hija?

–Más bien dos años, mamá. He aprobado la oposición para inspectora y mañana a las ocho tengo que presentarme en la Academia de Ávila.

Tras una primera y caótica formación por orden alfabético en el aparcamiento de la academia, Indira fue al auditorio, donde la confirmarían como inspectora alumna, y se detuvo a leer la leyenda que había grabada en la pared y que regiría toda su carrera:

EN ESTE LUGAR SE ALUMBRA
LA LUZ QUE HA DE SER MAÑANA
EL ESTILO POLICIAL:
SERVICIO
DIGNIDAD
ENTREGA
LEALTAD

Escuchó las primeras charlas con interés, recibió con orgullo su uniforme y se grabó a fuego las normas que imperaban en aquel lugar con la intención de no quebrantarlas ni en una sola ocasión en los dos años siguientes, pero eso requería un autocontrol difícil de lograr a esas edades. La primera vez que le quitaron la tarjeta identificativa fue a los tres meses de empezar su preparación. Llevaba semanas estudiando intensamente para los exámenes, pero durante una guardia le pudo el agotamiento y el inspector Aguador, el encargado del régimen interno de la academia, la sorprendió dormida. Fue a recoger su identificación a la Oficina del Alumno con más vergüenza que miedo y le pusieron como sanción la retracción de un punto, lo que hizo que, de ser una alumna de sobresaliente, pasase al notable en varias asignaturas.

–Son unos cabrones –dijo con rabia María Ortega, su compañera de habitación, una chica de Santander con un llamativo pelo cobrizo que se conformaba con salir de allí al cabo de seis meses como policía normal para después intentar una promoción interna que le permitiese ascender en el escalafón.

–Las normas están para cumplirlas –repuso Indira con resignación mientras doblaba su ropa con una meticulosidad enfermiza–. Y yo considero una falta grave quedarse dormida durante una guardia.

–Mira que eres rara, tía –dijo María negando con la cabeza.

Indira ya estaba acostumbrada a que la calificasen así, pero oírlo de boca del inspector Sergio Ginestal en clase de Defensa Personal le repateó el hígado:

–Tú, la rara, al tatami.

Aparte de por sus extravagancias, que todavía mantenía bajo cierto control, la aspirante a inspectora no era muy popular en la academia, pero gozó de sus quince minutos de gloria cuando aquella mañana tuvo que ir a buscar por segunda vez su tarjeta identificativa –con la consiguiente pérdida de otro punto– por darle una patada en los huevos a su profesor.

La mayoría de los fines de semana, mientras sus compañeros se quedaban en la academia recuperándose de la resaca de la noche abulense, Indira salía a hacer turismo por los alrededores. En una de esas excursiones, cuando admiraba *El martirio de San Mauricio y la legión tebana*, una magnífica obra del Greco conservada en el Real Monasterio de San Lorenzo de El Escorial, coincidió con el inspector Ginestal. A ambos les sorprendió que al otro le gustase el arte. Después de comentar algunos aspectos de la pintura, decidieron enterrar el hacha de guerra y se fueron a comer juntos al Charolés, un restaurante donde sirven uno de los mejores cocidos madrileños del mundo. Una buena charla y una botella de Ribera del Duero aún mejor hicieron el resto. Los sábados, Indira tenía que estar en la academia antes de las dos de la mañana si no quería enfrentarse a otra sanción y no estaba dispuesta a llegar ni un minuto tarde, así que su primera noche de amor tuvo que interrumpirse cuando solo llevaban una hora en la habitación de un pequeño hotel del centro de Ávila.

–¿Seguro que no quieres que llame para que te den un pase de pernocta? –preguntó él mientras la observaba vestirse apresurada después de haber hecho el amor.

Nada le hubiera gustado más a Indira que pasar toda la noche con el profesor más atractivo de la academia, pero tenía una fuerza de voluntad a prueba de bombas y supo esperar a mejor ocasión.

–Seguro. Esta semana tengo examen de Medicina legal y mañana quiero levantarme temprano para estudiar.

Durante los seis meses siguientes, Indira y el inspector Ginestal se vieron en la misma habitación de hotel y ella, por un momento, creyó que había encontrado al hombre de su vida. Pero tuvo que darle una segunda patada en los huevos cuando se enteró de que no era la única alumna a la que metía en su cama.

Después de él, estuvo saliendo con un compañero canario, con otro catalán y con un oficial de Badajoz, pero no volvió a sentir algo serio hasta que, tras graduarse y hacer los correspondientes ocho meses de prácticas en Algeciras, consiguió plaza en Madrid. Solo llevaba dos años trabajando como inspectora de Homicidios cuando conoció a Alejandro, un abogado de treinta años del que se enamoró al prestar declaración en un juicio por asesinato en el que él defendía al acusado.

Intentó evitar mezclar su vida personal con la profesional, pero como suele ocurrir en esos casos, de no haberse visto en la vida pasaron a encontrarse cada dos días en los lugares más insospechados: en los juzgados, en una comisaría, en un restaurante y en un bar de copas, hasta que coincidieron en la zona vip del WiZink Center durante un partido del Real Madrid de baloncesto y por fin tuvieron que hablar.

—¿Le gusta el baloncesto, inspectora?

—No especialmente, pero mi comisario de vez en cuando sortea unas entradas y aquí se cena gratis.

El abogado soltó una carcajada y le aseguró que conocía otro lugar donde se cenaba mejor y también les saldría gratis por pertenecer a un socio suyo. Indira no pudo resistirse. Alejandro se enamoró de la misma manera que ella y ambos pasaron los mejores tres años de su vida. Pero cuando estaban pensando en casarse y ella investigaba el asesinato de una enfermera, todo se jodió.

Después de hacer unas preguntas en el hospital donde esta trabajaba, Indira tuvo claro que el culpable era un exnovio y compañero al que la enfermera llevaba semanas intentando evitar. Se presentó en su casa, pero el asesino se escapó por la ventana de un segundo piso y se coló por una alcantarilla. Dudó sobre si seguirlo o pedir refuerzos, y al final cometió el error de hacer lo primero.

Toda su vida había sido una mujer aprensiva, así que cuando se vio rodeada de desperdicios y ratas, entró en pánico. Trató de encontrar la salida, pero después de quince minutos recorriendo el subsuelo madrileño, estaba completamente desorientada. No oyó al asesino acercarse por su espalda, solo sintió un latigazo en las lumbares. Al no encontrar nada a lo que agarrarse, cayó en una fosa séptica con dos metros de mierda acumulada desde hacía años. Cuando la rescataron a punto de morir intoxicada, la inspectora Indira Ramos ya no era la misma. Sus manías se multiplicaron por mil y desarrolló un temor irracional a virus y bacterias. Ya nunca pudo soportar que Alejandro volviera a tocarla.

—Llevo sin sexo... desde que pasó aquello —responde Indira al psicólogo—. Unos cinco años. ¿Esto del sueño no significará que ya estoy preparada?

–¿Lo estás?

–Casi. Salvo en situaciones de mucho estrés, no pierdo el control.

–Hace un poco de calor aquí, ¿no?

El psicólogo se quita el jersey e Indira descubre que lleva la camisa mal abotonada. Su mirada enseguida se queda clavada, pero tras unos segundos haciendo su rutina de contención, es capaz de sonreírle.

–Eres un cabrón, ¿lo sabías?

–Que estás mucho mejor es indudable –dice el psicólogo devolviéndole la sonrisa mientras se abrocha bien los botones–, pero no conviene que te precipites. Aunque tal vez sea cierto que debas dar un paso adelante.

–¿Cuál?

–¿Qué tal si tienes una cita o quedas a cenar con alguna amiga? Te vendría bien relacionarte con alguien y charlar de la vida en un buen restaurante.

30

Ni Noelia ni Marta eran lesbianas, así que sus encuentros sexuales se limitaron a algunos fines de fiesta en los que ambas se habían pasado con la coca. Para las dos era un alivio disfrutar de sus cuerpos sin reproches ni exigencias. Simplemente eran dos amigas a las que, de vez en cuando, les gustaba acostarse juntas.

Una noche de principios de diciembre, Noelia se presentó en casa de su amiga. Marta tardó en abrir, pero tras varios timbrazos apareció en la puerta sofocada y solo vestida con un camisón de seda casi transparente.

–¿Qué haces aquí? –preguntó sorprendida.

–En el colegio mayor se ha roto la calefacción y hace un frío que pela. ¿Puedo quedarme esta noche? Mañana tengo examen y necesito dormir un poco.

Marta dudó mirando hacia el interior. Noelia se dio cuenta de que había llegado en mal momento e hizo amago de marcharse.

–Estás ocupada, lo entiendo. No te preocupes, que me voy a estudiar un rato a la biblioteca y me pondré dos pares de calcetines para dormir.

–No digas tonterías. Pasa y espérame en la cocina. Pero no hagas ruido, por favor.

Marta la agarró del brazo y la encerró en la cocina. Noelia se comió los restos de la fiesta del fin de semana que encontró en la nevera e intentó estudiar, pero al cabo de media hora oyó voces en el salón y no pudo resistirse. Entreabrió la puerta y vio que Marta se despedía de un hombre trajeado mucho mayor que ella. Aunque era atractivo y estaba bien conservado, debía de rondar los cincuenta. Cuando se marchó, Noelia cerró la puerta y corrió a la mesa a fingir que estudiaba. Al entrar su amiga, sonrió con inocencia.

–He cogido pizza y Coca-Cola de la nevera, espero que no te importe.

–Ya sabes que estás en tu casa.

Marta se sirvió una copa de vino blanco y notó la mirada de su amiga clavada en la nuca. Noelia se moría de ganas de preguntarle mil cosas, pero optó por morderse la lengua. Al girarse, Marta sonrió observándola.

–Mi abuela siempre decía que las cosas que se guardan dentro terminan emponzoñándote...

–¿Quién era ese tío? –preguntó Noelia de sopetón.

–Un amante.

–¿Tienes amantes de sesenta años?

–Tiene cincuenta y dos, no exageres. Además, los maduros follan mejor, son mucho más guarros que los tíos de nuestra edad, que solo se preocupan por mirarse los músculos en los espejos y correrse rápido para ir a jugar a la play con los colegas.

–¿De dónde lo has sacado?

–Hace unos meses me hicieron un control de alcoholemia y necesité un abogado, eso es todo –improvisó Marta.

–¿Es abogado?

–Ya te he dicho que sí, joder –zanjó cortante.

Noelia comprendió que a Marta le incomodaba hablar del tema y decidió no preguntar más.

–¿Por qué no estudias mientras preparo algo de cenar y después vemos una peli en la cama? –propuso Marta intentando rebajar la tensión.

—Vale, pero desde ya te digo que hoy no tengo el coño para fiestas.

—Yo tampoco, no te preocupes —respondió Marta, divertida.

Aunque Noelia tuvo claro que la presencia de aquel hombre en casa de su amiga era sumamente rara, en las siguientes semanas no volvieron a hablar de ello. Pero la tarde de Nochebuena ocurrió algo que hizo que empezase a atar cabos. Las dos amigas estaban de celebración con sus compañeros de clase en un bar cercano a la universidad cuando sonó el móvil de Marta. A la chica le cambió la cara, lo que no pasó desapercibido para Noelia, y contestó.

—Ya salgo. —Colgó y, mientras recogía sus cosas y dejaba un billete de veinte euros sobre la mesa, les dijo a sus compañeros—: Bueno, yo me largo. Han venido a buscarme mis padres. No bebáis mucho que después no cenáis.

—Espera. —Noelia se levantó con ella—. Me gustaría saludar a tus padres.

—Tenemos un poco de prisa, Noe —dijo Marta tensa—. Además, ¿tú no deberías coger ya el autobús para tu pueblo?

—Será solo un minuto. Tengo muchísima curiosidad por conocerlos.

—He dicho que no, coño —respondió con brusquedad. Al darse cuenta de lo borde que había sido, relajó el gesto—. Perdona, tía. Es que me obligan a ir a cenar con mis tíos y he discutido con ellos. Mejor los conoces otro día, ¿vale?

—Vale.

—Nos vemos después de las vacaciones.

Marta la besó y salió del bar a toda prisa. Cuando Noelia se asomó a la ventana, descubrió que los padres de su amiga no eran ni mucho menos como ella había imaginado. Siempre pensó que su padre sería un alto ejecutivo con chófer y traje de cachemira y su madre, una señora elegante con abrigo de visón, pero la realidad era bien distinta: él vestía vaqueros, zapatillas viejas y una sudadera de una marca de cerveza, y ella unos sencillos pantalones negros, botas baratas y un jersey de cuello vuelto de varias temporadas atrás. Para empeorar las cosas, en lugar de junto a un flamante Jaguar, la esperaban apoyados en un Ford Focus con la chapa del capó de un color distinto al resto del coche, que pedía a gritos la jubilación. Antes de subirse al asiento trasero, Marta se giró y miró hacia el bar, consciente de que Noelia la observaba y había descubierto su pequeño secreto.

Durante las vacaciones apenas intercambiaron un par de mensajes cargados de buenos deseos para el año que entraba, pero ambas sabían que tenían una conversación pendiente. El 3 de enero por la tarde, Noelia al fin se decidió y volvió a presentarse por sorpresa en casa de su amiga.

–¿Hoy también está rota la calefacción del colegio mayor? –ironizó Marta.

–¿Puedo entrar? –Noelia se coló sin esperar invitación y Marta la miró con cierta hostilidad–. ¿Qué está pasando, Marta?

–No sé a qué te refieres.

–A esta casa, a tu ropa, a los bolsos de cientos de euros que estrenas cada mes. ¿De dónde sacas el dinero? Y no me digas que es de tus padres, porque los vi el día que fueron a recogerte.

–Hago inversiones.

–Ese tío, el que dices que es tu abogado... te paga por acostarte con él, ¿verdad?

–Eso no es asunto tuyo –respondió Marta a la defensiva–. Márchate de mi casa, por favor.

–Quiero hacer lo mismo.

–No digas gilipolleces, Noe. Sigue con tu vida y olvídate de esto.

–Yo también quiero tener una casa así y vestir la misma ropa que tú, Marta. Ayúdame a conseguirlo.

–¿Tú sabes lo que es dejarte manosear por dos o tres viejos todas las semanas? –preguntó Marta con amargura.

–Creo que lo soportaré. Si no, lo dejo y arreglado.

Marta la miró de arriba abajo. En la agencia en la que ella trabajaba siempre estaban buscando chicas nuevas, y Noelia era sin duda el tipo de escort a la que jamás le faltaría trabajo.

31

La inspectora Ramos no ha podido pegar ojo tras la sesión con su psicólogo, sin tener claro que esté preparada para empezar a relacionarse: solo de pensar en mantener un contacto íntimo con alguien, se pone enferma. Hasta las seis de la mañana no pudo descansar, así que ya son casi las diez y todavía no ha salido de casa. Se prepara un té en su aséptica cocina repasando los hombres que han pasado por su vida cuando llaman a la puerta. Al ver por la mirilla que es el subinspector Moreno, se tensa.

–¿Qué haces aquí? –pregunta inquisitiva al abrir.

Si Moreno fuese sincero, le diría que, desde que le salvó la vida, empezó a mirarla de una manera distinta, que no sabe si es simple agradecimiento o algo más lo que le hace pensar en ella a todas horas y que, aunque lo que tiene que decirle bien podría decírselo por teléfono, no ha querido perder la oportunidad de hacerlo en persona. Pero no se le da demasiado bien ser tan franco y directo, y menos en ese tipo de asuntos.

–Me ha extrañado no verte en la comisaría y quería asegurarme de que todo iba bien.

–Vuelvo a repetirte que solo cumplía con mi obligación. No es necesario que cuides de mí.

–Esto no tiene nada que ver con lo que pasó en casa de Walter Vargas.

–Entonces ¿con qué?

–¿Puedo pasar?

A Indira no le queda más remedio que dejarle entrar, no sin antes pedirle que se quite los zapatos y que no toque absolutamente nada. Moreno mira alrededor sorprendido. No esperaba encontrarse algo digno de una revista de decoración, pero tampoco con que en el salón solo hubiera un sofá, un aparador y una mesa de plástico con su silla a juego.

–Bonita casa, muy acogedora –comenta sarcástico.

–¿Qué pasa? –le pregunta ella sin variar el gesto.

–Que empiezo a pensar que el viejo tiene razón y Gonzalo Fonseca no mató a su mujer.

–¿Y eso?

–La jueza compró un piso a nombre de su hijo en Valencia y la chica sí que llevaba encima un sobre con veinte mil euros cuando la secuestró. El cura de una iglesia de la calle Ayala lo ha confirmado.

–¿Y el abogado?

–Me está costando más comprobar que quisiera salir del país, pero ya no tengo duda de que el viejo dice la verdad.

La inspectora se rasca la mejilla, pensativa.

–¿Qué piensas tú? –pregunta Moreno, sinceramente interesado en su opinión.

–No lo sé –responde ella resoplando–. Por una parte, me parece un padre desesperado que no acepta que su hijo sea un monstruo, pero por la otra tengo una sensación muy extraña, como si se nos escapase algo. Y lo que acabas de decirme no hace sino acrecentarla.

–Pero no tenemos nada.

–No, no lo tenemos.

Indira e Iván se miran a los ojos, como si de pronto hubiese desaparecido de su memoria lo que sucedió con Daniel hace ya siete meses. Ambos se dan cuenta de que es la primera vez que están a solas y, sobre todo, de que no se sacan los ojos aunque se encuentren en la misma habitación.

–¿Puedo hacerte una pregunta personal? –dice él al fin.

–No.

–¿Tú eres así de... –prosigue buscando la palabra, sin hacer caso de su negativa– pulcra desde siempre?

La inspectora Ramos desea contarle su historia, decirle que tuvo una vida casi normal en la que no pasaba de tener cierta predilección por la limpieza y el orden, pero que un día tomó una mala decisión y todo se jodió. Quiere contarle que desde aquel día sus rarezas, que hasta entonces solo la convertían en alguien peculiar, pasaron a provocarle una profunda angustia que la llevó a rechazar cualquier contacto físico y a perder todo lo bueno que tenía en la vida. Le gustaría contárselo, pero no lo hace.

–Volvamos a comisaría. Hoy se cumple el plazo dado por Ramón Fonseca y deberíamos estar allí con el resto del equipo.

32

Apenas media hora después de llevarse a Ramón Fonseca a descansar a su celda, vuelven a trasladarlo a la sala de interrogatorios para formularle las mismas preguntas por enésima vez. El estado del anciano –que ya casi no consigue mantenerse en pie y mucho menos razonar sus respuestas– le lleva a decir cosas sin sentido, totalmente enajenado. Aun así, sigue sin confesar el paradero de los secuestrados por más que traten de sonsacárselo de mil maneras diferentes.

–Me cago en su puta madre –dice el comisario con rabia mientras le observa a través del cristal–. ¿Es que nadie va a conseguir sacárselo, joder?

–A mí se me ocurre una manera muy efectiva, comisario –responde el subinspector Moreno–, pero no creo que la inspectora Ramos la apruebe.

–Bastante he hecho con autorizar los interrogatorios, Moreno –replica la inspectora con hostilidad, volviendo a levantar entre ellos el muro que esa misma mañana habían empezado a derribar.

–Solo digo que tenemos que hacer lo que sea para salvar la vida de esas personas, jefa. Y no es por nada, pero te recuerdo que apenas queda una hora para que se cumpla el primer plazo.

–No pienso permitir que se le ponga un dedo encima, ¿estamos?

El subinspector Moreno alza las manos, retirándose de cualquier discusión en ese sentido.

—¿Y tiopentato de sodio? —pregunta la subinspectora Ortega.

—Jamás ha podido demostrarse que el famoso suero de la verdad sirva para algo —responde el comisario—. Lo único que hace es provocar en el detenido una especie de embriaguez, y no creo que a estas alturas el señor Fonseca lo necesite, y tampoco que lo aguante.

—Además, es completamente ilegal —apunta la inspectora.

—Entonces ¿los dejamos morir y a otra cosa?

La inspectora sabe que tiene que hacer algo, chasquea la lengua contrariada y abandona la sala.

A Ramón Fonseca le cuesta enfocar la mirada y darse cuenta de que quien le habla en esta ocasión es la inspectora Ramos. Solo la ve mover los labios, pero ni la oye ni comprende lo que dice. Su cerebro cada vez pasa más tiempo desconectado. Se esfuerza por volver a la vida y al fin le llega su voz, aunque lo que le pregunta es lo mismo que le preguntan los demás.

—¿Dónde están, maldita sea?

—Me alegro de volver a verla, inspectora Ramos —dice extenuado—. ¿Sabe ya quién mató a mi nuera?

—Dígame dónde tiene retenidas a esas personas y le informaré del avance de la investigación.

—Eso no va a ser posible. —Lo que pretendía ser una sonrisa del anciano se convierte en una mueca grotesca.

—Tiene que ceder un poco, joder.

—En cuanto se retiren los cargos contra mi hijo y se tramite su puesta en libertad, acabaré con todo esto.

—Le creo, ¿de acuerdo? Creo que el crimen de Andrea Montero no está tan claro como quieren hacernos pensar.

–¿Qué ha descubierto, inspectora?

–Nada en realidad, solo hay algunas cosas que no terminan de cuadrarme. Pero para que pueda centrarme en ellas y llegar al fondo del asunto, debe poner algo de su parte y decirme dónde están.

El anciano la mira, dubitativo. La inspectora Ramos le aprieta.

–¿Por qué ha querido que sea yo quien reabra este caso, señor Fonseca?

–Porque creo que es usted honesta.

–Exacto, lo soy. Tengo muchísimos defectos, se lo aseguro, pero soy una buena policía y le doy mi palabra de que ni a su hijo ni a usted los dejaré en la estacada. ¿Tiene algún cómplice al que avisar de que no haga nada?

–En esto estoy yo solo –responde negando con la cabeza.

–Entonces dígame dónde están esas personas, al menos la que usted asegura que morirá en primer lugar.

Ramón Fonseca sigue dudando.

–¿Qué día es hoy?

–Lunes.

–¿Hora?

–Las dos en punto –responde la inspectora tras consultar su reloj.

–Entonces ya poco se puede hacer, inspectora. Su muerte está programada exactamente para las tres de la tarde.

–Todavía queda una hora. Dígame dónde está y enviaremos a una patrulla.

–Lo siento. Cuando se cumpla el plazo daré una dirección donde recoger el cadáver. Tiene una semana para evitar otra muerte.

Ramón Fonseca vuelve a desconectar su cerebro y se abstrae de cuanto sucede a su alrededor. Ya no oye los gritos ni siente los zarandeos, se limita a cerrar los ojos y tratar de descansar antes de que cambie el turno de los interrogadores y empiecen una vez más desde el principio.

Al salir frustrada de la sala de interrogatorios, la subinspectora Ortega le tiende el teléfono.

–Es Navarro, jefa. Parece que tienen algo...

33

Últimamente Gonzalo Fonseca apenas duerme. Aparte de por el dominicano que le han metido en la celda y que ronca como un búfalo, no consigue dejar de pensar en Andrea, en su padre y en las tres personas secuestradas. A pesar de que las autoridades querían mantenerlo en secreto, una filtración de algún policía corrupto ha hecho que se convierta en la noticia del momento. Los más críticos hablan de un hombre enajenado que ha secuestrado y amenaza con dejar morir a tres personas si no liberan a su hijo, condenado por el brutal asesinato de su esposa. Los más comprensivos, en cambio, hablan de un anciano desesperado capaz de hacer lo que sea con tal de demostrar la inocencia de su hijo, encarcelado injustamente. Por lo general, cualquier debate que se crea en la calle tiene su eco en la prisión, y este –y más estando uno de los protagonistas allí encerrado– no iba a ser menos. La mayoría de los presos que se le acercan para apoyar a su padre no lo hacen buscando justicia, sino deseando venganza.

–Ojalá que tu padre se cepille la primera a esa puta jueza corrupta.

–Los cabrones de los abogados son los culpables de que estemos aquí pudriéndonos. Que se joda.

–Si esa zorra testificó en falso por pasta, se merece morir, tenga veinte o cincuenta años.

Lo único que Gonzalo sabe de su padre es que está detenido y seguramente siendo interrogado las veinticuatro horas del día como medida de presión para que confiese el paradero de los secuestrados, pero él conoce mejor que nadie al viejo y sabe que no hablará, que a tozudo no hay quien le gane. Se cumple el plazo marcado para la muerte del primero de ellos y Gonzalo es consciente de que, a partir de mañana, en cuanto comprueben que no es un farol, la presión sobre él aumentará. Pero hasta entonces debe bregar con otro problema más acuciante.

Nada más abrirse la puerta de su celda, uno de los hombres de Gheorghe pasa por su lado.

–Hoy es el día.

A Gonzalo no le da tiempo ni a protestar. Al darse la vuelta, el sicario del rumano ya se ha perdido entre los demás presos que se dirigen al comedor a desayunar. Cuando todos ellos se marchen a hacer sus respectivas actividades o simplemente a dejar que pase el tiempo, Gonzalo se quedará en la cocina. Y allí se supone que alguien le hará entrega del dichoso paquete, pero no sabe quién, a qué hora ni de qué tamaño será. No tiene claro qué debe hacer: si se niega a recogerlo o se lo comunica a algún guardia y el plan de su padre no sale como esperaba y debe continuar cumpliendo la condena que le impusieron, es hombre muerto; si decide cumplir el encargo, está seguro de que no será el último que le hagan.

–¿Qué hay para comer hoy, puto payo? –le pregunta Adonay mientras la leche se le escapa a través de su incompleta dentadura y le gotea por la barbilla.

–Judías pintas con arroz, lo pone en el menú que hay clavado en la puerta.

–Me cago en la puta madre del cocinero. No va a haber quien duerma la siesta con toda la galería tirándose pedos.

Walter Vargas, el colombiano al que le falta la mano derecha, entra en el comedor acompañado por su comitiva –seis o siete hombres con quienes no conviene cruzarse ni de día ni de noche– y se sitúa frente a una mesa. Los tres reclusos que la ocupaban enseguida captan el mensaje y se marchan con sus bandejas a otro lado. Gonzalo sigue observándolo con curiosidad, preguntándose dónde perdería la mano y sin darse cuenta de que el colombiano lo está mirando. Cuando sus ojos se encuentran, intenta disimular, pero ya es tarde; Walter Vargas le hace una señal para que se acerque con el índice de la única mano que le queda. Gonzalo mira hacia ambos lados asegurándose de que le habla a él. Cuando no tiene ninguna duda, se levanta y se acerca a su mesa.

–¿Quieres saber dónde perdí la mano, *güevón*?

–No, señor.

–Una policía *hijaeputa* me la voló cuando iba a darle plomo al gonorrea de su compañero.

Gonzalo guarda silencio.

–Tú trabajas en la cocina, ¿no?

–Sí, señor.

–¿Sería posible almorzarse hoy un buen trozo de carne con papas fritas? Los frijoles me caen malamente.

Gonzalo está a punto de decirle que él es un simple pinche y que tiene las manos atadas, pero algo en su fuero interno le advierte de que le conviene estar a buenas con ese hombre y que pagar al cocinero un filete de su bolsillo será una buena inversión.

–Fonseca –lo llama uno de los guardias desde la puerta del almacén mientras Gonzalo está hirviendo los sesenta kilos de arroz blanco para acompañar las judías pintas–, sal a ayudar a descargar el camión.

El paquete que le entrega el repartidor es en realidad una cajetilla de Marlboro Light envuelta en celofán transparente. Tal y como le dijo Gheorghe, Gonzalo se la esconde en los calzoncillos y la deja ahí las cinco horas que tarda en terminar de preparar la comida y servir judías con arroz a más de quinientos presos y un filete con patatas a solo uno de ellos.

Cuando por fin puede regresar a la galería y va a deshacerse del paquete, se entera de que el rumano está en un vis a vis y que todavía tendrá que quedárselo un par de horas más. Después de media hora esperando en su celda, le puede la curiosidad. Se saca el paquete de los calzoncillos y retira con cuidado el envoltorio de celofán. Al abrirlo, descubre unas cuarenta ampollas de cristal con un líquido transparente. No tiene ni idea de lo que es, pero no hay que ser muy listo para sospechar que se trata de algo ilegal y seguramente muy valioso.

Un alboroto en el pasillo le saca de su ensimismamiento. Al asomarse, ve que una docena de guardias están haciendo salir a los presos de sus celdas al grito de «¡Registro, todo el mundo fuera con las manos en alto!».

–No me jodas...

Los guardias están a cuatro celdas de distancia y no parece que vayan a detenerse ahí. Gonzalo Fonseca apenas tiene tiempo de pensar y toma la única decisión posible en ese momento: vacía la cajetilla de tabaco en el váter y tira de la cadena. Cuando los guardias entran a registrar su celda, las cuarenta ampollas ya han desaparecido para siempre por las tuberías de la prisión.

34

La inspectora Ramos y la subinspectora Ortega aguardan en la sala de espera de un exclusivo club privado del barrio de Salamanca. En la pared, mezcladas con diferentes trofeos de todo tipo de deportes elitistas, hay fotos de los socios más importantes que han pasado por allí desde que se inauguró hace treinta años: políticos, empresarios, actores, futbolistas y algún que otro laureado escritor. Por lo visto, todo el que pida una botella de vino en el restaurante del club sin preguntar antes el precio es bienvenido. A través de la ventana observan a un grupo de socios que charlan animadamente en el jardín mientras beben y picotean de las bandejas que va pasando un batallón de camareros perfectamente uniformados.

–¿Qué hemos hecho mal? –pregunta la subinspectora con un deje de amargura–. Yo hoy he tenido que comer un puto sándwich de atún de una gasolinera.

–La de policía no es una buena carrera si te gustan los lujos, María –responde la inspectora–. Pero para tu consuelo te diré que muchas de esas personas son bastante más infelices que tú.

–¿Cómo lo sabes?

–Mi ex es socio de un bufete de abogados y solíamos movernos por estos ambientes. Ellos normalmente están hasta el cuello de deudas y ellas de barbitúricos para soportar a su lado a hombres por quienes no sienten más que asco y de los que no se pueden separar aunque les traten como a trapos y sepan que les ponen los cuernos.

–Lo mismo les pasa a muchas pobres y encima no llegan a fin de mes. Además, no serán todos así.

–Basta con observarlos un rato para calarlos. Fíjate en aquellos.

La subinspectora sigue la mirada de Indira y ve a tres hombres charlando. Por los movimientos de uno de ellos, parece estar explicando a sus amigos su nuevo swing de golf, que seguramente le haya costado alrededor de veinte clases a más de sesenta euros cada una.

–¿Qué les pasa? –pregunta María sin comprender.

–Te aseguro que no terminarán en casa ayudando a sus hijos a hacer los deberes, sino con aquellas.

A unos metros de ellos, tres preciosas chicas que suman más o menos la mitad de años que cualquiera de los socios, los miran rifándoselos. Cuando al fin se ponen de acuerdo, se acercan a ellos con una sonrisa dibujada en la cara. Los hombres se crecen pensando que es su atractivo masculino el que las ha atraído en lugar de sus cuentas corrientes y entran al trapo como tres adolescentes.

–Capullos...

La puerta de la sala de espera se abre y entra una elegante mujer de unos cuarenta años con un impecable traje de chaqueta de tweed negro. A pesar de la seguridad que muestra al presentarse como la encargada del club, no se la ve demasiado cómoda en presencia de las policías.

–¿Quieren tomar algo? ¿Un refresco, tal vez una copa de vino?

–Estamos bien así, gracias. Nos gustaría saber por qué nos ha llamado, señorita Ribot.

–Llámenme Silvia, por favor. ¿Nos sentamos?

Las tres mujeres se sientan alrededor de una mesa de caoba imponente. Después de preguntar si les molesta que fume, Silvia

Ribot se enciende un cigarrillo sin esperar la respuesta. Mira hacia la puerta, nerviosa, pero la inspectora no sabe si es porque puedan pillarla fumando o por lo que tiene que contar. Su duda queda resuelta de inmediato.

–Antes de hablar, quiero saber si se respetará mi anonimato.

–Depende de lo que nos cuente –responde la inspectora con cautela.

–En realidad no es nada, o al menos nada de lo que pueda aportar alguna prueba. Es una especie de... corazonada.

–Usted díganos lo que sea y lo hablamos después, ¿de acuerdo?

Silvia se arma de valor y cede.

–He visto en televisión que han reabierto el caso de Andrea Montero.

–Según me han comentado mis ayudantes, eran ustedes amigas –dice la inspectora Ramos.

–Éramos del mismo barrio. –Silvia asiente y da una prolongada calada a su cigarrillo–. Yo fui quien le presentó a Gonzalo Fonseca.

–¿De qué le conocía?

–Estuve saliendo con él durante un tiempo antes que Andrea. Nada serio.

–¿Cree que él la mató?

–Me paso el día rodeada de hombres y sé que no debería poner la mano en el fuego por ninguno de ellos, pero Gonzalo no era mal tío. Ni siquiera me creo lo que dijo esa chica en el juicio, lo de que él la había abofeteado en el ascensor de un hotel. Andrea nunca me comentó que a Gonzalo se le fuera la mano.

–¿Se querían? –pregunta la subinspectora Ortega.

–Yo juraría que sí. Quizá ya no estuvieran tan enamorados como al principio, pero esas cosas pasan.

–¿Por qué nos ha llamado entonces, Silvia? –La inspectora se impacienta.

–Por esos chalés que estaba construyendo en Toledo, unos en un campo de golf igual a otro que hay no sé dónde. No paraba de hablar de aquello.

–¿Y? –Esto ha conseguido intrigar a la inspectora.

–Una semana antes de que muriera pasó algo.

–¿Algo como qué?

–No tengo ni idea, pero Andrea cambió. Era muy alegre y empezó a estar nerviosa y asustada, incluso llegó a decirme que temía por su vida.

Las dos policías sienten la excitación de saber que han encontrado un hilo del que tirar cuando ya empezaban a desesperarse.

–¿Nunca le dijo qué la asustaba tanto?

–Sé que tenía que ver con su trabajo, pero no llegó a contármelo. En una comida me dijo que iba a mandarme algo para que se lo guardase, unos documentos creo, pero no me la tomé muy en serio. Esa misma noche, murió.

A Silvia Ribot se le humedecen los ojos y se le hace un nudo en la garganta.

–¿Y no se le ocurrió decirles esto a los investigadores que llevaban el caso?

–Tuve miedo.

–¿Miedo de qué, joder? –pregunta la inspectora Ramos, irritada–. ¿Y si resulta que Gonzalo Fonseca es inocente? ¿Le iba a dejar pasarse toda su vida encerrado solo porque no le apetecía ir a declarar?

–Fue Andrea quien me consiguió este trabajo, ¿sabe?

–¿Qué quiere decir con eso?

–Lo hizo a través de su jefe, el dueño de la constructora donde trabajaba... que es uno de los socios más importantes de este club. Temí que si decía algo me despidieran, y soy madre soltera de dos hijos.

La inspectora Ramos quiere decirle que debería tener más claras sus prioridades y que un trabajo, por muy bien pagado que esté, no justifica que se callase algo así. Pero sabe que ya no hay remedio y se traga la rabia.

–¿Cómo se llama ese constructor? –pregunta al fin.

–Sebastián... Sebastián Oller.

La subinspectora Ortega lo apunta en su libreta y en ese momento suena la alarma de su móvil. La apaga y mira a su jefa con gravedad.

–Es la hora. Ya se ha cumplido el plazo dado por Ramón Fonseca...

35

La jueza Almudena García lleva más de una semana encerrada en esa celda y empieza a sospechar que ya nunca saldrá de allí. Al pasar la mayor parte del tiempo tumbada en el catre, en una especie de duermevela, apenas gasta energía y solo necesita consumir una botella de agua y una lata de conservas al día para sobrevivir. A ese ritmo, podría tirarse allí dos o tres meses antes de morir de inanición... pero algo le dice que no será de eso de lo que muera.

En el exterior, junto a la rejilla de ventilación, un temporizador apura los últimos segundos de su cuenta atrás. Al llegar a cero, se activa un mecanismo que conduce a una botella. Un chasquido da paso al silbido que produce el gas al ser liberado.

Lo normal es que el monóxido de carbono sea indetectable y que los cientos de personas que mueren al año por inhalarlo no se enteren de nada. Suele ser una muerte dulce, pero la jueza se incorpora en el catre, presintiendo que algo no va bien. Se acerca al muro de ladrillos tras el que se adivina una puerta y lo aporrea de nuevo, con más fuerza que esperanza.

—¡¿Hay alguien ahí?! ¡Que alguien me ayude, por favor!

Doce minutos después, el sueño la vence y se sienta con la espalda apoyada contra la pared. Cuando el gas ya ha tomado posesión de su cuerpo y recorre su organismo, la jueza Almudena García cae hacia un lado, sin darse cuenta de que acaba de morir.

III

36

La dirección que facilita Ramón Fonseca para recoger el primer cadáver lleva al polígono industrial de Los Ángeles, en Getafe, a escasos treinta kilómetros del centro de Madrid. Construido en los años sesenta, tiene una superficie de un millón y medio de metros cuadrados, lo que lo convierte en uno de los más grandes e importantes de la capital. Allí se ubicó durante más de medio siglo la fábrica de Uralita, causante de que buena parte de los mil ochocientos empleados que acudían a diario a ganarse la vida encontrasen la muerte debido a la alta toxicidad del amianto con el que trabajaban sin ningún tipo de protección.

A raíz del posterior cierre de la fábrica y la grave crisis económica pasó de ser un próspero centro de negocios en el que estaban ubicadas algunas de las mejores empresas nacionales e internacionales a convertirse en un polígono semiabandonado donde, mezclados con los trabajadores de las empresas que todavía se mantienen en pie, campan a sus anchas drogadictos, personas sin hogar, grafiteros, chatarreros y buscadores de cobre. Hay tantos escombros tirados por algunas de las calles que se conoce popularmente como el «Sarajevo de Getafe».

La caravana policial, encabezada por el coche donde viajan la inspectora Ramos y la subinspectora Ortega, avanza por la A-42 con las sirenas a todo volumen. En el asiento del copiloto, la inspectora prepara su mascarilla y sus guantes extragruesos, en previsión de lo que pueda encontrarse al llegar.

–¿Quién crees que será el primero? –pregunta la subinspectora.

–Ni idea –responde la inspectora–. Todavía tengo la esperanza de que se trate de un farol y los encontremos con vida.

–Eso no tendría mucho sentido.

–Al contrario. Ramón Fonseca ya ha conseguido llamar la atención y que reabramos el caso de su hijo. En realidad, no necesitaría matar a nadie.

–Pero eso él no lo sabía cuando los secuestró.

La inspectora Ramos sabe que tiene razón y que es altamente improbable que encuentren a quienquiera que sea de los tres todavía vivo, pero tienen que mantener la esperanza hasta el último momento.

–¿Sabes que en la comisaría han hecho una porra?

–Pues menudos hijos de puta... –contesta la inspectora con censura–. Espero que ninguno de mi equipo haya participado.

La cara de la subinspectora lo dice todo. –Indira la mira con reproche.

–Es increíble, María.

–Vale, reconozco que no es algo demasiado compasivo, pero comprende que llevamos muchos días trabajando sin parar y necesitamos distraernos de alguna manera.

–¿Y no os podíais entretener con otra cosa?

La subinspectora se encoge de hombros, sintiéndose culpable, e intenta centrarse en la carretera, en la que los coches conducidos por particulares se apartan sin ton ni son al oír una sirena. Al cabo de unos segundos, la inspectora vuelve a mirarla.

–¿Cómo están las apuestas?

–En primer lugar el abogado, en segundo la jueza y por último la estudiante.

La caravana de coches y furgones policiales se detiene frente a una antigua imprenta medio derruida. Una docena de indigentes sale de entre las ruinas de los edificios colindantes y se acerca a curiosear.

–¿Es aquí? –pregunta la inspectora echando un vistazo al lugar desde el coche.

–Es la dirección que nos ha dado Ramón Fonseca.

Las dos policías bajan del coche a la vez que los agentes del Grupo Especial de Operaciones, que ya empiezan a acordonar el lugar. Dos furgonetas de televisión llegan a toda velocidad y de ellas se apean los cámaras y los reporteros con sus correspondientes alcachofas.

–¿Cómo coño se han enterado tan pronto? –La inspectora frunce el ceño.

–Muy discretos no hemos sido, jefa.

–Que no se acerquen. Cualquiera sabe lo que vamos a encontrarnos ahí dentro.

La subinspectora Ortega va a contener el avance de los periodistas mientras la inspectora Ramos saca del maletero del coche todas sus protecciones. Cuando ya se considera a salvo, va a reunirse con el mando de los geos.

–¿Entramos?

–Debemos ponernos máscaras, inspectora. Aunque siento decirle que no tenemos ninguna esterilizada –dice el geo con cierto retintín.

–Me apañaré, gracias –encaja ella.

Coge la máscara que le tienden e, intentando no pensar en la cantidad de bacterias que puede tener, se la pone.

El interior del edificio está prácticamente derruido. Montañas de escombros y basura se acumulan por todas partes. Si no llevasen máscaras, percibirían un olor a orín y a heces insoportable. Dos colchones sucios y un infiernillo junto al que hay unos dibujos infantiles indican que, si no ahora, en algún otro momento aquel fue el hogar de una familia.

–¿Quién cojones puede vivir en esta pocilga? –pregunta uno de los policías, asqueado.

–Supongo que quien no tiene un sitio mejor al que ir –responde la inspectora–. Buscamos un zulo o un despacho donde puedan haber tenido secuestrado a alguien durante una semana.

–En esta planta no está.

Tras recorrer toda la estancia sin encontrar nada que llame su atención, los policías llegan a una escalera. El piso de arriba está en muy malas condiciones, parte del tejado se ha derrumbado y tampoco parece que esté allí lo que buscan, así que bajan iluminando con sus linternas y apuntando con sus armas.

–¡Policía! ¡Si hay alguien ahí, descúbrase y salga con las manos en alto!

Nadie responde ni se descubre. Al llegar al final de la escalera, hay un pasillo. A un lado, encuentran unos utensilios de albañilería que parecen haber sido utilizados hace muy poco tiempo.

–Ha sellado alguna estancia... –dice la inspectora Ramos para sí mientras examina la pared.

–¡Inspectora!

Ella acude a la llamada y ve el acceso a una habitación sellado con un muro de ladrillos de reciente construcción. Junto a la rejilla de ventilación, hay un temporizador conectado a una bombona que hace tiempo ha llegado a cero. Uno de los policías la examina con cuidado.

–Monóxido de carbono. La botella está vacía.

–¡Hay que tirar la pared!

El mando de los geos transmite la orden a través de su radio y, en menos de un minuto, dos policías bajan armados con sendas mazas. Empiezan a derribar a golpes la pared. Cuando retiran los suficientes ladrillos, su jefe los aparta y mete la cabeza por el agujero que han abierto. Enseguida la saca, con gesto grave.

–Creo que es la jueza.

«Exactamente por quien yo hubiera apostado», piensa la inspectora Ramos.

37

A pesar de los consejos de su abogado, el italiano Vincenzo Gallo no evitó precisamente los problemas mientras esperaba en prisión a que lo juzgaran por haber matado a un sudanés y haber dejado tuerto a otro. Durante las primeras semanas tuvo enfrentamientos con gitanos, sudamericanos, marroquíes, españoles y, ¿cómo no?, también con africanos. Su principal afición era tocarles los cojones en el patio o en el comedor, imitando a un mono cada vez que se cruzaba con alguno de ellos. Normalmente no pasaba de ahí, hasta que una mañana coincidió en la lavandería con Senghor, un chico senegalés de diecinueve años condenado por trapichear con drogas en los alrededores de la Puerta del Sol de Madrid.

–Cómo huele aquí a mono –dijo Vincenzo olfateando el ambiente–. ¿Es que vosotros en Nigeria no os laváis?

–No soy de Nigeria –respondió Senghor–, sino de Senegal.

–Los dos son el mismo estercolero.

–*Mbam-xuux*... –masculló el chico.

Vincenzo se revolvió y le cogió con violencia del cuello.

–¿Qué me has llamado, puto negro?

El orgullo de Senghor, que tantos problemas le había dado desde niño, estaba a punto de causarle el mayor de todos ellos. Lejos de recular y disculparse, miró a los ojos del italiano, que centelleaban de ira.

–Cerdo –respondió.

A causa de la paliza que se llevó, Senghor permaneció ingresado, primero en el hospital de La Paz y más tarde en la enfermería de la prisión, las cuatro semanas siguientes. Aparte de la fractura del pómulo y del cúbito y el radio del brazo izquierdo –que Vincenzo le había colocado en la puerta de la lavadora industrial para después cerrarla de una patada–, tenía contusiones por todo el cuerpo, una oreja mutilada, un fuerte traumatismo en los testículos y tres costillas fisuradas. Debido a las terribles lesiones tuvo que pasar muchos días inmovilizado y el dolor que sentía poco a poco fue convirtiéndose en odio y deseos de venganza. No le dijo a nadie, ni siquiera a sus compatriotas, lo que le había pasado. Quería resarcirse él solo, sin que nadie le ayudara ni se interpusiera en su camino.

Un mes y medio después, cuando Senghor pudo retomar su rutina en la prisión, fue a la carpintería, donde trabajaba Ibrahim, un ghanés de cuarenta años al que el chico respetaba como a un padre. Durante sus largas charlas en soninké trataban todo tipo de temas, pero por primera vez desde que lo conoció, no le prestó atención, y menos aún cuando empezó a hablarle del perdón. Ibrahim fue a cortar un listón de madera para arreglar uno de los bancos de la sala de visitas y Senghor aprovechó la oportunidad para coger una botella de aguarrás y escondérsela en los pantalones. Luego salió de allí y fue directo a la celda de Vincenzo Gallo. Al verlo entrar, el italiano frunció el ceño y dejó a un lado la revista de motos que estaba leyendo.

–¿Qué cojones haces aquí, puto orangután? ¿Quieres que te mande otra temporada al hospital?

Por toda respuesta, Senghor sacó la botella de aguarrás que llevaba oculta a la espalda y a la que había recortado la boquilla y le tiró el líquido encima.

–Pero ¡¿qué coño?!

El italiano todavía no sabía qué estaba pasando cuando el chico sacó un Zippo del bolsillo, lo encendió y lo lanzó a sus pies. El aguarrás prendió inmediatamente y Vincenzo Gallo ardió como una tea entre gritos de auxilio y de dolor que fueron apagándose a medida que el fuego penetraba en sus vías respiratorias. Senghor lo miró impasible mientras Gallo corría de un lado a otro de la celda envuelto en llamas, incendiando sábanas, ropa y papeles, hasta que finalmente cayó al suelo entre fuertes sacudidas. Cuando los guardias entraron con extintores, ya nada pudieron hacer por salvarle la vida.

Al enterarse de lo ocurrido, el abogado Juan Carlos Solozábal citó en su despacho a Gianna Gallo, con quien mantenía una relación desde hacía varios meses. Al principio ambos se lo habían tomado como una especie de desahogo, un juego que les hacía sentirse vivos, por muy peligroso que fuera. Pero a partir del tercer encuentro, se dieron cuenta de que aquello era bastante más que una aventura.

Cuando supo lo que le había pasado a su hermano, Gianna se derrumbó en brazos de su amante. Juan Carlos le explicó que todo había sido obra de un chico al que Vincenzo había estado a punto de matar de una paliza y que cumpliría muchos años de condena por ello, pero a la mujer de Salvatore Fusco no le pareció suficiente.

–Quiero que arda igual que ardió Vincenzo –dijo con lágrimas en los ojos.

–No te comportes como ellos, Gianna. Siento decírtelo, pero tu hermano se lo buscó.

Gianna le abofeteó con rabia, pero enseguida se arrepintió y volvió a refugiarse en sus brazos.

–Perdóname, Juan Carlos.

–Debes olvidarte de esto y seguir adelante con tu vida.

–¿Qué vida? –preguntó con amargura–. Si tengo que pasar una noche más soportando el aliento de Salvatore, terminaré con todo.

–No digas eso, Gianna.

Se miraron a los ojos y comprendieron que estaban pensando exactamente en lo mismo. Ella quiso decirlo en voz alta, pero supo que no le correspondía hablar y consiguió contenerse, deseando con todas sus fuerzas que fuera él quien diera el paso. Juan Carlos ya lo había pensado más de una noche, cuando Gianna se había marchado de su cama pero las sábanas seguían impregnadas de su olor, aunque siempre había tratado de quitárselo de la cabeza, consciente de que era una locura. Muchas cosas los retenían allí, pero lo cierto era que una de las principales acababa de arder en una celda de la cárcel de Soto del Real. Gianna aguardó mirándole, rogándole con los ojos que le diera una esperanza de poder ser feliz. Al fin, cuando ya empezaba a pensar que no sucedería, Juan Carlos habló:

–Fuguémonos.

38

El equipo de la inspectora Ramos ve por televisión la retirada del cadáver de la jueza Almudena García, hallado en la imprenta abandonada de un polígono industrial de Getafe. Aunque todos sabían que en una semana era prácticamente imposible encontrar a otro sospechoso del asesinato de Andrea Montero –si es que al final resulta que no fue Gonzalo Fonseca–, mantenían la esperanza de poder rescatar a los secuestrados con vida. Pero empieza a cundir el desánimo y es inevitable pensar que los tres cadáveres terminarán desfilando por delante de sus narices.

–¿Al final quién ha ganado la porra? –pregunta el oficial Óscar Jimeno.

–El subcomisario Peláez –responde la agente Lucía Navarro.

–Joder, menuda chorra –protesta Jimeno–. Le ascienden hace nada y encima se lleva cien euros, con lo bien que me hubieran venido a mí.

–Yo en tu lugar no hablaría de eso delante de la jefa, Jimeno. Te puede mandar a tu casa de una patada en el culo.

En ese momento entra la inspectora, oliendo a limpio tras haberse lavado las manos con ímpetu por tercera vez en el día.

–¿Qué están diciendo en la tele?

–Nos ponen un poquito a caldo –responde resignado el subinspector Iván Moreno–. Básicamente dicen que nos tocamos los huevos durante la investigación del asesinato de la mujer de Fonseca y que nos los hemos tocado ahora durante el de la jueza.

–Ni caso. –Apaga la tele con el mando–. ¿Novedades?

–Los geos están rastreando las naves abandonadas del polígono por si el abogado y la estudiante también estuvieran allí, pero no tiene pinta.

–No, no la tiene... ¿Habéis averiguado algo de ellos?

–Todavía no se sabe de dónde sacó el dinero la jueza para comprar ese piso en Valencia y tampoco cómo podía la estudiante llevar encima veinte mil euros en efectivo cuando la secuestraron –responde la agente Navarro–. Su madre está convencida de que debe de haber un error.

–¿Y lo de que el abogado estuviera preparando su huida del país?

–Nada.

–Hay que ponerse las pilas, Lucía. Pásate por la universidad donde estudia la chica, por los juzgados de donde era titular la jueza y habla con todo aquel que conozca al abogado. Necesitamos descubrir el origen de ese dinero y, en caso de ser cierto que los sobornaron para lograr condenar a Gonzalo Fonseca, saber quién lo hizo.

–Sí, jefa.

–¿Ramón Fonseca sigue sin hablar?

–Ni una palabra –contesta el subinspector Moreno negando con la cabeza–. Y ahora que se ha hecho tan famoso, tenemos menos margen de maniobra. Ya ni siquiera se le puede interrogar durante tantas horas sin que se nos echen encima las asociaciones de derechos humanos.

–Tampoco estaba dando resultado. ¿Has sabido algo de su vida?

–Nada que no supiésemos ya: su mujer murió hace poco y solo tiene un hijo. No sé por dónde podríamos meterle mano.

–Joder... Tenemos que centrarnos en Sebastián Oller.

—¿Y ese quién coño es?

La inspectora les habla de su visita junto a la subinspectora Ortega al exclusivo club del barrio de Salamanca y de su conversación con Silvia Ribot, íntima amiga de la víctima. Según les contó, Andrea estaba muy nerviosa por algo ocurrido en el trabajo, pero no supo decirles de qué se trataba.

—¿No estuvisteis ya visitando las obras?

—Sí —responde Ortega—, pero aquello parecía una balsa de aceite, así que seguramente no nos contaron toda la verdad.

—Hay que diseccionar la vida de ese constructor. ¿Jimeno?

Para sorpresa de todo el equipo, esta vez el oficial Jimeno se ha adelantado y ya ha encontrado en internet y en los archivos policiales la información que necesita.

—Sebastián Oller, empresario madrileño de sesenta y dos años, casado y con tres hijos, dos chicos y una chica. Los tres trabajan en diferentes empresas del *holding* familiar. Oller tiene restaurantes, salas de fiesta, un rentable negocio de importación y exportación... pero su principal ocupación es la construcción. Ha tenido diversos problemas con la ley por obras ilegales y algún supuesto soborno, pero hasta el momento ha conseguido librarse de la cárcel.

—Quizá por poco tiempo —comenta la subinspectora Ortega.

—Quizá —asiente Ramos—. ¿Qué más?

—Tiene casa en Madrid, en Baqueira, en Ibiza y un yate en el que suele pasar el verano... —Jimeno suspira con envidia—. Mal no vive, no.

—Necesitamos descubrir qué coño pasó en la obra de Toledo —dice la inspectora, pensativa—. Estoy segura de que todo tiene que ver con ese campo de golf.

—¿Volvemos a pasarnos por allí? —pregunta la subinspectora Ortega.

—Antes tenemos que saber qué buscamos. Llama al ayuntamiento a ver si cuentan con todos los permisos.

–¿En el ayuntamiento trabajarán por la tarde?

–Cuando no trabajan es por la mañana –responde el subinspector Moreno–. Por la tarde ni irán.

La broma del policía sirve para rebajar la tensión, hasta consigue arrancarle una sonrisa a la jefa. La agente Navarro decide aprovechar la coyuntura.

–Jefa, ¿no deberías pedir unas dietas para el equipo? En estas dos semanas comiendo de menú me estoy arruinando.

–Hoy invito yo.

Todos se lo agradecen, sorprendidos. En los años que lleva destinada en esa comisaría, nadie recuerda que Indira Ramos haya invitado ni a un mísero café. Considerando que la calle está tomada por periodistas a la espera de obtener alguna declaración de los investigadores, deciden por unanimidad pedir comida a un restaurante chino cercano. Hacer una comida de empresa en esas circunstancias podría verse como una celebración de la muerte de la jueza Almudena García.

El repartidor chino les lleva rollitos de primavera para parar un tren, arroz tres delicias, pollo con setas y bambú y un sinfín de delicias orientales más. El subinspector Moreno es el único que se da cuenta de que la inspectora Ramos finge comer con los demás, pero en realidad no prueba bocado. Sonríe divertido: él mismo duda de la higiene de algunos restaurantes chinos, así que no quiere ni pensar en lo que le pasará por la cabeza a su escrupulosa jefa.

39

La agencia en la que trabajaba Marta estaba situada en un edificio señorial de la calle Jorge Juan. Nada más bajar del taxi y antes de llamar al telefonillo, la chica tuvo cargo de conciencia y volvió a mirar a su amiga.

–¿Tú estás segura de esto, Noe?

–Te he dicho veinte veces que sí, Marta –respondió Noelia y miró excitada el portal–. ¿Es aquí? Parece que haya venido a visitar a mi abuela.

–La señora de enfrente, que seguramente sea la abuela de alguien, hace unas croquetas de puta madre –contestó Marta resignada–. Si te pregunta, le dices que eres modelo y que vas a hacer un casting, ¿vale?

Noelia asintió y Marta al fin pulsó el timbre. A los pocos segundos, la puerta se abrió y subieron hasta el quinto piso en un antiquísimo aunque cuidado ascensor de reja desde el que se apreciaba la exquisita decoración de cada descansillo. Antes de que Noelia abriese las puertas interiores para salir, Marta la sujetó del brazo.

–Si te arrepientes, solo tienes que decírmelo y nos largamos.

–Que sí, pesada.

En la puerta un discreto cartel rezaba AGENCIA DE MODELOS, sin más señas ni nombre alguno, la perfecta tapadera para un puticlub encubierto, aunque ellos dijesen que eran simplemente una empresa que facilitaba contactos y que allí dentro no se practicaba sexo, al menos no por dinero. Lo primero que le llamó la atención a Noelia fue que realmente parecía una agencia de modelos, con secretarias, comerciales, despachos y un estudio fotográfico. Marta y Noelia aguardaron diez minutos en una sala de espera decorada con fotografías y objetos de películas –un par de ellos con pinta de ser auténticos y bastante caros–, hasta que se asomó una secretaria que, por su candidez, bien podría haber sido la abuelita de alguna de las dos.

–Ya podéis pasar, chicas.

Marta condujo a Noelia hasta el último despacho del pasillo. Una vez dentro, una exmodelo habitual de las revistas del corazón en los años noventa las invitó por señas a sentarse mientras terminaba de hablar por teléfono. No quitó ojo a Noelia desde que entró por la puerta, oliendo ya el dinero que le haría ganar esa niña.

–No me mentiste al decirme que tu amiga era muy guapa, Marta –dijo al colgar el teléfono, sin apartar la mirada de su nueva adquisición–. Me llamo Arancha, es un placer.

–Yo soy Noelia.

–Déjame verte, Noelia.

Arancha rodeó la mesa y le tendió la mano a Noelia para que se levantase. La hizo girar sobre sí misma mientras la observaba con detalle.

–Verdaderamente preciosa... ¿Te has operado el pecho?

–No –respondió Noelia–. Son mías al cien por cien. ¿Quieres verlas?

–Por favor.

Noelia se quitó la camiseta y el sujetador con total naturalidad y dejó al descubierto unos pechos perfectos en forma y tamaño que causaron el mismo grado de admiración en Arancha que de envidia en su amiga.

–Maravillosa... ¿Ya te ha explicado Marta en qué consiste el trabajo?

–Más o menos.

–Nosotros tenemos una lista de clientes muy importantes. Organizamos las citas y nos quedamos con un cuarenta por ciento de lo que factures. Los hoteles o apartamentos donde te encuentres con ellos corren de nuestra cuenta, por supuesto.

–¿Cuánto cobraré por hora? –preguntó mientras volvía a vestirse.

–Eso es para las putas, Noelia. Y yo no trato con putas, sino con señoritas elegantes y educadas que acompañan a caballeros. Muchas veces solo querrán que vayas con ellos a cenar o a tomar una copa. El sexo es un extra que puede darse o no. De lo que se le cobre ya nos ocupamos nosotros.

La mirada desconfiada de Noelia hizo comprender a Arancha que no se había quedado demasiado conforme con la respuesta y suspiró, rindiéndose.

–No es que no quiera decírtelo, es que dependiendo del servicio y del cliente le cobramos una cosa u otra. Un desahogo rápido serán más o menos unos doscientos cincuenta euros para ti, pero supongamos que te ponemos en contacto con un caballero que te invita a cenar y después a pasar un rato en su hotel. Normalmente eso costaría entre seiscientos y mil quinientos euros. Si aparte quiere que pases la noche con él, multiplícalo por dos. ¿Te parece bien?

Esas cifras ya le gustaron algo más a Noelia, que asintió.

–Bien –dijo Arancha–, pues aclarado este engorroso asunto, pasemos a hablar de otras cosas. Necesito que me respondas a unas preguntas para que pueda hacerte la ficha y buscar clientes adecuados para ti, ¿de acuerdo?

Noelia volvió a asentir.

–Ya sé que a todas os gustaría encontraros con Mario Casas en una de vuestras citas, pero por desgracia no siempre es así. De todas maneras, nosotros seleccionamos con cuidado a nuestros clientes y te puedo garantizar que son gente educada, limpia y respetuosa. Por lo general, serán hombres de entre treinta y sesenta años, ¿algún problema con ese rango de edad?

–Ninguno.

–Por supuesto, antes de cerrar la cita con ellos te informaremos y tendrás total libertad para aceptar o no el servicio, aunque yo te recomiendo que no rechaces citas solo por la edad. Algunos sexagenarios pueden sorprenderte muy gratamente. En cuanto a tu disponibilidad, supongo que tendrás la misma que Marta.

Noelia miró a su amiga, que se vio obligada a intervenir por primera vez en aquella transacción de carne camuflada de entrevista de trabajo.

–Yo suelo quedar entre semana y, muy esporádicamente, también algún finde. En época de exámenes solo quedo con clientes habituales.

–Me parece bien –dijo Noelia conforme.

–Estupendo. ¿Algún problema en quedar con mujeres?

–No, creo que no... –respondió Noelia sorprendida–. ¿También hay mujeres?

–Las menos, pero sí. Y también algunos matrimonios. A estos, por supuesto, se les cobra mucho más.

–Yo aquí he venido a ganar dinero.

–Como todas, querida... ¿Anal?

–Me duele.

–Hay quien paga mucho.

–Pues si pagan mucho... me lo pienso.

Arancha sonrió, divertida por la espontaneidad de la chica, y terminó de rellenar la ficha con todo tipo de preguntas sobre gustos, preferencias y experiencias. Después le hizo firmar un contrato de confidencialidad, la mandó a hacerse unas fotografías sugerentes en el estudio del otro lado del pasillo –donde le prometieron que no se le vería la cara– y la envió a una clínica de Atocha a que le hicieran un examen completo para detectar posibles enfermedades de transmisión sexual.

Cuatro días después, cuando Noelia ya creía que ninguno de los clientes de la agencia se había fijado en ella y que solo se había hecho el cuento de la lechera, recibió una llamada de Arancha.

–Buenas tardes, Noelia. Un cliente está interesado en invitarte a cenar y al teatro mañana por la noche. ¿Estás disponible?

–¿Es muy viejo? –preguntó Noelia entre intrigada y excitada.

–Has tenido suerte –dijo Arancha sonriendo al otro lado del teléfono–, mucha suerte diría yo. Es un hombre muy generoso y atractivo de unos cincuenta años. ¿Cierro la cita?

–Sí, claro... ¿Qué me pongo?

–Este cliente es muy exigente y le gusta controlar hasta el último detalle. ¿Te parece bien que mañana enviemos a casa de Marta el conjunto que haya elegido?

40

Aunque haya pasado ya más de una hora desde que los guardias terminaron el registro de la celda de Gonzalo Fonseca sin encontrar nada reseñable, él sigue sentado en el catre con la mirada extraviada. Ha intentado levantarse un par de veces, pero las piernas no le responden y no lo harán hasta que decida qué hacer. Si le cuenta a Gheorghe que ha tirado su mercancía por el váter porque los guardias iban a encontrarla, solo habrá dos opciones: o el rumano le dice que tiene que pagarle las cuarenta ampollas de lo que sea que fuera ese líquido transparente y le pide una cantidad desorbitada por ellas, o lo mata allí mismo. Y algo en su fuero interno le dice que elegirá la segunda opción. Intenta despejar la cabeza para buscar una salida y solo se le ocurre una huida hacia delante que seguramente le complicará aún más la vida y que también provoque que acabe sus días abierto en canal, pero no le queda otra.

–¿Qué es lo que tú quieres, blanquito? –le pregunta uno de los colombianos sin camiseta que custodian el acceso a la celda del manco Walter Vargas.

–Necesito hablar con el señor Vargas.

–¿Hablar de qué?

–Eso es algo entre él y yo.

Los músculos del colombiano se tensan de una manera exagerada, deformando las decenas de tatuajes que pueblan su cuerpo, de tal modo que lo que antes era un planeta Marte en el pectoral izquierdo del macarra se convierte en una patata. A Gonzalo se le escapa una sonrisa inoportuna, debida probablemente a los nervios o a la tensión del momento, como cuando alguien no puede evitar descojonarse en el entierro de un primo segundo. El colombiano crispa el gesto y le empuja.

–¿Te estás riendo de mí, *güevón*?

–No, claro que no.

–Entonces lárgate de aquí. Aire.

–Déjale tranquilo, Fabián –dice el señor Vargas desde el interior de la celda–. El filete que me ha dado para comer era una suela de zapato, pero estoy en deuda con él.

El macarra le suelta sin dejar de mirarle con hostilidad y Gonzalo lo sortea para encontrarse con Walter Vargas, que está preparando café ceremoniosamente con la única mano que le queda. Otro colombiano limpia la celda de su patrón procurando no molestar, pero se da cuenta de que allí sobra y se retira con discreción.

–Si exportamos algo bueno desde Colombia son ciclistas que saben cómo trepar una montaña y café.

–Y mujeres guapas.

–Las colombianas que se conocen en España son putas castigadas por la vida que huyen de la miseria que sufrimos allá. Imagínate cómo serán de hermosas las que quedan.

El señor Vargas sirve dos tazas de café con una lentitud directamente proporcional a las manos que tiene y le tiende una a Gonzalo.

–Es una lástima no tener aguapanela, que así me enseñó mi mamá a hacer el café. Pero aquí es difícil encontrarla.

–Así está bien, gracias.

–Llevo todo el día escuchando hablar de tu padre. Es un hombre corajudo. Tal vez yo haga lo mismo y mande secuestrar al juez que me condene –dice divertido mientras se acomoda con su café y con un gesto invita a Gonzalo a que se siente.

–Se ha propuesto verme libre antes de morir, y por desgracia no creo que le queden ya muchos años.

–Un propósito muy loable. ¿Crees que lo logrará?

–Estoy seguro, porque soy inocente.

–Ya me imagino. –Vargas resopla, aburrido de oír decir lo mismo a todo el que se cruza con él–. ¿Qué puedo hacer por ti?

–Me he metido en un problema muy serio y necesito su ayuda, señor Vargas.

Walter Vargas le mira con gesto impasible, esperando a que continúe.

–No sé si sabrá usted quién es Gheorghe.

–Un rumano con muy malas pulgas.

–El mismo. Hace unos días me presionó para que recogiera un paquete de contrabando en la cocina. Intenté negarme, pero puede imaginarse lo persuasivo que es Gheorghe.

–Ha de serlo para ocupar una buena posición aquí dentro.

–El caso es que ese paquete ha llegado esta misma tarde con el reparto del supermercado.

–¿Y dónde está? –pregunta Walter Vargas intrigado.

–Los guardias hicieron un registro en mi galería y tuve que deshacerme de él, así que lo tiré por el váter.

–¿Qué contenía ese paquete?

–Unas ampollas con un líquido, pero no sé exactamente qué era. Algo muy valioso para Gheorghe, sin duda.

–Vaya... no has mentido al decir que estabas metido en un problema muy serio, muchacho. Pero te lo repito: ¿qué puedo hacer por ti?

–Necesito su protección.

–Cuando digo que estoy en deuda contigo por lo del filete me refiero a que podría conseguirte un poquito de coca para que te dieras una fiesta o, si me caes bien, incluso una botella de ron, pero no voy a iniciar una guerra con los rumanos por ayudarte. Lo siento, hijo.

Walter Vargas da por zanjada la conversación y le hace una seña a Fabián, que entra en la celda y coge a Gonzalo del brazo.

–Largo de aquí, marica.

–Se lo pagaré –le dice Gonzalo a Vargas a la desesperada, mientras Fabián lo arrastra hacia el exterior.

–No creo que dispongas de dinero para pagarme semejante protección. Si lo tuvieras, yo en tu lugar saldaría mi cuenta pendiente con el rumano.

–No tengo dinero, pero puedo pagárselo de otra manera.

–¿De qué manera?

Gonzalo Fonseca le mira el muñón.

–Supongo que querrá vengarse por lo que le hicieron, ¿verdad?

–¿Qué carajo sabes tú de lo que me hicieron?

–Ya me dijo usted que una policía le había disparado, señor Vargas. Si consigue que yo salga de aquí de una pieza, le prometo que haré más llevadera la pérdida de su mano...

Por segunda vez en unos pocos minutos, Gonzalo logra despertar la curiosidad del traficante Walter Vargas, y eso es algo que no suele ocurrir casi nunca.

–Suéltalo, Fabián...

41

Marta frunce el ceño al percatarse de que un hombre y una mujer con pinta de polis están haciendo preguntas a los estudiantes y que uno de ellos señala hacia el árbol bajo cuya sombra ella está ordenando sus apuntes de Narrativa Audiovisual. Cuando ve que se acercan, apaga resignada el iPod donde sonaba la última de Münik. Teniendo en cuenta que en los medios de comunicación llevan ya diez días hablando a todas horas de su amiga Noelia, le extrañaba que todavía no hubiesen ido a interrogarla.

–Hola. Eres Marta, ¿no?

–¿Quién lo pregunta? –pregunta a su vez ella quitándose los cascos.

–Somos los agentes Navarro y Molina –responde Lucía mientras ambos enseñan sus placas–. Nos han dicho que eres la mejor amiga de Noelia Sampedro.

–¿Ya la han encontrado?

–Todavía no, pero pronto la encontraremos. Necesitamos hacerte algunas preguntas, Marta.

–¿Qué clase de preguntas?

–Quiénes eran sus amigos, si tenía pareja, a qué se dedicaba... cosas así.

–Se dedicaba a estudiar y a intentar pasárselo lo mejor posible, como todos los que estamos aquí. Aparte de eso, era una chica bastante popular y no, que yo sepa, no tenía pareja fija. Lo siento, pero no puedo decirles mucho más.

–Cuando fue secuestrada, Noelia llevaba encima una gran cantidad de dinero. Pero hemos hablado con su madre y no le consta que tuviera ninguna ocupación más allá de cuidar niños o servir copas los fines de semana. Y tampoco sabía que había dejado el colegio mayor y se había alquilado un piso. ¿Puedes decirnos algo sobre eso?

Marta desvía la mirada con incomodidad y la agente Navarro se da cuenta de que tiene la respuesta a todas sus dudas.

–¿Marta?

–¿Ustedes son como los curas? –pregunta Marta, rindiéndose–. Quiero decir, ¿tienen algo parecido al secreto de confesión?

–No, no lo tenemos, pero si no quieres contarnos lo que sabes por las buenas, pediremos una orden de detención, te llevaremos a comisaría y allí deberás hablar delante de policías, abogados y un juez. ¿Es eso lo que quieres?

No, lógicamente no es eso lo que quiere, pero se resiste a desvelar un secreto que ha conseguido ocultar durante demasiado tiempo. Navarro nota que flaquea y opta por ser comprensiva con ella.

–Quizá sientas que la traicionas, Marta, pero todo lo que nos digas puede ayudarnos a salvarle la vida y, al fin y al cabo, terminaremos averiguándolo. Ahora lo que importa es que no sea demasiado tarde. Por favor...

–Era escort, ¿vale? –suelta al fin.

–¿Escort? –pregunta la agente, desconcertada.

–Puta de lujo, hablando en plata. Estaba muy cotizada y tenía clientes mayores que le pagaban bastante pasta. Seguramente por eso llevaba dinero encima y pudo alquilarse un piso. Yo no sé nada más, de verdad.

Después de dejar la Ciudad Universitaria, todavía sorprendidos por la revelación de la mejor amiga de Noelia Sampedro, la agente Navarro y el agente de apoyo se dirigen al despacho del abogado Juan Carlos Solozábal. Hablan con el portero de la finca, pero solo les dice que era un hombre muy discreto que se pasaba la mayor parte del tiempo en los juzgados y que no se metía con nadie. Les manda al bar donde solía desayunar casi todas las mañanas, a ver si allí pueden contarles algo más.

–Llegaba, pedía un zumo de naranja, un café con leche y un cruasán a la plancha y desayunaba leyendo el periódico. Que yo recuerde, nunca vino con nadie. Salvo... –El camarero parece recordar algo.

–¿Salvo? –pregunta la policía, interesada.

–Unos días antes de todo ese follón, apareció por aquí una mujer que lo buscaba. Me acuerdo de ella porque, aparte de tener un ojo morado, era un cañón, ya me entiende.

–¿No sabe cómo se llamaba ni dónde podríamos encontrarla?

–Ni idea. Llegó, cruzaron un par de palabras y se marcharon juntos. Lo único que sé es que llevaba anillo de casada.

–¿Y tuvo la sensación de que había algo entre ellos?

–Pues hombre... si tuviera que apostar, por la manera de mirarse yo diría que sí, pero lo mismo estoy columpiándome y solo era una cliente del despacho, ¿eh?

Los policías van a casa del abogado y preguntan a sus vecinos puerta por puerta. Ninguno de ellos tenía demasiado trato con él, aunque una señora les comenta que hace unos días se cruzó con Juan Carlos y una mujer muy guapa en el ascensor, pero esta no abrió la boca ni para saludar.

Antes de regresar a la comisaría, se pasan por los juzgados por si averiguan algo tan provechoso como en las dos visitas anteriores, y tampoco en esta ocasión se marchan con las manos vacías.

Después de asistir al funeral de la jueza asesinada, varios de sus compañeros se reúnen en un bar cercano. Como siempre ocurre en esas ocasiones, aunque antes se llevasen a matar con la difunta, entre vino y vino todo son palabras de cariño y de admiración.

–Es que hablar mal de los muertos no es bonito –dice la que fue su secretaria a los agentes cuando ya todos los demás se han marchado sin contarles nada de utilidad.

–Pero si tuviera que hacerlo, ¿qué podría decirnos de ella? –intenta sonsacarle la agente Navarro.

–No sé... –responde la secretaria, dubitativa–. La verdad es que tampoco se relacionaba demasiado con los compañeros. No asistía a ninguna comida ni a nada.

–¿Sabe qué hacía en su tiempo libre?

–Con su exmarido no se hablaba, y el hijo ya es mayor y va por libre. Algunos dicen que se entretenía con otras cosas.

–¿Qué cosas?

–Vicios...

–¿Alcohol, drogas...?

–No, mujer, eso no. Hace un par de años se la veía echando fortunas en las tragaperras, pero dicen que encontró otro pasatiempo. Un bedel de los juzgados me comentó una vez que le daba por las cartas.

–¿Podría ser un poquito más explícita, por favor?

–Póquer. La vio jugar en un torneo en el casino de Torrelodones. No sé si llegó a ganar, pero por lo visto no se le daba mal...

42

La noche que decidieron que se fugarían juntos, Juan Carlos Solozábal y Gianna Gallo hicieron el amor como si no hubiera un mañana, seguramente porque ninguno de los dos podía quitarse de la cabeza que tal vez no lo hubiese: si Salvatore Fusco se enteraba de lo que pretendían, no se conformaría con enviar a Adriano para matarlos. Gianna apoyó la cabeza en el pecho de su amante y sintió que el corazón le iba a mil por hora, y no solo por la intensa sesión de sexo que acababan de tener. De pronto, temió que él se arrepintiera, que el convencimiento con que le había dicho que estaba dispuesto a todo por ella fuera producto de la excitación y se hubiera evaporado nada más tener el orgasmo. Son cosas que pasan.

–¿En qué piensas? –preguntó Gianna mirándole con inseguridad.

–En nada –respondió Juan Carlos sonriendo–. Solo me recupero.

–¿Seguro que me quieres, Juan Carlos?

–¿A qué viene eso, Gianna?

–Mi vida es demasiado complicada y...

–Para eso estoy yo aquí, para «descomplicártela» –la interrumpió él.

–¿De verdad estás dispuesto a dejarlo todo por mí?

—Claro que sí.

—Pero ya no podrás ser abogado, y tendrás que marcharte de tu país y...

—Para, por favor —volvió a cortarla con suavidad—. Ya he pensado en todo eso y lo único que me importa es estar contigo.

Gianna le sonrió, más aliviada de lo que había estado nunca, más aún que cuando Salvatore se dio cuenta de que se había duchado fuera de casa con un gel que no era el suyo y ella logró convencerle de que se lo habían dado en el gimnasio para que lo probara, cuando en realidad era el único que había encontrado en el baño de su amante.

«Hueles a puta barata. No vuelvas a usarlo», fue lo único que le dijo su marido. Aquel mismo día, Gianna compró una botella de su gel habitual y lo dejó en casa de Juan Carlos, una especie de paso previo a dejar el cepillo de dientes.

—¿Adónde iremos? —preguntó Gianna cuando pudo controlar sus temores.

—Lejos, a la otra punta del mundo. Si queremos sobrevivir, debemos desaparecer del mapa para siempre.

—¿Qué tal Australia o Nueva Zelanda? Más lejos no se puede ir.

—Tal vez, pero para eso necesitaremos dinero, mucho dinero. Entre unas cosas y otras, yo creo que podría reunir unos cuarenta mil euros, pero con eso no vamos a ninguna parte. No nos llegaría ni para vivir seis meses.

—Yo tengo joyas.

Juan Carlos la miró, esperando que continuase. Y ella continuó:

—Muchas joyas.

—¿Valiosas?

—Las que tengo en casa podrían valer unos ciento cincuenta mil euros... pero las de la caja de seguridad del banco pasan de los dos millones. Y eso sin contar el dinero que guarda Salvatore.

Juan Carlos sintió cómo se le encogía el estómago. Robarle los ahorros a un mafioso del calibre de Salvatore Fusco era la mayor estupidez que podría cometer un hombre, tal vez solo superada por robarle a su esposa. Cualquiera de las dos cosas ya lo condenaría a una muerte segura, así que sumarlas tampoco empeoraría demasiado las cosas.

–¿Tú tienes acceso a esa caja de seguridad?

Juan Carlos estaba deshaciéndose de la documentación acumulada en su despacho en los últimos cinco años cuando el anciano Fonseca llamó a la puerta.

–Adelante, Ramón. Le estaba esperando.

El hombre miró con desconfianza el desorden, materializado en las dos grandes bolsas de basura llenas de papeles que había junto a la entrada.

–¿Te marchas a algún sitio, muchacho?

–No –mintió Juan Carlos–. Pero de vez en cuando conviene hacer limpieza o al final los papeles te comen vivo. Siéntese, por favor.

Juan Carlos cogió el expediente de Gonzalo Fonseca y fingió consultarlo, pero en realidad ya se lo sabía de memoria y solo reunía fuerzas para explicarle al anciano por qué le había llamado. Tras unos segundos de silencio, respiró hondo y se lanzó.

–Verá, Ramón... ya le he dicho varias veces que yo poco puedo hacer para ayudar a su hijo. Las pruebas contra él son prácticamente irrefutables.

–Son pruebas falsas. –El anciano resopló, cansado de repetir lo mismo una y otra vez.

–Quizá, pero me veo incapaz de demostrarlo. He intentado encontrar algo de donde tirar, pero reconozco que he fracasado.

–¿Qué estás queriendo decirme, Juan Carlos?

–Que lo mejor es que yo dé un paso a un lado y deje mi sitio a alguien que aporte una visión nueva, que sepa darle otro enfoque a todo esto.

–No puedes abandonarnos ahora –dijo Ramón Fonseca apretando los dientes–. El juicio ya ha empezado.

–Ya le he pasado una copia del expediente a un compañero y...

–¡No puedes abandonarnos, maldita sea! –lo interrumpió el anciano, enfurecido.

–Tranquilícese, por favor.

Lejos de tranquilizarse, Ramón Fonseca rodeó la mesa como si no tuviese ochenta y cuatro años, le agarró con violencia de la pechera y lo empujó contra la pared. El título enmarcado que acreditaba la licenciatura en Derecho de Juan Carlos Solozábal cayó al suelo y el cristal se hizo añicos.

–¡Te juro que como nos dejes en la estacada, te mato! –gritó Fonseca, desquiciado.

–¡Suélteme, joder! –explotó el abogado–. ¡¿Cuándo cojones va a asumir que su hijo mató a su nuera?!

Juan Carlos se sacudió de encima a Ramón Fonseca, que le dirigió la mirada más amenazante que el abogado había recibido en su vida.

–Bastardo... –escupió el viejo.

–Salga de mi despacho, por favor –dijo el abogado estirándose la ropa–. Hoy mismo le llamará el nuevo letrado de su hijo.

–Si condenan a Gonzalo –dijo el anciano clavándole la mirada–, te haré responsable de ello.

Ramón Fonseca no añadió nada más y salió del despacho hecho una furia. Teniendo en cuenta que Juan Carlos Solozábal estaba a punto de robarle a su esposa y parte de su dinero a un capo de la 'Ndrangheta, la mafia calabresa, no se tomó demasiado en serio la amenaza de un buen padre que solo pretende a la desesperada ayudar a su hijo... aunque muchas veces ese sea el clásico cabo suelto que puede arruinar un plan.

43

–¡No les sobornaron!

El cada vez más débil y envejecido Ramón Fonseca intenta centrarse y poner de nuevo en marcha su castigado cerebro cuando ve que la inspectora Ramos entra en la sala de interrogatorios y se dirige hacia él, enfurecida.

–¿Qué?

–¡Que estaba equivocado con la jueza, el abogado y la testigo, joder! ¡No les sobornaron para lograr la condena de su hijo!

–Claro que sí. La jueza se compró... –empieza a decir el anciano de manera mecánica, pero la inspectora lo interrumpe.

–Se compró un piso en Valencia con el dinero que ganó jugando al póquer. Hemos hablado con varios jugadores profesionales y nos han dicho que se la conocía bastante en el mundillo por lo buena que era. Y en cuanto a la chica, estamos seguros de que el dinero que llevaba encima lo ganó ejerciendo la prostitución.

–No... –El anciano niega con la cabeza–. Le pagaron por declarar...

–¿Varios meses después del juicio, señor Fonseca? –lo interrumpe de nuevo la inspectora–. ¿No ve que es absurdo? Si tuvieran que pagarme por hacer una declaración falsa bajo juramento exigiría el dinero por adelantado. Y ya que estamos, también tengo que decirle que creemos que es cierto que el abogado Juan Carlos Solozábal planeaba su marcha de España, pero no porque hubiera cobrado ningún soborno, sino porque se había enamorado de una mujer casada y pretendía fugarse con ella.

Ramón Fonseca asimila la información, aturdido, pero enseguida consigue reponerse.

–Todo eso no cambia nada.

–¿Ah, no? –Indira golpea la mesa, irritada–. Puede que haya matado a una mujer inocente solo por hacer su trabajo, ¿no se da cuenta?

–Independientemente de que lo hiciera de buena o de mala fe, esa jueza se equivocó al condenar a mi hijo y ha pagado por ello –responde Ramón con frialdad–. Un trabajo con tanta responsabilidad conlleva unas obligaciones que ella no cumplió.

–¿Y el abogado? ¿Va a dejar que muera simplemente porque se enamoró?

–Nos traicionó y abandonó a mi hijo cuando más lo necesitábamos. Además, no me canso de oír que soy yo quien deja morir a esas personas, pero en realidad son ustedes quienes lo hacen.

–Yo no he puesto un temporizador conectado a una botella de monóxido de carbono, señor Fonseca.

–¡No les importó tanto salvar una vida cuando la que estaba en juego era la de mi hijo, inspectora! –Ahora es el anciano quien explota–. Si no quieren que muera nadie más, hagan bien su trabajo.

–Dígame dónde están Juan Carlos Solozábal y Noelia Sampedro.

–Le diré dónde está uno de ellos cuando se haya cumplido el plazo.

–Es usted un puto chiflado, ¿sabe? –La inspectora aprieta los dientes, frustrada.

–Yo en su lugar utilizaría la energía que gasta insultándome en encontrar al asesino de mi nuera, inspectora Ramos.

–Escúcheme bien, señor Fonseca –dice Indira perdiendo definitivamente los papeles–. Si mueren esas dos personas, le juro que me ocuparé personalmente de que su hijo no vuelva a pisar la calle aunque descubra que no ha matado a una mosca en su vida, ¿se ha enterado?

Ramón Fonseca sonríe con absoluta tranquilidad.

–Si la elegí a usted para esto fue porque sé que eso jamás lo permitiría, inspectora. Este sistema corrupto me ha convertido a mí en culpable, pero mi hijo es inocente y usted no se detendrá hasta que repare esa injusticia. Siempre ha sido honesta a pesar de las circunstancias, y esta vez no será diferente.

La inspectora Ramos sale contrariada de la sala de interrogatorios. En el pasillo la espera el subinspector Moreno.

–Dan ganas de estamparle la cabeza contra la mesa, ¿eh?

–Un poquito, la verdad.

–Yo hace días que he dejado de interrogarle. Se ha enrocado y ya no es capaz de ver que esto se le ha ido de las manos.

–Tiene que haber algo con lo que hacerle reaccionar, joder. No me creo que todo le importe una puta mierda.

–Todo menos su hijo...

–Todo menos su hijo... –repite la inspectora.

El oficial Óscar Jimeno se acerca a ellos con la cara de satisfacción propia de quien ha descubierto algo que los demás desconocen. Lleva unos papeles enrollados en la mano.

–Jefa, he estado buscándote por todas partes...

–Pues ya me has encontrado, ¿qué pasa?

–He estado investigando más a fondo la vida del constructor para ver si encontraba algo que me llamase la atención y... –Sonríe–. ¿A que no sabes qué?

–Hoy no me vengas con adivinanzas, haz el favor.

–Resulta que le encanta el póquer, igual que a la jueza. –Desenrolla los papeles y se los enseña, excitado–. Esta noticia es de hace un par de años, pero se le puede ver durante una partida compartiendo mesa con unos cuantos famosos.

–Está un poquito cogido por los pelos, ¿no? A mucha gente le gusta el póquer –dice Moreno dudando.

–Sí –responde la inspectora, pensativa–. Lo más seguro es que solo sea una coincidencia, pero ya tenemos algo en común entre Almudena García y Sebastián Oller. Buen trabajo, Jimeno.

–Gracias, jefa. –El oficial sonríe, orgulloso.

–¿Dónde está María? Es hora de ir a hablar con él.

–Creo que ha ido a comprobar que en la obra del campo de golf de Toledo tienen todos los permisos en regla –responde Jimeno.

–Yo te acompaño.

Algo está cambiando entre la inspectora Ramos y el subinspector Moreno cuando a ella, por primera vez desde que trabajan juntos, no le repatea el hígado tener que llevárselo a algún sitio...

44

Para alguien como el empresario Sebastián Oller, saber que ha ido a visitarle la policía nunca es una buena noticia. Cualquier persona normal tendría, al menos, una ligera sospecha del motivo, pero él necesita sentarse tras su escritorio y pensar antes de dejar que los agentes entren en su despacho. En estos casos, la secretaria tiene orden de decir que está en mitad de una reunión vía Skype y que, en cuanto termine, los recibirá. Necesita ganar tiempo para que su jefe llame a su abogado y este le informe de las causas que tienen abiertas para evitar que puedan cogerle en un renuncio. Después de diez minutos en los que descartan delitos penales –en ese caso los policías no habrían esperado fuera, aunque estuviera en conferencia con la Luna–, el empresario comunica a su secretaria que puede dejarles pasar.

–Siéntense, agentes –les dice con una amable sonrisa después de que los policías se hayan presentado–. ¿Quieren beber algo?

–No, gracias –responde la inspectora Ramos.

–Pues yo una Coca-Cola Zero sí que me tomaba –dice el subinspector Moreno con desparpajo–. Con una rodaja de naranja, si puede ser, que el limón me da acidez.

–Ya me encargo yo, Marisa –le dice el empresario a su secretaria.

La secretaria sale y, mientras Sebastián Oller se dirige a su surtido mueble bar y le sirve el refresco a Moreno, Indira censura a su compañero con la mirada, pero este no se da por aludido, como si la cosa no fuese con él.

–¿Quiere que le eche un chorrito de ron, agente? Un socio mío acaba de regalarme una botella de Zacapa Centenario que es una maravilla.

–Estamos de servicio –se adelanta su jefa, temiendo que vaya a aceptar.

–Me quedaré con las ganas –dice Moreno resignado–, pero a unas gominolas de esas que veo por ahí no le voy a decir que no.

Todo el acercamiento que se había producido entre los dos policías se va al traste en un momento. La inspectora no puede con él, nadie en este mundo le cae peor.

–Pues si no nos falta nada –dice el señor Oller después de entregarle su bebida a Moreno y ponerle delante un platito lleno de gominolas, del que el policía picotea sin pudor–, díganme en qué puedo ayudarles.

–No sé si está usted enterado de que hemos reabierto el caso de Andrea Montero –comenta la inspectora Ramos, tratando de ignorar a su compañero.

–Lo he visto en televisión, sí. –Oller chasquea la lengua, fingiendo que sigue muy afectado por ese asunto–. Su asesinato fue un golpe durísimo para nuestra pequeña familia.

–¿Tenía mucho trato con ella? –Nada más formular la pregunta, el subinspector se quita un trozo de gominola de la muela con la uña del meñique.

–No es que fuésemos íntimos, pero llevaba varios años trabajando para mí y manteníamos un trato muy cordial. Yo, por mi parte, estaba muy contento con su trabajo. Y creo que ella también era feliz aquí.

–Hasta unas semanas antes de morir... –apunta la inspectora.

–¿Perdón?

–Según tenemos entendido, en las últimas semanas Andrea Montero tuvo algunos problemas en la obra que llevaba en Toledo, la de los chalés que están construyendo en un campo de golf igual al de...

Los tres segundos que Sebastián Oller tarda en completar su frase hacen comprender a los policías que le han cogido con el pie cambiado.

–Augusta –dice al fin.

–¿Qué le pasó exactamente, señor Oller?

La mente del constructor va a toda velocidad. Tiene que improvisar una respuesta creíble que cierre para siempre esa línea de investigación o podría salir a la luz algo que no solo le arruinaría, sino que seguramente, y esta vez sí, haría que pasara muchos años en la cárcel. La mirada inquisitiva de ella, sumada a la no menos curiosa de él mientras hace el ruido típico de quien mastica gominolas, no dejan que se concentre como quisiera.

–¿Quién les ha dicho que Andrea tuvo problemas? –pregunta Oller intentando ganar un poco de tiempo.

–Como comprenderá, eso no vamos a chivárselo –responde Moreno con condescendencia.

–De momento esto es una charla amistosa, señor Oller –añade la inspectora Ramos, atravesándolo con la mirada–, pero si no nos responde inmediatamente, se convertirá en algo más formal y tendremos que poner patas arriba su empresa.

–Está bien, se lo diré... –El empresario parece rendirse–. Al poco tiempo de iniciar las obras nos dimos cuenta de que el proyecto era demasiado grande para que lo llevase Andrea sola y no admitió que le pusiéramos a alguien que la supervisara.

–Entonces ¿solo era una cuestión de ego? –pregunta la inspectora con incredulidad.

–Al principio sí, pero después empezó a pedir cosas que no podíamos darle.

–¿Como por ejemplo?

–Quería que le doblásemos el sueldo, y para ello no dudó en tratar de chantajearnos.

–¿Con qué?

Sebastián Oller suspira, como si confesarlo fuese lo más difícil que ha hecho en su vida.

–Cuando vendimos el proyecto, no éramos los propietarios de todos los terrenos. Había un hombre, un agricultor, que se negaba a deshacerse de su finca. Hace unos meses por fin cerramos el acuerdo, pero en aquel entonces podrían habernos parado la obra, con un enorme coste para nosotros. Andrea amenazó con hacerlo público.

–Y por eso mandó que la mataran, ¿no?

–¡Por supuesto que no! –Oller se revuelve indignado–. Ni yo ni nadie de mi empresa tuvimos nada que ver con su muerte.

La inspectora Ramos le observa en silencio, tratando de adivinar si dice la verdad. El relato que les ha hecho en parte encaja con lo que les contó la amiga de la víctima sobre los documentos que esta quería enviarle, pero a no ser que recibiera amenazas de muerte, no se explica el miedo que supuestamente tenía Andrea.

–Una última cosa, señor Oller –dice la inspectora–. Hemos oído que es usted un gran aficionado al póquer.

–No es ningún delito, que yo sepa.

–En absoluto. Solo queremos saber si coincidió en alguna partida con la jueza Almudena García, la que acaba de ser encontrada muerta.

Por segunda vez durante el encuentro con los policías, el empresario se sorprende del tino de sus preguntas, pero sabía que algún día podían abordar ese tema y, con el aplomo de todo buen mentiroso, responde:

–Nunca, inspectora. Ni siquiera sabía que esa señora jugase al póquer.

45

En cuanto terminó el examen de Derecho de la Comunicación Audiovisual, Noelia corrió a casa de Marta, casi con la misma ilusión con que un niño se precipita al salón la mañana del día de Reyes.

–¿Lo han mandado ya? –preguntó apenas su amiga abrió la puerta.

Marta la dejó pasar y señaló con un gesto de cabeza los dos paquetes que había sobre la mesa, intentando disimular la envidia que le corroía. Noelia se paró en seco a dos metros de la mesa al ver que en una de las cajas ponía YVES SAINT LAURENT y en la otra MANOLO BLAHNIK.

–Serán falsificaciones, ¿no? –preguntó emocionada.

–Las escorts como tú y yo no llevamos cosas falsas, Noe.

Noelia contuvo la respiración y recorrió a pasitos aquellos dos metros, como el que está a punto de llegar al borde de un trampolín que mide diez de altura y no tiene claro que en la piscina haya agua. Miró las dos cajas en silencio, sin terminar de decidirse por ninguna.

–¿A qué esperas?

–Llevo soñando con tener unos Manolos desde que Mister Big le pidió matrimonio a Carrie Bradshaw con unos Hangisi azules en *Sexo en Nueva York*, Marta. Ese tío ponía cachonda perdida a mi madre.

–Espero que a ti también, porque todos tus clientes van a tener esa edad.

–¿Conoces al de esta noche?

–¿Quieres abrir la caja de una vez? la apremió Marta, evasiva.

Noelia al fin se decidió y se encontró con los zapatos que siempre había deseado. Los miró con detalle, los olió y hasta los abrazó.

–No pienso quitármelos ni para dormir –dijo entusiasmada.

–Por muy Manolos que sean, no hay nada mejor que quitarse unos tacones después de llevarlos toda la noche. A ver el vestido.

Noelia abrió la caja, pero en lugar de un vestido había un esmoquin negro con una americana entallada y solapas de satén que estuvo a punto de provocar que a ambas se les saltasen las lágrimas, pero por motivos radicalmente opuestos. Aunque en Marta estaba germinando un odio visceral por su amiga, que ni siquiera había empezado a ejercer aquella profesión y ya había conseguido algo que ella llevaba tiempo esperando, sonrió al verla tan emocionada.

–Deberías contenerte un poquito, Noe. Pareces una adolescente desquiciada que acaba de cruzarse con el hijo de Clint Eastwood. Y como puedes comprobar por el modelito, a Guillermo no le gustan las cosas demasiado estridentes.

–¿Cómo es ese tal Guillermo?

–Atractivo, agradable y muy generoso. Prepárate, porque por muy correctito que te parezca durante la cena, después puede estar comiéndote el coño durante hora y media.

–Genial –respondió Noelia con naturalidad.

El Cabify que le envió la agencia dejó a Noelia en la puerta del teatro a las ocho menos cuarto de la tarde, donde unos minutos después empezaría la representación de *Mariana Pineda*, obra escrita por Federico García Lorca y protagonizada por Laia Marull, Álex Gadea y Óscar Zafra. Durante el trayecto, temiendo quedar como una paleta con su cliente, tuvo tiempo de informarse sobre la obra y los actores, aunque seguía a Álex desde que protagonizó una conocida telenovela. Hacía unos años incluso había ido a Madrid solo para verlo en el papel de Christian de Neuvillette en *Cyrano de Bergerac*.

Al bajarse del coche, cualquiera con sentido común habría pensado que esa chica era conocida, y de hecho en la entrada del teatro se hizo el silencio por unos segundos. Guillermo Torres, accionista de varias empresas, coleccionista de arte, mecenas, dueño de un club de fútbol y todas las cosas que se pueden ser cuando uno ha heredado muchos millones de euros, sonrió al verla llegar. A él era difícil sorprenderlo, pero Noelia lo había logrado en solo dos segundos. Si encima tenía algo en la cabeza, sería perfecta.

–Noelia, supongo –dijo acercándose a ella.

Noelia respiró con alivio al darse cuenta de que, aunque el hombre le doblaba la edad, Marta tenía razón al decir que era atractivo y con mucha clase.

–Guillermo, supongo.

No supo si darle dos besos o tenderle la mano, pero él la sacó de dudas cuando se acercó a besarla.

–Deberíamos entrar ya. La obra va a empezar dentro de unos minutos.

Al principio Noelia no logró relajarse pensando en cómo complacer a Guillermo y despertar en él esa generosidad de la que tanto Marta como Arancha le habían hablado, pero a los veinte minutos se olvidó de que estaba trabajando y pudo disfrutar de la representación.

Salió del teatro encantada con la obra, pero las sorpresas no habían hecho más que empezar.

–Espero que tengas hambre –dijo el millonario.

–Un poquito, ¿por qué? ¿Adónde me vas a llevar?

El restaurante Coque, con dos estrellas Michelin, ocupa un espacio de más de mil metros cuadrados en el corazón de Madrid. El recorrido para los afortunados comensales empezó en la coctelería, continuó en la cocina y terminó en el salón, donde, durante dos horas y media, Noelia y Guillermo hablaron de múltiples temas mientras descubrían nuevos sabores maridados por distintos vinos. El único momento en el que la chica no logró evadirse de su realidad fue cuando calculó cuánto estaría dispuesto a pagar el señor Torres por aquella velada.

«Cuanto más tiempo pases con él, mejor para ti. Y si después te invita a dormir en su hotel, de puta madre», le había dicho Marta mientras la ayudaba a maquillarse.

Salieron del restaurante tan llenos que decidieron ir al hotel donde se alojaba Guillermo dando un paseo, a pesar de que en Google Maps ponía que estaba a dos kilómetros. Cuando llevaban solo cien metros, Noelia se detuvo.

–¿Te importa que me quite los zapatos?

–¿Te hacen daño?

–Qué va –respondió ella descalzándose–, pero no quiero que se me estropeen.

Al llegar a la habitación, Noelia tenía los pies completamente negros. Guillermo la observó sonriente mientras ella se los frotaba con ímpetu en el bidé.

–¿No se va? –preguntó divertido.

–Ya casi está. ¿Por qué no sirves un par de copas?

Noelia terminó de lavarse, se dio una ducha rápida y salió del baño con el pelo recogido en una coleta y vestida únicamente con un minúsculo tanga negro. Se acercó a Guillermo tapándose los pechos con una fingida timidez, lo que a él le excitó todavía más. Cogió la copa que le tendió su cliente, le dio un pequeño sorbo y luego le besó con los labios humedecidos por el whisky.

–¿A ti qué es lo que te gusta? –preguntó Guillermo mirándola a los ojos.

–Que me coman el coño durante una hora y media...

46

El inevitable encuentro entre Gonzalo Fonseca y Gheorghe no se produce hasta el día siguiente en el patio. El rumano se acerca a él custodiado por dos de sus hombres, como si alguien allí dentro fuese a toserle por muy solo que estuviera. Al verle llegar, Gonzalo se tensa y busca con la mirada a sus nuevos amigos, pero no encuentra a los colombianos ni en la zona que suelen ocupar junto a la cancha de baloncesto ni en la entrada del economato. Los guardias, ocupados en mirar la pachanga de fútbol –en la que juega un exinternacional portugués condenado por amañar partidos–, tampoco tienen pinta de que vayan a acudir a salvarle el culo.

–¿Tú no tienes algo para mí? –le pregunta Gheorghe al llegar a su lado.

–¿No te has enterado de lo que pasó, Gheorghe? –Gonzalo no consigue evitar que le tiemble la voz–. Ayer hubo registros en toda la galería.

–Pero como no he oído que encontrasen nada, he supuesto que lo habrías escondido bien. Ya puedes dármelo.

Gonzalo vuelve a echar un vistazo en busca de ayuda, pero sigue sin haber rastro de Walter Vargas ni de sus hombres. Al salir el día anterior de su celda, lo hizo con la sensación de que Vargas aceptaría el acuerdo, pero ahora empieza a pensar que está solo y metido en un problema enorme. El rumano endurece la mirada.

–No hay cosa que más me joda que tener que repetir las cosas. He dicho que puedes darme mi mercancía.

–El problema es que... tuve que deshacerme de ella.

–Pues recupérala y entrégamela.

–Eso va a ser imposible, Gheorghe. –Gonzalo traga saliva–. La tiré por el váter.

El rumano le mira con incredulidad mientras sus esbirros empiezan a rodearlo, tomando posiciones para atacarle en cuanto su jefe les haga la mínima señal. Gonzalo se acojona por momentos, sintiéndose perdido. Gheorghe le pasa un brazo por los hombros, aparentemente amistoso.

–No estás hablando en serio –dice al fin.

–Lo siento, Gheorghe, pero no tuve más remedio.

–Entonces me debes mucho dinero. ¿Sabes lo que había dentro de ese paquete? Cincuenta ampollas de LSD que cuestan cien euros cada una.

–Cuarenta, había cuarenta.

–¿Cómo dices?

–Para tirarlas tuve que abrir el paquete de tabaco y vi que eran cuarenta.

El traficante le sonríe y le da un puñetazo en el estómago que le hace caer al suelo de rodillas, boqueando en busca de aire.

–Levantadlo.

Dos de los esbirros lo levantan y Gheorghe se acerca a él, amenazante.

–Cincuenta ampollas, a cien euros cada una, suman cinco mil euros. Y como vas a hacerme quedar mal con algunos clientes y tendré que compensarles, me debes siete mil. Te daré la dirección de mi mujer para que alguien se los lleve.

–No tengo tanto dinero, Gheorghe. Todo lo que tenía lo he gastado en abogados, y ahora, con lo de mi padre...

–No me cuentes tu vida.

Tras un nuevo puñetazo, a Gonzalo le vuelven a flaquear las piernas. Busca aire con tanta ansia que al final le entra por donde no es y vomita en el suelo.

–¡Mira cómo me has puesto los zapatos!

Con la excusa de limpiarse el trozo de verdura que ha quedado pegado en su zapato, Gheorghe le da una patada en el estómago. Otra arcada sacude el cuerpo de Gonzalo, pero el rumano logra retirarse antes de que los restos de comida que rebotan en el suelo le manchen.

Por fin, Walter Vargas y sus esbirros hacen acto de presencia.

–¿Llegamos tarde a la fiesta?

Mientras Gonzalo lucha por recuperarse, los dos grupos quedan frente a frente, estudiándose.

–Esta es una reunión privada –dice Gheorghe.

–Deja de serlo cuando maltratas a uno de mis hombres.

Fabián y otro colombiano –también sin camiseta y también plagado de tatuajes– levantan a Gonzalo y lo llevan a la retaguardia del grupo. Gheorghe sabe que debe tener cuidado con el manco, que a pesar de su aspecto inofensivo es un hombre muy peligroso, pero no puede dejar que se le escape vivo alguien que tiene una deuda pendiente con él. Ni por el dinero ni por la reputación.

–Tu hombre me debe siete mil euros.

–Dejémoslo en la mitad. ¿Dónde digo que te envíen el dinero?

Si Gheorghe fuera listo, aceptaría y se olvidaría del asunto, pero alguien que se ha criado en las calles de Bucarest jamás se deja intimidar, y menos por un hombre con pinta de funcionario al que le falta una mano.

–La deuda son siete mil euros –responde con dureza–. Si no quieres que a tu hombre le pase nada, paga.

A Walter Vargas no le molesta negociar: si hubiera estado en el lugar de Gheorghe, él habría hecho exactamente lo mismo. Lo que le molesta es la mirada de superioridad que le dedica cuando pasa por su lado al marcharse con sus esbirros. En Colombia él ha matado por mucho menos que eso.

–Vas a salirme muy caro –le dice a Gonzalo.

–Le aseguro que le compensaré, señor.

–Eso espero, porque si no, aparte de estar en deuda con Gheorghe, también lo estarás conmigo.

Gonzalo asiente, comprendiendo el mensaje con claridad. Walter Vargas camina hacia la cancha de baloncesto, pensativo. En realidad no necesita a Gonzalo Fonseca para nada, lo que le ofreció a cambio de su protección le sirve de bien poco, pero le gustó su manera de exponerlo. Además, teme que vaya a pasar una buena temporada en la cárcel por mandar asesinar a una mujer –y después meter el cuerpo en una maleta y lanzarla al estanque del Retiro– y el respeto en aquella cárcel se mide por la cantidad de hombres que están en deuda con uno. Y Gonzalo, sin duda, ya lo está. Lo normal sería desentenderse del problema y seguir controlando su parcela de poder allí dentro, pero en ese tipo de hombres, hayan nacido en Bucarest o en Bogotá, los cojones siempre suelen llevarle la delantera al cerebro. Fabián alcanza a su jefe.

–¿Va a pagarle los siete mil euros, jefe?

–¿Crees que voy a darle dinero a ese gonorrea?

–Si no lo hace, seguro que habrá una guerra.

–Entonces debemos prepararnos para la guerra...

47

La inspectora Ramos está fregando su casa de arriba abajo en bragas y sujetador. No podría dormir tranquila si no lo hiciera, al menos, una vez cada tres días. Un par de años atrás tuvo que investigar el asesinato de un operario en la sala de despiece de una empresa cárnica y, al entrar en aquel lugar, se quedó obnubilada por el higiénico papel de vinilo que cubría las paredes. De todas las preguntas que formuló aquel día, menos de la mitad estaban relacionadas con el crimen. Al salir de allí fue directa a una empresa dedicada al revestimiento de espacios, eligió el mismo material con el que se protegen los quirófanos y encargó que forrasen todos sus techos, suelos y paredes. Le costó un dineral, pero ahora su lucha contra los virus y las bacterias resulta mucho más rápida y efectiva. Lo peor de tanto aislante es que se pone a sudar a mares con el mínimo ejercicio, lo que la lleva a tener que ducharse e inmediatamente después darle un repaso entero al baño. La pescadilla que se muerde la cola. Cuando llaman a la puerta, se asoma a la mirilla intentando no hacer ruido. Al descubrir al otro lado al subinspector Moreno, chasquea la lengua en señal de desaprobación.

–Sé que estás ahí, jefa –le dice Iván desde el exterior–. Veo la sombra de tus pies por debajo de la puerta.

–Ahora no puedo atenderte.

–Pues me espero a que puedas, no tengo prisa.

Indira ya empieza a conocerle y sabe que no se irá, así que va a asearse y a ponerse algo de ropa. Luego le abre e Iván sonríe como si no hubiese estado esperando en el descansillo quince minutos. Lleva un par de bolsas con el logo de un supermercado.

–¿Qué quieres?

–Traigo la cena –responde mostrando las bolsas.

–No sé a qué viene esto.

–Viene a que ayer nos invitaste a comer chino y te lo debo. Por cierto, que me di cuenta de que no probaste nada.

–No me gusta la comida china.

–Lo que no te gusta es imaginar cómo la preparan. Pero yo prometo ser escrupulosamente higiénico. ¿Me dejas entrar?

La inspectora intenta resistirse, pero algo le empuja a franquearle el paso. Iván se encamina directo a la cocina, deja las bolsas sobre la encimera y se lava a conciencia las manos antes de empezar a sacar los alimentos.

–He pensado en preparar un steak tartar y una ensalada de rúcula, tomates cherry y aguacate. Ingredientes naturales sin necesidad de mucha manipulación, ¿te parece bien?

Indira asiente observándole con curiosidad. Iván saca una caja de guantes desechables y se pone un par. Después saca una botella de vino blanco de una de las bolsas y busca en los cajones un abridor.

–Los has contaminado –dice Indira.

–¿El qué? –Iván se queda parado.

–Los guantes. No puedes ponértelos y después coger una botella que a saber dónde ha estado almacenada. Primero tienes que lavarla.

–Joder... esto es más complicado de lo que parecía.

Indira suelta una risa espontánea. Ni ella misma se lo esperaba, así que enseguida vuelve a ponerse seria, recuperando la compostura.

–¿Qué tal si te sientas y te quedas quietecito mientras yo me ocupo de la cena?

–Es que quería prepararte mi receta especial.

–Guíame si quieres.

El subinspector Moreno acepta y se sienta con su copa de vino en la esquinita donde le dice Indira. Mientras ella se resiste a seguir sus indicaciones y termina preparando un steak tartar fusionando las recetas de ambos, hablan de sus compañeros, del caso que están investigando, del policía amigo de él al que ella delató por colocar pruebas falsas («mejor no saquemos el tema») e incluso de sus respectivas historias personales.

–¿Tú no estabas saliendo con la hija de un ministro o algo así?

–Estaba, pero lo dejamos hace un par de meses. ¿Y tú? ¿No estás con nadie?

–No se me dan bien las personas.

–¿Cómo que no? Si eres facilísima de llevar...

Indira vuelve a sonreírle, a su pesar ya más relajada, tanto que –tras mucho insistir Iván– incluso le deja poner la mesa.

–Coño... –dice él al probar el steak tartar–. Pues es verdad que está mucho más rico que el que hago yo.

Cuando Indira quiere darse cuenta, ya han cenado, se han reído y están charlando en el sofá con la segunda botella de vino a la mitad. Y lo más curioso es que, en la última hora, no se ha acordado de ninguna de sus manías. Ni siquiera se ha fijado en que Iván no pone su copa en el posavasos y deja un batiburrillo de cercos que en cualquier otro momento le hubiera puesto los pelos de punta.

–Bueno, pues ya estamos en paz –dice ella.

–¿A qué te refieres?

–Sé que te sientes en deuda conmigo porque impedí que Walter Vargas te volase la cabeza, pero después de esta cena ya no me debes nada.

–Qué barato me ha salido que me salves la vida.

Indira le sonríe una vez más, pero es una sonrisa distinta, una en la que sobran las palabras. Iván entiende lo que significa, y aunque lo desea con todas sus fuerzas, no se atreve a mover un músculo y echarlo todo a perder: empieza a conocerla y sospecha que para ella el contacto físico debe de ocupar uno de los primeros puestos de su lista de peligros potencialmente mortales. Pero no necesita acercarse más, puesto que es ella quien recorre la distancia que los separa y le besa. Después del primer beso de toma de contacto, llega otro más pasional en el que también sus manos buscan el cuerpo del otro. Cuando la excitación está a punto de conducirlos irremediablemente a la cama, Indira se retira.

–Espera... Será mejor que te marches.

–¿Estás segura?

–Sí... mañana tenemos un día complicado.

–Ha sido un placer, Indira.

–Lo mismo digo... sorprendentemente.

Lo acompaña a la puerta y, en cuanto la cierra, vuelve a ser la mujer maniática y desconfiada que suele causar rechazo en todo aquel que se cruza con ella. Durante un par de minutos trata de encontrar una explicación a por qué el sabor que todavía nota en la boca, el de los labios de otra persona, no le provoca uno de sus ataques de ansiedad. Pero no lo consigue.

Recoge y limpia una vez más la casa entera –incluso los sitios por los que Moreno no ha pasado– solo vestida con el cuarto conjunto de bragas y sujetador que ha utilizado en el día. Cuando termina, agotada, piensa en acostarse, pero como sabe que no podrá dormir, se dedica a ordenar su armario. Al cabo de dos horas, ha quedado exactamente igual a como estaba.

48

Una mañana, cinco años antes de conocer a Gianna, después de que el abogado Juan Carlos Solozábal comprobase sentado en el váter que no volvía a pasar de siete aciertos en La Quiniela, leyó una noticia que le desconcertó por completo: Patricio Caja, un hombre de setenta años, había sido detenido por falsificar con una calidad asombrosa todo tipo de documentos oficiales. La noticia no habría tenido la mayor trascendencia si no fuera porque el falsificador vivía justo en el piso de debajo del suyo y había entablado cierta amistad con Juan Carlos, que estaba totalmente convencido de que era un simple empleado de banca jubilado. Bajó la escalera para hablar con su mujer, se ofreció a defenderlo gratis y, para sorpresa general, logró para su vecino una condena mínima que ya había sido cumplida cuando se dictó sentencia. Después, el señor Caja y su señora vendieron el piso y se mudaron a Valdemorillo, donde habían comprado a precio de ganga un pequeño terreno.

–Juan Carlos, muchacho, qué alegría me da verte. –Patricio Caja le abrazó con sinceridad al ver en la puerta a su abogado después de tantos años–. Si llegas a venir cinco minutos antes, te habrías encontrado con Charo.

–He estado esperando en el coche a que ella saliese –respondió Juan Carlos con tono neutro.

–¿Y eso por qué? –preguntó el viejo en alerta.

–He supuesto que no le gustaría nada saber lo que necesito de ti.

A Patricio Caja no le hizo falta preguntar más.

–Ya no me dedico a eso.

–Es una urgencia.

–¿En qué lío te has metido?

–Me voy a fugar con la mujer de un capo de la mafia italiana.

–Me cago en la puta –exclamó impresionado el señor Caja–. Eso sí que es tener huevos, hijo.

A Juan Carlos le costó más de media hora y seis chupitos de la botella de pacharán que le había llevado convencerle de que falsificase dos pasaportes. Aunque Patricio Caja trató de negarse por todos los medios, en el fondo deseaba volver a sentir aquella adrenalina que ya casi tenía olvidada. Haría un último trabajo por una buena causa, como la última katana de Hattori Hanzo.

Juan Carlos aparcó frente al banco y esperó nervioso a que Gianna sacase las joyas y el dinero en efectivo que su marido había guardado en la caja de seguridad. Para intentar calmar los nervios, encendió la radio, pero todo lo que oía eran malas noticias, así que enseguida volvió a apagarla. Tras unos interminables minutos tan solo acompañado del ruido del tráfico, Gianna salió del banco con una bolsa de deporte y una leve expresión de alivio en la cara. Cruzó la calle y subió al coche.

–¿Has tenido algún problema?

–Ninguno, pero no sé ni lo que he cogido –respondió ella con una felicidad todavía contenida–. He guardado todo lo que había.

Juan Carlos condujo sin rumbo fijo, asegurándose de que nadie los seguía, hasta que decidió entrar en un aparcamiento. Aparcó en la última planta y abrió la bolsa. En su interior había mucho más de lo que jamás hubiera podido imaginar, no solo joyas y fajos de euros, dólares y libras, sino también documentación sobre negocios que Salvatore Fusco había hecho con jueces, políticos, policías y todo tipo de empresarios aparentemente limpios.

–Joder, Gianna... –exclamó, impresionado por el hallazgo–. ¿Tú sabes lo que significa esto?

–¿Qué?

–¡Que le tenemos cogido por los huevos! –El abogado al fin liberó la tensión acumulada durante tantos días y la besó y abrazó, rebosante de felicidad–. Antes de coger esta noche el avión en Barcelona le llamaré para decirle que, si se le ocurre buscarnos, enviaremos estas pruebas a todos los medios de comunicación.

–¿Crees que nos dejará en paz? –preguntó Gianna esperanzada.

–Seguramente al principio le entre un ataque de celos y quiera buscarnos y matarnos, pero enseguida se dará cuenta de que le conviene olvidarnos para siempre y tragarse su orgullo.

Juan Carlos y Gianna volvieron a abrazarse, empezando a creer que de verdad todo saldría bien.

–Ahora debemos seguir con el plan previsto –dijo Juan Carlos.

–Yo ya no quiero separarme de ti –protestó Gianna.

–Sé que es difícil, pero tienes que volver a casa mientras yo voy a buscar los pasaportes.

–¿Por qué no puedo ir contigo?

–Ya te lo he explicado cien veces, Gianna: si no apareces a comer en casa, tu marido dará la voz de alarma y pondrá a toda la calle a buscarte. Y necesitamos que eso no ocurra hasta que esta tarde ya estemos subidos en el AVE que nos lleve a Barcelona.

A Gianna no le hacía ninguna gracia volver a ver a Salvatore Fusco, pero Juan Carlos tenía razón en que debían ganar todo el tiempo posible y se resignó. Sería la última vez que vería la cara de ese bastardo que llevaba cinco años maltratándola.

Los dos amantes de despidieron con una nueva sesión de besos y abrazos y se marcharon cada uno por su lado, ella a su casa a hacer vida normal y él a la estación de Atocha para guardar en la consigna la bolsa de deporte con las joyas, el dinero y esa documentación tan comprometedora para don Salvatore y sus socios. Después se desplazó a Valdemorillo a recoger los pasaportes falsificados a mano, dos auténticas obras de arte con las fotografías de Juan Carlos Solozábal y de Gianna Gallo, pero a nombre de David Mateos y de Claudia Vadillo, las identidades que habían elegido para el resto de su vida.

Gianna almorzó con su marido disimulando su nerviosismo y le pidió a uno de sus hombres que la llevase al centro de estética que frecuentaba, donde tenía cita para una limpieza de cutis. A la hora acordada, le dijo a su esteticista que necesitaba que la ayudara a salir por la parte de atrás del local. La empleada se resistió, temiendo meterse en un lío, pero los dos billetes de cincuenta euros terminaron de convencerla.

Juan Carlos esperaba dentro del coche cuando se abrió la puerta trasera del centro de estética y vio salir a Gianna. Solo debían ir a la estación de Atocha, coger la bolsa y llegar a Barcelona, donde por fin se embarcarían rumbo a una nueva vida.

Iba a darle una ráfaga de luces para avisarla de su presencia, pero algo le llevó a mirar al otro lado de la calle. Vio llegar un coche, que aparcó a varias decenas de metros, entre él y Gianna. En el interior iban el propio Salvatore Fusco, su sobrino Luca, Adriano y otro hombre más. Instintivamente, Juan Carlos se agachó, comprendiendo que les habían descubierto. No parecía que le hubieran visto, como tampoco Gianna, que buscaba a su amante cada vez más nerviosa.

En ese momento, Juan Carlos Solozábal supo que debía tomar la decisión más difícil de su vida.

49

El psicólogo de Indira intenta centrarse en su paciente de las nueve de la mañana, un chico joven con un trastorno bipolar al que su inestabilidad emocional le impide relacionarse con normalidad, pero las voces que se oyen fuera de la consulta les distraen tanto al uno como al otro.

–Así no hay quien se concentre, Adolfo –protesta el chico, molesto.

–Lo sé. Disculpa un segundito.

El psicólogo se levanta y va hacia la puerta. Al abrirla, ve a su secretaria tratando de impedir el paso a la inspectora Indira Ramos.

–¿Qué pasa? –pregunta alarmado.

–Lo siento, doctor –dice la secretaria, agobiada–. Esta señorita insiste en verle a pesar de que no tiene cita con usted.

–Ahora mismo estoy con un paciente, Indira.

–Perdóname, Adolfo, pero es muy urgente.

–¿No puedes esperar a esta tarde, que te haga un hueco?

–Imposible. Necesito verte ahora mismo. Por favor –le ruega–. Es cuestión de vida o muerte.

El psicólogo suspira resignado, le pide que aguarde un momento y regresa a la consulta. Al cabo de unos segundos, el chico sale dando un portazo.

Adolfo le sirve a Indira una infusión y se sienta frente a ella con cara de pocos amigos. Después de disculparse unas veinte veces, la inspectora se fija en que los cordones de uno de los zapatos del psicólogo están deshilachados, como si un perro se hubiera entretenido mordisqueándolos.

–¿Te has dado cuenta de que tienes los cordones...?

–Ni se te ocurra decirlo, Indira –la interrumpe el psicólogo, muy molesto.

–Está bien, perdona –dice ella sumisa.

–Creía que ya habías conseguido controlar esos impulsos. Pero resulta que te presentas en mi consulta sin avisar y me haces interrumpir una sesión con uno de mis pacientes, que lo más probable es que ya no quiera volver.

–Tienes toda la razón del mundo para estar cabreado conmigo, pero de verdad que es importante.

–A ver, ¿qué te ha pasado?

–Que anoche... estuve con un tío.

–¿Te acostaste con él? –pregunta Adolfo atónito.

–¿Qué dices? –Indira se espanta–. Solo nos besamos.

–¿Y no has ido a urgencias a que te hagan un lavado de estómago?

–No te lo tomes a coña, por favor –le ruega ella profundamente agobiada–. Para mí todo esto es desconcertante.

El psicólogo comprende que tiene razón e intenta olvidarse de lo irregular de la situación y ponerse en modo profesional.

–¿Quién era?

–Un policía de mi equipo. El subinspector Iván Moreno.

–¿El mismo subinspector Moreno al que sueles describir como un chulo, maleducado, inculto, sucio, vulgar, poco profesional, corrupto, niñato y machista? –pregunta el psicólogo, incisivo.

–Sigo pensando lo mismo de él, no te creas. Pero también he descubierto que tiene... algo.

–Es guapo, no me digas más.

—No está mal, pero en lugar de meterse con mis manías o de intentar convencerme de que lo que hago es absurdo, ayer se presentó en mi casa respetando lo que soy y dispuesto a hacerme la cena. Incluso compró una caja de guantes desechables para que me sintiera segura mientras él manipulaba los alimentos.

—¿Y lo consiguió?

—No mucho. Cada vez que tocaba algo lo contaminaba, pero la intención es lo que cuenta. Al final preparé yo la cena y estuvimos charlando y riéndonos hasta que, después de botella y media de vino, eso sí... pasó.

—¿Quién besó a quién?

—Creo que yo, pero ahora mismo tengo tal cacao que no puedo pensar con claridad. No sé qué me ha pasado.

—Que te gusta un hombre, Indira. No es tan estrafalario, ¿sabes?

—Es que creo que no me gusta —resopla abrumada—. Me he dejado llevar porque, por algún extraño motivo, me sentí cómoda. En ese momento ni siquiera pensé en cuánto tiempo llevaría sin hacerse una limpieza bucal.

—Eres experta en quitarle romanticismo a todo —dice Adolfo cabeceando—. Deberías olvidarte de limpiezas y de historias y estar contenta porque, después de cinco años, has roto la barrera del contacto físico.

—¿Y qué hago ahora?

—¿Cómo que qué haces ahora?

—Cuando llegue a la comisaría me lo encontraré de frente y no podré ni mirarle a la cara.

—¿Tú sabes la cantidad de compañeros de trabajo que se lían en las típicas fiestas de Navidad y no les pasa nada cuando se ven después de la resaca? Otra cosa es que estés enamorada de él... ¿lo estás?

—No, claro que no... o eso creo. —Indira se lleva las manos a la cara, cada vez más confundida—. No sé qué coño me está pasando, joder.

–Relájate, haz el favor. Lo mejor es hablar con él y dejar las cosas claras, Indira.

–Eso haré, sí –asiente convencida–. Muchas gracias, Adolfo. Te debo una.

La inspectora se levanta y sale de la consulta ante la atónita mirada del psicólogo, que consulta su reloj y constata que la urgencia de su paciente se ha resuelto en cinco minutos.

–Tiene cojones...

Al entrar en el portal de casa de su amigo Daniel, el subinspector Moreno se cruza con un chico que rehúye su mirada. No lo conoce de nada, pero ha tratado con gente como él desde que tiene catorce años y sabe perfectamente de dónde viene y lo que vende. Llama a la puerta y Daniel se sorprende al abrir y verlo allí. Si no hubiera sido inhabilitado y las cosas fueran bien, le habría invitado a un par de cervezas, por muy temprano que fuera. Pero ahora solo quiere deshacerse de él para probar lo que le han traído.

–¿Qué haces aquí, Iván?

–He venido a ver si necesitas algo.

–Estoy de puta madre. Oye, tío, perdona que no te invite a pasar, pero me has pillado liado.

–¿Quién era el chaval que acaba de salir?

Daniel se tensa y mira a su amigo a los ojos. Ambos se han pateado lo suficiente la calle para saber de lo que hablan sin necesidad de añadir una palabra.

–¿Ahora vas de hermano mayor? –responde Daniel a la defensiva.

–Llevas toda la vida luchando contra esto para que ahora te dediques a llamar a camellos a las nueve de la mañana, Dani.

–¿A ti qué cojones te importa lo que yo haga?

–Hace años me ayudaste a salir de la mierda donde estaba metido. Deja que ahora te ayude yo a ti.

—Si de verdad quisieras ayudarme, ya te habrías encargado de esa hija de puta que tienes por jefa. ¿Lo has hecho?

Iván desvía la mirada, entre la espada y la pared. Daniel comprende decepcionado que también él le ha dado la espalda.

—¿Qué pasa? ¿Ya no te parece tan mal que me denunciase?

—Claro que sí, pero reconoce que tú llevabas jugándotela demasiado tiempo.

—Eres un mierda, Iván —le dice Daniel con desprecio—. Ya lo eras cuando te saqué de la calle y sigues siéndolo ahora.

Daniel le cierra la puerta en las narices. El subinspector Moreno se marcha de allí fastidiado, sintiendo que, cuanto más se acerca a Indira, más se aleja de su mentor y mejor amigo. Pero lo malo es que, aunque quisiera, tampoco puede quitarse de la cabeza lo que está surgiendo entre él y su jefa.

50

Noelia no había podido empezar mejor en la profesión: por su primer cliente, aparte de quedarse con un esmoquin de Yves Saint Laurent con solapas de satén y unos zapatos de Manolo Blahnik, de disfrutar de una estupenda representación en el teatro, de cenar en un restaurante con dos estrellas Michelin y de tener tres orgasmos, recibió un sobre con tres mil seiscientos euros en efectivo, el sesenta por ciento de los seis mil que Guillermo Torres había pagado por aquella noche que se había prolongado hasta la mañana siguiente. Pero no siempre fue tan bonito...

La mayoría de sus clientes no eran, ni mucho menos, tan atractivos y generosos como el millonario, al que no volvió a ver hasta bastantes días después. La siguiente cita fue con un corredor de bolsa de treinta y cinco años, cocainómano y sudoroso, que no se anduvo con rodeos y la citó en su hotel para follársela después de haberse metido varios gramos por la nariz y una pastilla de Cialis por la boca para ayudarle a mantener su inconsistente erección. Más tarde vinieron varios empresarios de entre cincuenta y sesenta años, un tenista a punto de retirarse, dos actores cuarentones, un matrimonio sexagenario, una ejecutiva de televisión tan sumisa en la cama como dominante fuera de ella, un par de políticos y un jugador de baloncesto de más de dos metros de altura que le provocó una fisura anal que la tuvo de baja varias semanas. Pocos la llevaban a cenar y los menos al cine o al teatro; la mayoría quedaban con ella directamente en el hotel para una sesión de sexo que podía ir desde el misionero hasta el BDSM, pasando por algunas parafilias que ella no sabía ni que existían.

Aunque estaba ganando mucho dinero y había podido dejar el colegio mayor para alquilar un apartamento cerca de la glorieta de Quevedo, Noelia se estaba olvidando de vivir.

–Llevo exactamente dos meses sin follarme a un tío por puro placer –le dijo a Marta una noche–. Ni siquiera tú y yo nos lo montamos ya.

–Es lo que tiene –respondió su amiga encogiéndose de hombros–. Para eso lo que deberías hacer es trabajar un poco menos.

–Tengo que aprovechar mi momento. ¿Y si dentro de unos meses conozco al padre de mis hijos y decido dejarlo todo? ¿A ti cómo te va?

–Bien. He conservado a cinco clientes fijos con los que quedo una vez al mes y ya no admito a ninguno más... a no ser que me llame Guillermo Torres, claro.

–No he vuelto a saber nada de ese cabrón. –Noelia frunció el ceño.

–A mí me hizo lo mismo, no te lo tomes a pecho. ¿Por qué no nos vamos tú y yo hoy al cine?

–Ojalá pudiera –suspiró–, pero Arancha me ha concertado una cita con un cliente nuevo. Solo espero que se corra pronto.

El nuevo cliente de Noelia era un hombre de unos cincuenta años, ni guapo ni feo, que no tenía pinta de poder llevarla a cenar a Coque. Un tipo absolutamente normal. Para extrañeza de la chica, solo la llamaba para charlar, pasear o tomar una copa, pero no le tocaba un pelo. Se convirtió en un cliente habitual que la visitaba cada tres o cuatro semanas. Las dos primeras veces le resultó extrañísimo e incluso incómodo quedar y no terminar follando, así que a la tercera Noelia se lo tomó como algo personal.

–¿No quieres que vayamos un rato a tu hotel? –le preguntó acariciándole sensualmente el muslo.

–Estoy bien, gracias –respondió él retirándole la mano.

–Si es por el dinero, olvídate. Hoy tengo una oferta.

–No tiene nada que ver con el dinero.

–Eres gay, ¿no?

–No. –Sonrió–. Si quedo contigo es porque, cuando vengo a Madrid, no me gusta estar solo.

Noelia no tuvo otra que aceptarlo, pero a medida que iban sucediéndose las citas con él, el ambiente empezó a enrarecerse. Cada vez que le preguntaba su apellido –solo sabía que se llamaba Álvaro– o a qué se dedicaba, él cambiaba de tema, evasivo. Tras media docena de citas sin sexo y con tantos temas vedados, comenzaron a quedarse sin conversación. Él se dio cuenta e intentó acercar posturas.

–¿Puedo hacerte una pregunta personal?

–Puedes acostarte conmigo y no lo haces, así que por una simple pregunta no creo que pase nada.

–¿Por qué te dedicas a esto?

–Porque mañana mi agencia me mandará un sobre con doscientos cincuenta euros. ¿Tú sabes cuántas horas tiene que trabajar esa chica para ganar ese dinero? –preguntó Noelia mirando a la camarera que recogía la mesa de al lado en el bar donde algunas tardes acostumbraban a tomarse un mojito.

–Ya, pero su trabajo es más...

–Cuidado con lo que dices, Álvaro –lo interrumpió Noelia con una contundencia que no había mostrado hasta entonces–. A muchas personas quizá les cueste entenderlo, pero yo considero que mi trabajo es tan respetable como cualquier otro. Solo depende del prisma social con que se mire.

–¿Qué quieres decir?

–Que en la antigua Roma los maridos iban a las saunas a chupársela a otros maridos y a todo el mundo le parecía de lo más normal. ¿Qué tiene de malo que me acueste con hombres por voluntad propia? Yo les ofrezco compañía y sexo y ellos a mí dinero. No hay que darle más vueltas.

Álvaro no pudo sino respetar su punto de vista –a pesar de que le habría gustado recomendarle que dejara aquello y viviese su juventud como una chica normal– y le propuso que hicieran un plan distinto.

–¿Sabes qué me gustaría? –Noelia lo miró con una sonrisa infantil.

–¿Qué?

–Patinar sobre hielo. ¿Te puedes creer que no lo he hecho en mi vida?

–Eso tiene fácil solución.

En el Palacio de Hielo alquilaron unos patines, protecciones para las más que seguras caídas y una taquilla donde dejar sus pertenencias. Cuando estaban a punto de salir a la pista, Noelia se dio cuenta de que no había guardado el móvil.

–Mierda. Déjame la llave de la taquilla para guardarlo, porfa.

Álvaro le dio la llave y Noelia fue a guardar su móvil. Al abrir la puerta de la taquilla, vio la cartera de su cliente y le pudo la curiosidad. La cogió y miró su DNI: Álvaro Artero, nacido en Soria. Su apellido no le decía absolutamente nada, pero sintió un extraño escalofrío que le hizo seguir rebuscando. En uno de los compartimentos encontró un recorte de periódico, ya amarillento por el paso del tiempo. Al desplegarlo y leer el titular, Noelia sintió que se quedaba sin aire: «Un camionero muere atropellado en la A-1 a cuarenta kilómetros de Soria. El conductor se dio a la fuga».

—Vamos ya a patinar, Noelia.

Noelia se volvió y, al ver su cara desencajada, Álvaro supo que pasaba algo. Bajó lentamente la mirada y vio que la chica tenía en una mano su cartera y el recorte del periódico en la otra. Entonces lo comprendió.

—¿Qué cojones es esto, Álvaro? —preguntó Noelia mostrándole el pedazo de papel—. ¿Por qué guardas la noticia del atropello de mi padre?

51

La inspectora Ramos aguarda sentada tras su impoluto escritorio, tamborileando con los dedos en él. A su alrededor, la asepsia hecha despacho: en la pared del fondo, un cuadro de los reyes, una bandera de España, un título enmarcado que la identifica como inspectora y un perchero con un abrigo. Frente a ella, una estantería con libros de derecho perfectamente alineados, y encima de un archivador reluciente, una televisión con el volumen bajado en la que aparecen las fotografías del abogado Juan Carlos Solozábal y de la estudiante y prostituta Noelia Sampedro bajo un rótulo en el que puede leerse: ¿QUIÉN SERÁ EL ELEGIDO? Cinco o seis conocidos tertulianos debaten acaloradamente sobre el caso, todos ellos convencidos de que están en posesión de la verdad. En el fondo son los periodistas los que promueven las porras y seguramente a estas horas habrá cientos de ellas activas en bares y puestos de trabajo. Al ver por el cristal que el subinspector Moreno se dirige hacia allí, apaga la tele, coloca el mando perfectamente cuadrado con el borde de la mesa y finge una seguridad que está muy lejos de sentir.

–¿Querías verme, jefa? –pregunta Moreno tras llamar a la puerta y asomar la cabeza.

–Sí, pasa y siéntate, por favor.

Cuando anoche se fue de casa de Indira, Iván no tenía claro cómo sería su relación a partir de ese momento. Lo de llevarle la cena había sido algo improvisado, al ir a comprar el palo de una fregona y ver justo al lado las cajas de guantes desechables. Sabía lo que podía pasar y ni mucho menos se arrepiente de ello, pero no se paró a estudiar las consecuencias. Por la seriedad de su tono al invitarle a sentarse, Moreno se teme lo peor y decide golpear primero.

–Lo malo del steak tartar es que llena poco y yo a las tres de la mañana tuve que levantarme a comer algo, porque estaba canino.

Ya ha conseguido aturdirla y le asesta el golpe de gracia.

–Por cierto, que estuve muy a gusto cenando contigo y me alegro de que limásemos asperezas, pero mejor lo dejamos todo en pausa y no se lo contamos a nadie hasta que resolvamos este caso y podamos hablarlo tranquilamente, ¿te parece?

–S-sí, claro... –balbucea ella.

–Estupendo. –Moreno sonríe con inocencia–. ¿Para qué me habías llamado?

–Mira tu correo.

El policía saca su móvil y revisa su correo. Se sorprende al encontrar un billete de tren a Málaga para una hora después.

–¿Para qué necesitas que vaya a Málaga? –pregunta desconcertado.

–Quiero que te pases por casa de Ramón Fonseca con dos de los agentes de apoyo, que ya están avisados y te esperan en Atocha. No vuelvas hasta que hayas encontrado algo, ¿estamos?

–¿Algo como qué?

–Confío en tu pericia, Moreno. Que tengas buen viaje.

La inspectora se levanta y sale del despacho sin añadir nada. El subinspector Moreno resopla y se pone en marcha. Tiene el tiempo justo para pasarse por casa y coger una muda. Aunque la vuelta está prevista para esa misma tarde, nunca se sabe.

Indira entra en la sala de reuniones, donde la subinspectora María Ortega, la agente Lucía Navarro y el oficial Óscar Jimeno están dando buena cuenta de una caja de dónuts mientras discuten sobre el caso.

–¿Y eso? –pregunta mirando la caja, a cuyo alrededor todo está lleno de miguitas.

–Perdona, jefa –dice Jimeno recogiendo a toda prisa el desayuno–. Creíamos que hoy no vendrías por aquí.

–¿Quién ha traído los dónuts?

–Iván –responde la subinspectora Ortega–. Se ve que ayer debió echar un polvo y hoy ha venido de buen humor. Por cierto, ¿dónde está?

–He tenido que mandarle a la casa de Ramón Fonseca en Málaga –responde Indira tratando de contener una sonrisa que no sabe de dónde le sale y observando la caja que el oficial está a punto de llevarse–. Espera, Jimeno... ¿eso está bueno?

–¿Quieres desayunar con nosotros? –pregunta Navarro perpleja.

Indira duda mirando los dónuts, como si estuviera eligiendo qué cable cortar de una bomba colocada en el sótano de una guardería. Al fin se arma de valor.

–Alguna vez tendrá que ser la primera.

Ortega, Navarro y Jimeno contemplan como hipnotizados a la inspectora Ramos, que coge cuatro servilletas, con las que se cubre primorosamente una mano, selecciona un dónut de color rosa bañado con pepitas de colorines y le da un pequeño mordisco. Por su gesto de aprobación, parece que le gusta.

–¿Has ido a la agencia donde trabaja Noelia Sampedro? –le pregunta a la agente Navarro con la boca llena.

–Sí... –La policía intenta centrarse–. Pero como nos imaginábamos, han negado que se dediquen a concertar citas entre universitarias y empresarios y, por supuesto, no han querido ni oír hablar de darnos los nombres de sus clientes.

–No creo que eso nos lleve a ninguna parte.

–Yo tampoco. A esa chica no parece que la estuvieran forzando a ejercer la prostitución. ¿Sigo buscando a la amante del abogado?

–No, no perdamos más tiempo. Céntrate en investigar a Sebastián Oller. Quiero que averigües dónde se juegan las mejores partidas de póquer de Madrid y que me des una lista de participantes. Ayúdala tú navegando en internet, Jimeno.

–Eso va a ser mazo de jodido, jefa –dice Jimeno.

–Por eso tengo a los mejores en mi equipo... ¿Qué sabemos de la obra del campo de golf?

–Todos los permisos están en regla –responde la subinspectora Ortega–. Lo único que me ha llamado la atención es que las obras se suspendieron durante diez días justo antes de la muerte de Andrea Montero.

–¿El motivo?

–Es un misterio.

–Hay que seguir rascando por ahí. Sigo pensando que en esa obra está la clave de todo. ¿Has localizado al agricultor del que nos habló el empresario a Moreno y a mí?

–Sí, y parece que no hay nada raro en su historia. Al principio se resistió a vender sus tierras, pero hace cinco meses llegó a un acuerdo por seis veces el valor de la finca. Supo aguantar e hizo un buen negocio.

–Va siendo hora de que nos pasemos de nuevo por la obra. Llamaré al juez para que nos dé una orden y podamos meter las narices a gusto...

52

Durante los primeros días, la guerra entre colombianos y rumanos dentro de la cárcel se limita a miradas desafiantes y algún insulto susurrado cuando los miembros de uno y otro grupo se cruzan en el comedor, en el patio o en las duchas, pero todavía no ha corrido la sangre. Y esa tranquilidad es la que más inquieta a Walter Vargas.

–Van a atacar a ese *güevón* –le dice a Fabián mientras observa cómo Gonzalo Fonseca sirve un puré de patatas grumoso y unos guisantes resecos a los reclusos que hacen cola en el comedor.

–Pues que le ataquen, jefe –responde el sicario sin dejar de llevarse cucharadas de puré a la boca–. ¿Qué le importa a usted?

–Tengo un trato con él.

–¿No me va a decir a qué acuerdo han llegado?

–Lo sabrás a su debido tiempo, Fabián. Pero para que lo cumpla necesito que siga vivo cuando salga de aquí.

–Si sale... En televisión dicen que su papá ha perdido la cabeza y que Fonseca sí que mató a su mujer.

–Eso está por ver.

–¿De verdad cree que es inocente? –Fabián mira a Gonzalo con curiosidad, con el morbo de pensar que realmente allí dentro hay alguien condenado injustamente.

–Eso a mí me importa una mierda. Pide trabajo en la cocina, a partir de mañana no quiero que te separes de él en todo el día.

–No me joda, jefe –protesta el sicario–. ¿Qué carajo pinto yo en la cocina?

–Te hago a ti responsable de su vida, Fabián. Ese hombre tiene una deuda conmigo y quiero que la salde, ¿lo escuchaste bien?

Fabián asiente, no le queda otra.

–Tiene cojones, puto payo. –Adonay aprieta con dos dedos uno de los guisantes que Gonzalo le ha servido–. Si parecen balines... Dame una pistola de aire comprimido y aquí dentro no queda nadie vivo.

–Es lo que hay. –A pesar de las circunstancias, el gitano ha logrado arrancarle a Gonzalo una sonrisa–. Y reza para que por la noche no saquemos los que sobren.

–Y después se preguntan por qué no tenemos dientes...

–Fonseca, teléfono –le dice un funcionario a Gonzalo.

Gonzalo se quita el mandil y sigue al funcionario hasta el teléfono, impaciente. Lleva ya más de diez días esperando hablar con su padre y por fin les han dado permiso. Sabe que esa llamada la escucharán al menos veinte personas, pero tampoco puede esperarse otra cosa cuando su padre se ha convertido en un asesino confeso que ya se ha llevado por delante a una jueza y amenaza con acabar en los próximos días con la vida de dos personas más.

–Papá, ¿cómo estás?

–Bien, hijo. –La voz de Ramón Fonseca suena a ultratumba, como si ya llevase muerto mucho tiempo.

–Tienes voz de cansado. ¿Te tratan bien?

–Esta gente no me deja dormir demasiado, aunque no puedo culparles por ello. Al menos ya están buscando al asesino de Andrea.

–La has armado buena, papá.

—Te dije que te sacaría de ahí costara lo que costase.

—La policía me repite todos los días que te pida que acabes con esto y que les digas dónde tienes secuestradas a esas personas.

—Diles que ya no hay vuelta atrás, que la única manera de salvar al abogado y a esa chica es retirar todos los cargos contra ti.

A Ramón Fonseca le cuesta mantener la concentración después de tantos días de interrogatorios y la conversación entre padre e hijo no resulta demasiado fluida. Después de unos minutos en los que el viejo le pide que no pierda el ánimo y le promete que él se mantendrá fuerte, Gonzalo se despide con la sensación de que esta vez es para siempre, que ya nunca volverá a verle con vida.

Gonzalo está rebozando varias decenas de kilos de pescado —que pretende pasar por merluza, pero que él apostaría que no ha visto el mar en su vida— cuando Fabián se presenta en la cocina con cara de muy mala leche.

—¿Qué haces tú aquí? —pregunta Gonzalo sorprendido.

—Soy tu niñera, culicagado. Pero desde ya te digo que no pienso meter las manos en el pescado, ¿me oyes?

La presencia de Fabián en la cocina le supone una carga, pero no será Gonzalo quien la rechace; si Walter Vargas se toma tantas molestias es porque tiene la seguridad de que los rumanos van a ir a por él. Desde el incidente en el patio no han vuelto a molestarle y sabe que es cuestión de días que aparezcan para reclamarle su deuda.

Sus temores se cumplen al día siguiente cuando, tras regresar del frigorífico con una caja de sanjacobos congelados para el almuerzo, se encuentra a Gheorghe esperándolo junto a dos de sus hombres, que tienen inmovilizado a Fabián con un enorme cuchillo debajo de la barbilla. Al colombiano se le ha borrado su fiereza habitual de un plumazo y en su cara solo se refleja el terror del que sabe que está a punto de morir a manos de dos presos que nunca saldrán de allí y que, por tanto, no tienen nada que perder.

–¿Pensabas que nos habíamos olvidado de ti?

–Si nos hacéis algo, el señor Vargas irá a por todos vosotros, Gheorghe.

–¿Crees que le tengo miedo?

El traficante le hace una seña al sicario que sujeta el cuchillo, que con un rápido movimiento se lo clava a Fabián hasta la empuñadura. El filo parte por la mitad el ojo izquierdo del colombiano, inyectándoselo literalmente en sangre. Antes de que pueda siquiera gritar, el arma sigue su trayectoria y se incrusta en el cerebro. En un primer momento, su cuerpo se queda rígido, pero al instante se desmadeja y se desploma como un fardo.

–Dame el cuchillo –dice el otro sicario con la excitación del que ya ha olido la muerte–. Este me toca a mí.

El asesino de Fabián le entrega el arma ensangrentada a su compañero.

–Debiste pagarme mis siete mil euros –dice Gheorghe antes de salir de la cocina, procurando no pisar el charco de sangre que va formándose lentamente bajo la cabeza del colombiano.

53

Sobre la mesa del comedor de la casa de Ramón Fonseca y Nieves Pons, aparte de unas flores marchitas que hace ya meses han chupado toda el agua del florero, solo hay un papel de color rosa, el resguardo de la funeraria Santos por la lápida tras la que el viudo había depositado las cenizas de su esposa en el Cementerio de San Juan de Málaga hacía dos meses, cuando seguramente ya estaba preparando el drástico plan para sacar a su hijo de la cárcel. Las plantas de la terraza han sufrido el mismo destino tras ser abandonadas a su suerte después del asesinato de Andrea Montero y la posterior detención de Gonzalo Fonseca. El matrimonio se trasladó de urgencia a Madrid para acompañar a su hijo y ya nadie regresó para regarlas.

El subinspector Iván Moreno mira a su alrededor, convencido de que en el piso del matrimonio no encontrará ninguna pista que le lleve a dar con el paradero de los dos secuestrados que aún quedan con vida. En un primer registro, unos inspectores de la Comisaría de Málaga no lograron encontrar nada que condujera remotamente a la jueza Almudena García, al abogado Juan Carlos Solozábal y a la estudiante Noelia Sampedro, pero la inspectora Ramos ha insistido en que Moreno vaya en persona por si se les hubiera pasado algo por alto. Lo que él no tiene claro es si lo ha hecho porque de verdad confía en su pericia y cree que puede dar con alguna clave o para quitárselo de encima tras haberle besado.

Moreno se acerca al aparador y observa una por una las dos docenas de fotos que hay colocadas encima. Aparte de alguna del matrimonio y un par de los padres de ambos en plena posguerra, casi todas son del único hijo de Ramón y Nieves a diferentes edades y en distintos lugares: Gonzalo Fonseca de bebé en la playa, jugando al fútbol de niño, de adolescente en un concierto, ya de mayor pilotando una avioneta... El recorrido por toda su vida culmina con una foto de la boda con Andrea Montero. Ambos sonreían en la puerta de la iglesia mientras se protegían de una lluvia de pétalos de rosa y arroz. El policía vuelve a poner la foto en su sitio cuando los dos agentes de apoyo aparecen después de haber registrado la vivienda.

–¿Nada? –pregunta el subinspector.

–Nada –responde uno de ellos–. Hemos revisado la casa de arriba abajo por tercera vez y está limpia.

Iván Moreno chasquea la lengua contrariado. Una anciana completamente vestida de negro se asoma a la puerta con cautela.

–¿Hola?

–¿Desea algo? –pregunta Moreno volviéndose.

–¿Son ustedes policías?

–Sí, señora.

–Menos mal –resopla aliviada–. Me he pegado un susto de muerte al ver la puerta abierta. Creía que eran unos okupas de esos que salen en la tele.

–¿Es usted vecina?

–Sí, señor. Vivo justo enfrente. Qué lástima lo que le ha pasado a esta familia, ¿verdad? Cuando vi en las noticias que el secuestrador de esas personas era Ramón, me quedé muerta.

–¿Conocía mucho a sus vecinos?

–Desde hace más de treinta años. Mi marido, que en paz descanse, compró este piso el mismo día que Ramón. Fíjese cómo será que coincidieron en el notario. Y Nieves y yo nos apuntábamos a todas las clases del ayuntamiento juntas. No sabe usted cuánto la echo de menos –añade compungida.

–¿Qué puede decirme del hijo?

–Que era un muchacho estupendo. No me puedo creer que Gonzalito matase a su mujer, pero con la cantidad de crímenes de esos que hay, una ya se espera cualquier cosa.

–¿Sabe usted si Ramón o Nieves tenían algún local u otra propiedad en algún sitio?

–Solo tenían esta casa.

–¿Está usted segura, señora? ¿No sabe dónde podría mantener retenidas a esas personas?

–Yo conozco todos los secretos del matrimonio y eso lo hubiera sabido.

Ese comentario pone en alerta al policía.

–¿Qué secretos conoce usted?

La señora duda, resistiéndose a traicionar la confianza de sus vecinos, pero se da cuenta de que no tiene sentido callar y suspira, rindiéndose.

–Cuando estuvieron a punto de separarse, fui yo quien convenció a Nieves de que le diera otra oportunidad a Ramón.

–¿Por qué estuvieron a punto de separarse?

–Porque él conoció a una mujer de Ardales y se enamoró como un bendito.

–¿Cuándo ocurrió eso?

–Hace veinte o veinticinco años. Por suerte, ella le dio la patada y el pobre desgraciado volvió con el rabo entre las piernas. Nieves estaba muy dolida y no quiso saber nada de él, pero Ramón vino a pedirnos ayuda a mi marido y a mí y al final pudimos convencerla.

–¿Recuerda usted el nombre de esa mujer?

–Candela o Carmela o algo parecido. Decían que era la hija del cura.

54

Desde que supo que su mujer y el amante de esta le habían desvalijado la caja de seguridad del banco, Salvatore Fusco se olvidó del resto de sus negocios e inversiones y puso a todos sus hombres a buscar sin descanso a Juan Carlos Solozábal. Cientos de italianos llegados en algún momento desde Calabria y afincados en toda España peinaron las zonas donde operaban, pero llevaba ya doce días secuestrado por Ramón Fonseca y no lograron dar con ninguna pista que los condujese hasta el abogado.

–¡No me creo que se lo haya tragado la tierra, joder! –El mafioso da un manotazo con rabia y tira cuanto hay sobre la mesa cuando le comunican que siguen sin encontrar sus joyas, su dinero y sus documentos.

–Ni la policía lo ha encontrado, don Salvatore –dice Adriano.

–¡Me importa una mierda la policía! –grita Fusco, al borde del colapso–. ¡Ellos no conocen las calles como nosotros!

–Si el viejo cumple su palabra –dice con tranquilidad Luca, el sobrino de don Salvatore–, mañana mismo el abogado estará muerto y el problema habrá desaparecido para siempre.

–Eres un estúpido, Luca –responde don Salvatore mirándolo con desprecio–. No sabes lo que implicaría eso, ¿verdad?

Don Salvatore les explica a su sobrino y a Adriano que, con independencia del valor de las joyas o de la cantidad de dinero desaparecida, si los documentos que había en esa caja de seguridad llegasen a hacerse públicos, los tres irían a la cárcel, donde sus vidas no valdrían una mierda: hay tantos enemigos deseando acabar con ellos que no sabrían ni quién habría dado la orden.

–No se preocupe, don Salvatore –interviene Adriano–. Yo resolveré el problema.

Don Salvatore sabe que la manera que tiene Adriano de resolver los problemas es de todo menos discreta, pero a esas alturas no le queda mejor opción que dejar la solución en sus manos. Confía plenamente en él, y eso que Adriano, al contrario que la mayoría de los miembros de la 'Ndrangheta, no tiene ningún familiar en la mafia calabresa.

Lo conoció en un reformatorio cerca de Catanzaro, cuando Salvatore tenía diecisiete años y Adriano apenas doce. Pero por muy pequeño y flaco que fuera aquel mocoso, enseguida demostró que tenía más cojones que ninguno de los que había internados allí, casi todos hijos de mafiosos. Por muchos golpes que se llevara de los vigilantes del centro, Adriano jamás delató a nadie. El día que perdió varios dientes y estuvo a punto de quedarse sin un ojo por no denunciar a quien había robado un sobre con dinero de la cocina del centro, Salvatore supo que haría bien teniéndolo de su lado y le juró que algún día le buscaría. Quince años después, el mafioso había escalado dentro de la organización y tuvo la oportunidad de formar su propia familia. Entonces cumplió su promesa.

A pesar de que Adriano ni siquiera había nacido en Calabria, el nuevo capo de la 'Ndrangheta insistió hasta que los *uomini d'onore* lo aceptaron como miembro. Fue el propio Salvatore quien presidió la ceremonia que lo convertiría en integrante con plenos derechos de una de las mafias más violentas y peligrosas del mundo. Lo primero que hizo fue mostrarle una bala y una cápsula de cianuro.

–De ahora en adelante, no te juzgarán los hombres, sino tú mismo. Si te equivocas y cometes una falta grave, deberás admitirla con honor y elegir tu camino. Aquí hay una píldora de cianuro y una bala. O te envenenas o coges la pistola y te disparas. De todas las balas del cargador, la última debe ser para ti. ¿Cumplirás, Adriano?

–Sí, don Salvatore.

Con aire ceremonial, el capo le puso en la mano los dos pequeños objetos.

–Si alguien te pregunta de quién eres hijo, deberás responder que tu padre es el Sol y tu madre la Luna.

–Así lo haré, don Salvatore.

–Ahora lee este juramento.

Le entregó un papel, que Adriano leyó en voz alta, solemne:

–Bajo la luz de las estrellas y el esplendor de la luna, formo la santa cadena. En el nombre de Garibaldi, de Mazzini y Lamarmora, con palabras de humildad, formo la santa sociedad. Juro renegar de todo mi pasado hasta la séptima generación para salvaguardar el honor de mis sabios hermanos.

Salvatore y los demás jefes lo abrazaron con orgullo y le dieron la bienvenida a una gran familia que opera en más de cincuenta países y que se dedica al narcotráfico, al blanqueo de capitales, a la prostitución, a la trata de seres humanos, a la estafa, a los secuestros, a los asesinatos por encargo, al fraude y, en definitiva, a todo lo que huele a muerte y podredumbre. Aunque Adriano jamás había necesitado la protección de nadie, todo aquel que desde ese momento se metiera con él, tendría que temer el desquite de la mafia calabresa, la temida 'Ndrangheta.

–¿Cómo piensas sonsacarle a ese viejo dónde tiene secuestrado al abogado? –le pregunta Salvatore a Adriano cuando decide dejarlo todo en sus manos.

–De la única forma posible, don Salvatore –responde Adriano con frialdad–. Aunque necesitaré ayuda.

–Pide lo que sea.

–Debo quedarme a solas con él.

Salvatore frunce el ceño, consciente de que lo que solicita Adriano es casi imposible, pero necesita actuar o la documentación robada podría llegar a las manos equivocadas y sería el final.

–Llamaré a alguno de los políticos con los que tenemos negocios –dice al fin el mafioso–. Ellos estarán tan interesados como nosotros en que esto no salga a la luz.

55

Cuando está a punto de pasar por el control para subirse al AVE que debe llevarle de regreso a Madrid, el subinspector Moreno se sale de la fila. Desde que la vecina le contó la infidelidad de Ramón Fonseca, intenta convencerse de que no tiene ninguna importancia, que es de lo más común en un matrimonio que lleva junto más de media vida... pero sabe que, si no indaga un poco más, la idea estará torturándole hasta que coja otro tren que lo devuelva a Málaga. Esas obsesiones repentinas le acercan todavía más a Indira Ramos.

–¿Qué hace, jefe? –le pregunta desconcertado uno de los agentes de apoyo.

–Me quedo un día más –responde Moreno muy seguro de sí mismo–. Vosotros volved y nos vemos mañana en comisaría.

Saca su teléfono para llamar a la inspectora e informarle de que pasará una factura por un coche y una noche de hotel. A pesar de que el mensaje que ha de transmitir es estrictamente profesional, la relación entre ambos ha cambiado tanto en las últimas horas que se detiene dubitativo antes de pulsar el botón verde. Decide que es mejor mantener las distancias y mandarle un wasap. Cuando ya ha escrito la mitad, se da cuenta de que está comportándose como un adolescente y finalmente llama.

–¿Has encontrado algo?

Aunque la pregunta de ella es fría y directa, Moreno sonríe, recuperando la confianza: seguramente solo sea producto de su imaginación, pero que haya tardado seis tonos en contestar le confirma que Indira ha tenido las mismas dudas sobre la conveniencia o no de escuchar su voz en el momento en que se encuentran.

–En ello estoy. Necesito quedarme un día más y que me autorices para alquilar un coche y reservar una habitación de hotel.

–¿Y eso por qué?

–¿No decías que me habías mandado aquí porque confiabas en mi pericia? Pues hazlo.

Moreno ni la ve ni la oye, pero ya la conoce lo suficiente para saber que le está maldiciendo en voz baja. Y a él, pese a que su relación ha dado un giro de ciento ochenta grados, le sigue encantando fastidiarla.

–¿Sigues ahí, jefa? –pregunta con tono inocente.

–Haz el favor de alquilar un utilitario y buscar una habitación baratita –contesta Indira antes de colgar sin despedirse.

Durante algo más de cincuenta kilómetros, Moreno recorre la carretera A-357 que le lleva hasta Ardales, un pequeño pueblo de casas blancas situado en las estribaciones de la sierra de las Nieves malagueña.

Lo primero que llama la atención al acercarse a la población es un promontorio rocoso de casi quinientos metros de altura coronado por el castillo de la Peña, una construcción del siglo IX que fue testigo de la rebelión de Omar ben Hafsún contra el emirato de Córdoba. Antes había sido un asentamiento prehistórico, un poblado fortificado ibérico y un templo romano. Junto al castillo está la iglesia de Nuestra Señora de los Remedios, en algún momento hogar del padre de Candela o Carmela, comoquiera que se llamase la amante de Ramón Fonseca. El subinspector Moreno entra en el primer bar que encuentra –el mejor sitio para recabar información–, pero se da cuenta de que se ha equivocado al ver que el camarero es un ecuatoriano que no llega a la treintena. Aun así, se sienta en la barra y se pide un café con leche y unas galletas de almendra que en un cartel se anuncian como típicas del pueblo.

–¿Viene usted a pasear por el Caminito del Rey? –le pregunta amablemente el ecuatoriano mientras le sirve el café.

–No sé qué es. ¿Debería hacerlo?

–Sin duda, señor. El Caminito del Rey es una ruta con pasarelas sobre el río Guadalhorce. A ratos camina uno a más de cien metros de altura. Es precioso.

–Suena bien. Si tengo tiempo, iré a pasear un rato... Supongo que no llevas muchos años viviendo aquí, ¿verdad?

–Pronto haré seis –responde orgulloso.

Moreno chasquea la lengua, consciente de que no le será de mucha ayuda a la hora de hablar de algo sucedido hace más de veinte. El camarero se da cuenta.

–Pero si desea saber algo, puedo llamar al patrón. Es ardaleño de toda la vida.

Sin esperar su respuesta, el amable ecuatoriano se adentra en el bar y enseguida regresa acompañado por un anciano de casi dos metros de altura al que las rodillas no le aguantarán mucho más tiempo.

–¿En qué puedo ayudarle? –pregunta el anciano mirándole de arriba abajo con un deje de desconfianza.

–Buenas tardes. Pregunto por una mujer de este pueblo llamada Candela o Carmela o algo parecido.

–No me suena.

–Dicen que era hija del cura.

El anciano afila la mirada, acrecentando su recelo.

–¿Quién es usted?

–Subinspector Iván Moreno. –El policía le enseña su placa–. Por lo que veo, sabe a quién me refiero. ¿Dónde podría encontrarla?

–En el cementerio. Camelia murió hace un par de años. Y para su información, lo del cura solo era un rumor malintencionado.

–A mí eso me da igual. –Moreno suspira decepcionado–. El caso es que he hecho el viaje en balde.

–Tal vez Verónica pueda ayudarle.

–¿Quién es Verónica?

–La hija de Camelia. Lleva un refugio para animales en la carretera de Ronda.

Una docena de perros se arrancan a ladrar en cuanto el subinspector Moreno aparca su coche alquilado delante del refugio. Detrás de un vallado, como si de un arca de Noé rural se tratase, hay dos cabras, tres ovejas, una vaca, un burro, varias gallinas, algún que otro pato, tres ocas y, lo que es más sorprendente, una llama andina. Cuando mira hacia abajo, descubre que varios gatos se le han acercado y se rozan contra sus piernas, no se sabe si buscando que los adopte, dejarle su olor o simplemente joderle los pantalones llenándoselos de pelos. Un chico de unos treinta años lleva un fardo de paja a los animales y luego se acerca a la valla.

–Dígame que viene a adoptar un perro, por favor –suplica–. Tenemos de todo: galgos abandonados por algún cazador hijo de puta, cachorros mestizos de mastín con pastor alemán... y un labrador de diez años que trabajó para la ONCE. Es la hostia, solo le falta saber cocinar.

–Lo siento. No soy de aquí. Y tampoco tengo mucho tiempo en Madrid para cuidar de un animal.

–Vaya por Dios –el chico suspira–. Cada vez nos llegan más perros abandonados y ya no sabemos qué hacer con ellos. ¿Qué necesita entonces?

–Ver a una tal Verónica. Me han dicho que lleva este refugio.

—¡Vero, te buscan!

El chico vuelve a atender a los animales y, al cabo de unos segundos, Verónica, de unos veinticinco años, sale del refugio. En cuanto la ve aparecer con ese aire tan familiar, al subinspector Moreno le da un vuelco el corazón, convencido de que por fin ha encontrado la manera de presionar a Ramón Fonseca...

56

A Salvatore Fusco le costó convencer a un importante político de que le convenía hacer lo posible para que Adriano pudiese interrogar a solas a Ramón Fonseca. Pero tras decirle que las pruebas de los negocios que hicieron juntos habían sido robadas y que solo el anciano podría conducirles hasta el abogado Juan Carlos Solozábal –que era quien las tenía en su poder–, dejó de protestar y accedió a hablar con el cabeza de lista de su partido. Este seguramente tampoco estaría demasiado limpio porque enseguida habló con un mando de la Guardia Civil, que a su vez se apresuró a telefonear a un comisario de la Policía Nacional con el que algo debía tener. El caso es que, apenas un par de horas después, el capo de la 'Ndrangheta ya tenía en sus manos la orden de traslado del detenido a los juzgados de la plaza de Castilla, donde se suponía que le esperaba el juez para tomarle de nuevo declaración.

El policía que hace guardia en los calabozos levanta la mirada de su móvil cuando otro agente le pone delante un documento.

–¿Qué coño es?

–Han venido a buscar a Ramón Fonseca para trasladarlo a los juzgados.

–¿Y por qué no se lo llevaron anoche en el celular?

–¿Tengo cara de saber la respuesta?

El policía le perdona la vida con la mirada, lee la orden de traslado con detenimiento y finalmente se encoge de hombros, sin demasiadas ganas de hacer preguntas.

–Espera aquí. Enseguida te lo traigo.

Se supone que la labor del oficial Óscar Jimeno durante las investigaciones en curso es coordinar las informaciones que llegan de los diferentes equipos... aunque lo cierto es que a él no le informa nadie. Sabe que la inspectora Ramos y la subinspectora Ortega han regresado a la obra donde trabajaba Andrea Montero, pero no tiene ni idea de qué buscan exactamente. También sabe que el subinspector Moreno ha decidido prolongar su estancia en Málaga, pero no ha explicado por qué. Y, por último, sabe que la agente Navarro ha ido a hablar con jugadores de póquer profesionales para enterarse de dónde se organizan timbas ilegales, pero si ha descubierto algo, a él, desde luego, no se lo ha comunicado.

Después de llamar por tercera vez en lo que va de mañana a su novia y esta cortarle alegando que hay gente que sí que tiene que trabajar, Jimeno se levanta para estirar las piernas y pasea por la sala habilitada para la investigación. Al pasar por delante de la pizarra donde está toda la información del caso, se da cuenta de una cosa que a los demás, ocupados como están en sus respectivas pesquisas, parece habérseles pasado por alto: solo quedan tres horas para que se cumpla el plazo marcado por Ramón Fonseca para la muerte del segundo de los secuestrados.

–Me cago en la puta...

Jimeno tiene órdenes directas de su jefa de no moverse de allí, y mucho menos de acercarse al detenido, pero se siente tan ignorado que, por primera vez en su vida, también empieza a ignorar. Además, sabe que es una persona inteligente y muy empática y cree que tal vez logre sacarle algo si razona con el anciano. Sin duda, eso sería un golpe de efecto que le supondría un cambio de estatus inmediato.

Sale del ascensor y camina hasta el policía de guardia, que vuelve a levantar la mirada de su móvil, harto de interrupciones.

–Vengo a hablar con Ramón Fonseca.

–Ya se lo han llevado.

–¿Adónde? –pregunta Jimeno desconcertado.

–A los juzgados.

Aunque la orden de traslado parece auténtica, Jimeno sabe que no tiene ningún sentido que en ese momento se lleven al detenido, y en el caso de haber estado previsto, sería imperdonable que a él no le hubieran avisado. Le devuelve el documento a su compañero y, cuando este le dice que solo hace un par de minutos que se ha marchado, Jimeno corre escaleras arriba.

Al salir de la comisaría le da tiempo a ver cómo un hombre mete a Ramón Fonseca esposado en el asiento trasero de un coche de alta gama, que acto seguido desaparece calle abajo. A Jimeno el supuesto inspector no le suena de nada ni estaba enterado de que la policía utilizase ese tipo de vehículos para trasladar detenidos. Solo podría ser de la secreta. Busca en su bolsillo las llaves de la escúter que le lleva todos los días a duras penas al trabajo y sigue al coche ganando terreno calle a calle. Cuando ve que no coge el desvío que conduce a la plaza de Castilla, comprende que su intuición no le ha fallado y mantiene las distancias, procurando no ser visto. El coche sale por un desvío de la A-1 y se interna en un polígono. Al girar por una esquina, Jimeno lo ve entrar en una nave industrial, cuya enorme puerta se cierra tras él. Aparca la moto y saca su móvil, pero allí no tiene cobertura y chasquea la lengua, maldiciendo su mala suerte. Rodea el edificio y se asoma a una ventana para escudriñar el interior.

Adriano ha esposado a Ramón Fonseca a una tubería y ha colgado su chaqueta y su pistolera –con el arma dentro– en un perchero cercano. Saca un punzón de unos quince centímetros y sonríe mirando al anciano.

–¿Qué va a hacerme? –pregunta Fonseca aterrado.

–Eso depende de usted, abuelo –responde Adriano.

Si no fuera porque es un psicópata diagnosticado, habría sentido lástima por aquel viejo tan desmejorado después de dos semanas de intensos interrogatorios. Pero no es lástima lo que siente, sino la excitación de quien se sabe el mejor en su trabajo y tiene la oportunidad de demostrarlo. Se acerca a él y le tapa la boca a la vez que le clava el punzón en la rodilla hasta que la punta asoma por la corva.

Ramón Fonseca tarda unos segundos en sentir el agudo dolor. Cuando al fin le sacude en toda su intensidad, sus gritos se ven ahogados por la mano de Adriano, que saca el punzón ensangrentado y apoya la punta del arma en la otra rodilla.

–Con la edad que tiene ya cojeará para siempre, viejo –le dice con voz templada–. Pero todavía podrá levantarse. Si no me ayuda, ya nunca se moverá. ¿Lo ha entendido?

Ramón Fonseca asiente y Adriano le destapa la boca.

–¿Dónde está el abogado?

–No puedo decírselo.

–No pretendo salvarle la vida, si es lo que cree. Solo necesito que Juan Carlos Solozábal me dé una información y después haré con mucho gusto el trabajo sucio.

–No.

Sin inmutarse, Adriano vuelve a taparle la boca y le atraviesa la rodilla sana con el punzón.

El oficial Jimeno encuentra una ventana rota en la parte trasera del edificio y se cuela por ella en la nave. Aunque ha perdido de vista a los dos hombres, los gritos de Fonseca le sirven de guía para localizarlos. Camina lentamente por un pasillo atestado de cajas hasta que llega a la sala principal, donde Adriano está machacando a golpes el cuerpo cubierto de sangre del anciano, ya inerte. Vuelve a mirar su móvil, que continúa sin cobertura, y aunque sabe que jamás la lleva encima, se palpa el costado, por si un milagro hubiera hecho aparecer su pistola. Pero no. Desarmado como está, decide dar media vuelta y volver por donde ha venido para buscar ayuda pero, por una vez en su vida, el oficial Óscar Jimeno reúne el valor suficiente para acercarse con sigilo al perchero y extraer la pistola de la cartuchera de Adriano.

—¡Policía! ¡Las manos en la cabeza!

Adriano deja de golpear a Ramón Fonseca y mira sorprendido cómo un chico, que más que policía parece el que arregla los ordenadores, le apunta tembloroso con su propia pistola.

—¡Tírese al suelo y ponga las manos en la cabeza!

Los coágulos de sangre que tiñen las manos del italiano camuflan el punzón. Adriano hace ademán de llevárselas a la nuca, pero de camino consigue lanzárselo. El arma vuela y se clava en el pecho de Jimeno que, antes de caer al suelo, es capaz de disparar tres veces. Las dos primeras balas agujerean el techo metálico, pero la tercera, de pura chiripa, acaba incrustada entre las cejas de Adriano.

Es sorprendente cómo un agujero tan limpio en la frente puede llenar de sangre y de sesos toda la pared del fondo de la nave.

57

La inspectora Ramos y la subinspectora Ortega vuelven a recorrer la avenida de magnolios del campo del golf imitación del Augusta National de Georgia mirando a su alrededor con admiración y mucha envidia. El edificio colonial sede de la casa club que hay al final del sendero ya parece completamente terminado, y los obreros que una semana antes lo pintaban de blanco ahora se ocupan en asfaltar el camino de *buggies* que en breve discurrirá entre los distintos hoyos.

–¿De nuevo por aquí? –El gerente del campo de golf se acerca a ellas agotado por el esfuerzo de mover tantos kilos, aunque esbozando la misma sonrisa amable que la primera vez que las vio.

–Buenos días, señor...

–Pardo, Germán Pardo. Si se han decidido a comprar una de nuestras villas, deberían darse prisa –bromea–. Ya solo nos queda una de tres millones.

–Lo que hemos decidido es descubrir por qué murió exactamente Andrea Montero, señor Pardo –responde Indira Ramos.

–Creo que quedó claro que había sido asesinada por su marido. –El gerente vuelve a incomodarse igual que cuando días atrás le preguntaron por ella.

–Resulta que no lo tenemos tan claro, ¿sabe? Necesitamos ver los planos del proyecto, la documentación y hablar con el jefe de obra.

–Me temo que para eso necesitarán una orden, inspectora.

–Aquí la tiene –dice la subinspectora Ortega mostrándosela.

Las dos policías ocupan una de las estancias de la casa club, que hasta que se inaugure y la frecuenten los afortunados propietarios de una de las lujosas villas, hace las veces de oficina de la constructora. El jefe de obra les ha proporcionado cuanto han pedido y sobre la mesa hay todo un despliegue de planos, licencias, órdenes de trabajo y un sinfín de papeles más que ellas no saben ni lo que significan.

–¿Qué coño buscamos, jefa? –pregunta la subinspectora en voz baja.

–Ponerles muy nerviosos para que cuando les preguntemos por el mes anterior a la muerte de Andrea Montero se caguen patas abajo. Y me da que lo estamos consiguiendo...

La subinspectora Ortega sigue la mirada de su jefa y ve que, en efecto, el gerente y el jefe de obra hablan a unos metros de ellas sin lograr ocultar lo mucho que les incomoda que la policía meta las narices en sus asuntos. A pesar de que no hace precisamente calor, el gerente suda con profusión y parece al borde del infarto. El jefe de obra se acerca a ellas.

–Como pueden comprobar –dice aparentando calma–, todo es correcto.

–Eso parece, sí... Ahora solo nos falta el informe de producción y los partes de tajo de las semanas anteriores a la muerte de Andrea Montero.

–¿Para qué los necesitan? –El hombre disimula como puede su preocupación al oír lo que le piden.

–Hemos sabido que en aquella época se suspendió la obra durante diez días, ¿es eso cierto?

–Ahora mismo no sabría decirle... –titubea.

–Entonces usted, como jefe de obra, no se acuerda de si hace poco más de un año tuvo paradas a doscientas personas durante diez días, ¿no?

El hombre no sabe qué responder, entre la espada y la pared, y empieza a sudar tanto como su compañero.

–Quizá hubiera alguna tormenta y, por seguridad, decidiésemos paralizar la obra –dice sin demasiada convicción.

–Claro, todo el mundo sabe que las tormentas de Toledo son la hostia –responde la inspectora con sarcasmo–. ¿Nos trae la documentación para que lo comprobemos, por favor?

–Faltaría más.

La confirmación de que las policías van por buen camino les llega cuando ven que el jefe de obra, tras pedir a una secretaria que les proporcione la documentación requerida, sale a hablar por teléfono, muy alterado. Cuando regresa, la subinspectora Ortega ya ha encontrado lo que buscaba.

–Aquí está. Durante nueve días en noviembre, la obra se suspendió –dice tendiéndole un papel–. ¿Podría explicarnos el motivo?

–Según pone aquí –el papel tiembla ligeramente en las manos del jefe de obra–, tuvimos problemas para traer algunas máquinas y decidimos parar.

–A ver si me aclaro –dice la inspectora–: resulta que tienen ustedes en marcha una obra de varios cientos de millones de euros y, porque les faltan unas máquinas, mandan a todo el mundo diez días a su casa, ¿es correcto?

–Eso parece, sí –afirma el jefe de obra con cara de circunstancias.

–¿En qué estaba trabajando Andrea Montero justo el día anterior a que se suspendieran las obras, María?

La subinspectora Ortega rebusca entre los partes de tajo hasta que encuentra el que necesita.

–Según lo que pone aquí, en la construcción del lago del hoyo dieciséis.

–Quiero verlo.

–Allí solo están las máquinas, inspectora –protesta el jefe de obra.

–Me da igual. Quiero verlo.

–¿Las acompañas tú, Germán? –le pregunta el jefe de obra al gerente, resignado–. Yo tengo que hacer un par de llamadas.

El gerente lleva a las policías en un moderno *buggy* que debe de costar más que el utilitario en el que han viajado ellas hasta Toledo y que va inclinado hacia un lado por el peso excesivo del hombre. Un enorme agujero que en cuanto se llene se convertirá en un precioso lago los espera junto a la calle del hoyo 16, que ya está siendo preparada por un batallón de jardineros. En el interior del agujero hay trabajando una solitaria excavadora.

–Está previsto que el llenado se inicie la semana que viene.

–¿Y a los ecologistas les parece bien que se utilice tanta agua para esto?

–Es agua reciclada. Además, toda esta zona está repleta de ríos subterráneos que... –El gerente se interrumpe al ver que la inspectora está bajando al agujero y va directa a la excavadora–. ¡Oiga, no puede entrar ahí!

Pero ella no le hace caso y continúa avanzando, seguida por su ayudante. La obesidad de Pardo le impide ir tras ellas y chasquea la lengua, fastidiado.

–¡Perdone! –grita Indira Ramos enseñándole la placa al conductor de la excavadora–. ¿Podría apagar eso un momento, por favor?

El conductor obedece y se baja a hablar con las policías.

–¿En qué puedo ayudarlas?

–Buscamos a un tal... –la inspectora consulta el parte de tajo que se ha llevado disimuladamente– Francisco Jiménez.

–Soy yo. Aunque todo el mundo me llama Paco.

—Según tenemos entendido, usted estaba aquí trabajando junto a Andrea Montero el día anterior a que se suspendieran las obras durante diez días, en noviembre del año pasado, ¿es así, Paco?

El trabajador mira incómodo hacia el borde del lago, donde el gerente está hablando muy agitado por teléfono.

—Responda a la pregunta, por favor. ¿Estuvo con ella o no?

—Sí, señora.

—¿Y pasó algo fuera de lo común?

—Yo no tuve nada que ver —responde nervioso—. Solo cumplí órdenes.

—¿De qué demonios habla?

—De la cueva. Yo estaba trabajando aquí mismo cuando la excavadora se cayó dentro. Por poco no lo cuento.

Las dos policías intercambian una mirada, intrigadas.

—¿Y qué más? —le apremia la inspectora.

—Andrea, la jefa de obra por aquel entonces, a la que después mató su marido, bajó corriendo a ayudarme y entonces lo encontramos.

—¿Qué encontraron, señor Jiménez?

—El toro...

58

Exactamente a la misma hora en que llega a cero el temporizador conectado a una botella de monóxido de carbono que hay junto a la rejilla de ventilación del búnker donde Juan Carlos Solozábal lleva dos semanas encerrado, Gianna Gallo se levanta de la cama y va renqueante hasta su escritorio. Las palizas se han sucedido desde que Salvatore Fusco se enteró de que no solo le había robado el contenido de su caja de seguridad, sino que además pretendía abandonarlo por otro hombre. Alguien como don Salvatore no suele dejar las cosas al azar, de modo que tenía comprado a uno de los cajeros del banco para que le avisase de todos los movimientos de su mujer. Cuando ese mismo mediodía Gianna volvió a comer a casa sin nada de lo que él ya sabía que se había llevado, logró contener su furia y dejó que se marchara al centro de estética, convencido de que le conduciría hasta sus joyas y documentos, que sin duda estarían en posesión de aquel abogado traidor. Pero debido a la frustración por no encontrar ni una cosa ni la otra, los malos tratos aumentaron tanto en frecuencia como en intensidad.

Gianna se mira en el espejo y ve el reflejo de un monstruo, tan deformado ya que está segura de que su belleza jamás reaparecerá. Aun así, puede estar agradecida: de no haber sido porque ahora nadie se acercaría a ella, seguramente ya estaría trabajando por la fuerza en algún prostíbulo de Marruecos o Argelia. Abre un cajón y coge un abrecartas de plata que le regaló su marido el día que se casaron. Maldita la hora. Lo esconde entre su ropa y sale de la habitación. Al verla, el vigilante que está sentado al final del pasillo se pone en alerta.

–¿Adónde va, señora?

–Debo coger unas medicinas del cuarto de mi marido.

El hombre duda mientras Gianna avanza a duras penas por el pasillo. A él le han dado orden de que no la dejara bajar, pero no le han dicho que no pudiera ir a la habitación de don Salvatore.

–Está bien. Pero no tarde, por favor. Debe regresar a su cuarto.

Gianna asiente y al fin llega a la habitación de su marido. Se encamina al armario, donde introduce la combinación de la caja fuerte, rezando para que a pesar de su traición Salvatore no la haya cambiado. La puerta se abre y, aparte de algunos papeles y billetes, encuentra una pequeña caja de madera cerrada con llave. Saca el abrecartas y fuerza la cerradura. Dentro están la bala y la cápsula de cianuro que le dieron a Salvatore Fusco el día que hizo su juramento como miembro de la 'Ndrangheta. No espera ni a regresar a su habitación para introducírsela en la boca y tragársela solo acompañada de su propia saliva.

El abogado Juan Carlos Solozábal y Gianna Gallo mueren con unos escasos minutos de diferencia un lunes cualquiera, sin saber que estaban a apenas trescientos metros de distancia el uno del otro.

IV

59

El estruendo sobresaltó a Andrea Montero mientras estaba comprobando los planos de la segunda fase de la urbanización, que se había complicado más de lo previsto cuando los obreros se toparon con una enorme roca con la que no contaban durante la construcción de una de las villas Premium que rodeaban los *greens* del campo de golf. Al mirar hacia atrás preguntándose por el origen del ruido, descubrió con sorpresa que la excavadora que trabajaba en lo que en un futuro sería el precioso lago del hoyo 16 había desaparecido como por arte de magia.

–Pero ¿qué coño...?

Instintivamente, Andrea alzó la vista al cielo buscando el ovni que por fuerza tenía que haberse llevado volando la pesada máquina, pero la columna de humo que salía de la tierra removida le hizo comprender que estaba mirando en la dirección equivocada y corrió hacia allí a toda velocidad. Llegó al lugar sin resuello por el esfuerzo y comprobó que el suelo había cedido y la excavadora se había precipitado a unos cinco metros de profundidad.

–¡Paco! –gritó asustada hacia el agujero.

Al no obtener respuesta, la jefa de obra decidió bajar sujetándose en los salientes de la máquina, cuyo motor expulsaba una densa humareda negra. El conductor de la excavadora, Paco Jiménez, se había golpeado la cabeza con el cristal y sangraba por una brecha en la frente. Andrea llegó hasta abajo y abrió con esfuerzo la portezuela, que había quedado deformada por el golpe.

–¿Estás bien, Paco?

–¿Qué cojones ha pasado? –preguntó el trabajador aturdido, taponándose la herida con una mano.

–Se ve que los topógrafos no habían previsto que esto estuviera hueco y el suelo ha cedido. Estás sangrando.

–No es nada.

–Deja que te ayude.

Andrea le ayudó a salir de la cabina justo cuando llegaban corriendo media docena de trabajadores procedentes de distintos tajos que enseguida se dispusieron a rescatarlos.

–¡Tranquilos, estamos bien! –gritó Andrea, frenando su iniciativa–. ¡Que no baje nadie más, por favor!

Cogió la linterna de la excavadora y alumbró las dos galerías que se internaban en la roca. En la entrada de una de ellas había algo amontonado en el suelo que no logró identificar.

–¿Qué es eso? –preguntó el conductor de la excavadora.

–No tengo ni idea.

–Salgamos de aquí –dijo Paco, prudente–. Esto da muy mal rollo.

–Ve subiendo tú y que te miren esa herida, Paco. Ahora voy.

–Una mierda. Yo no te dejo sola.

–No va a pasarme nada.

–Por si acaso... –Paco les gritó a los trabajadores, que empezaban a ponerse nerviosos en la superficie–: ¡Eh, chavales, cada uno a lo suyo, que nosotros ahora mismo subimos! Vamos, tira –le dijo a Andrea.

Esta se resignó y, tras entregarle la linterna y encender la de su móvil, comenzó el descenso. Cuando ambos llegaron al suelo y comprobaron que era firme, se dirigieron hacia las galerías que se abrían frente a ellos. Al agacharse ante aquel extraño montículo y retirar tierra y piedras con las manos, la jefa de obra encontró, entre varios trozos de huesos ya casi deshechos por el paso del tiempo, lo que parecía la mitad de un fémur humano.

–¡Me cago en la hostia! –exclamó Paco–. ¿Eso es de una persona?

–Tiene toda la pinta, pero la verdad es que yo de huesos entiendo poco.

–¿De quién coño puede ser?

Andrea no respondió. Lo primero que pensó fue que eran restos de la Guerra Civil o de algún espeleólogo que se hubiera despistado muchos años atrás en el intrincado de galerías subterráneas que se abría frente a ella, pero la ausencia de ropa y de objetos alrededor, sumado al estado de los restos, le hizo comprender que se trataba de una cosa muy distinta. Se incorporó y alumbró hacia el interior de la gruta.

–No lo sé... –respondió al fin–. Vamos a ver si hay algo más.

Aunque muy poco convencido, el conductor de la excavadora la siguió. El suelo estaba alfombrado por una capa de tierra, polvo y piedras acumuladas allí durante años que seguramente ocultaban más restos óseos. Andrea y Paco continuaron internándose en la gruta procurando no pisarlos. A unos veinte metros vieron otro montículo de huesos que les confirmó que el hallazgo era mucho más importante de lo que imaginaban.

–¿Más personas? –preguntó Paco estremecido.

–Yo creo que son más bien restos de animales –respondió Andrea agachándose a rebuscar–. Fíjate.

De entre la tierra, la jefa de obra sacó lo que parecía un colmillo de unos diez centímetros unido a media mandíbula.

–¡Su puta madre! –exclamó Paco–. Eso de un perro no es.

–No, más bien parece de un oso o incluso de un felino, ¿no?

–Un tigre dientes de sable, fijo –aseguró el hombre convencido–. Mi hijo tiene su habitación llena de dibujos de bichos de esos.

Andrea volvió a observar el colmillo, empezando a asimilar el alcance de lo que habían descubierto bajo el futuro campo de golf. No era una experta arqueóloga, pero no era extraño que en las obras se topasen con cosas y en cada cena de Navidad alguien contase una historia. Normalmente, se trataba de calzadas romanas o de alguna edificación de varios miles de años de antigüedad –que muchas veces se llevaban por delante sin ningún miramiento por temor a que les paralizasen la obra–, pero nunca de algo parecido a lo que había allí. O al menos ella no había oído comentar un caso similar en ninguna de aquellas cenas. Al seguir escarbando, distinguió restos pertenecientes a diversas especies de lo que parecían antílopes primitivos, jabalíes, cánidos e incluso dos cuernos que podrían haber sido de un rinoceronte. Al tocar uno, se le deshizo literalmente en las manos.

–¿No deberíamos salir ya? –preguntó Paco, inquieto–. A ver si va a quedar alguno de esos bichos vivos por aquí.

–A mí me da que estos bichos llevan mucho tiempo muertos.

Paco alumbró con la linterna a su alrededor, no demasiado convencido. Quizá no fuera a toparse con un tigre dientes de sable, pero bien podría haber alguna serpiente reptando por allí. De pronto, palideció.

–Jefa.

–Alúmbrame aquí, Paco.

–Jefa... –insistió el conductor de la excavadora mientras seguía alumbrando al otro extremo de la cueva, demudado.

Andrea levantó la mirada y lo que descubrió la dejó tan boquiabierta como a su compañero: la pared del fondo de la cueva estaba repleta de decenas de pinturas de algunos de los animales cuyos huesos acababan de encontrar. El artista había aprovechado la irregularidad de la pared rocosa para dotar de profundidad a su obra, de tal modo que un pequeño saliente hacía las veces de hocico de un ciervo, que parecía haber cobrado vida y estaba intentando escapar de la piedra. Justo debajo había un grupo de conejos perseguidos por un lobo de aspecto temible y, a su lado, dos caballos pastaban junto a unos árboles. También había escenas de caza de un realismo asombroso –en las que grupos de hombres perseguían a sus presas armados con lanzas–, y pequeñas manos estampadas alrededor.

Pero lo que más destacaba, en el centro de aquellos dibujos, era la representación de un toro a tamaño real. El vívido color del pelaje hizo desconfiar a Andrea por un momento. Paco, al que nunca se le había ocurrido ir a un museo a admirar algo dibujado antes de que él naciera, observaba embobado aquella obra de arte y pareció leer los pensamientos de su jefa.

–Esto lo han pintado hace poco, ¿no?

Andrea ni siquiera respondió, pero tenía la sensación de estar ante algo que llevaba oculto miles de años.

60

Noelia Sampedro continuaba esperando una explicación de Álvaro Artero frente a las taquillas de la pista de patinaje, con la cartera del cliente en una mano y en la otra el recorte de periódico donde se daba la noticia del atropello de su padre, ocurrido hacía ya casi diez años en una carretera de Soria.

–¡Respóndeme, joder! –La chica perdió los nervios ante el mutismo del hombre.

Los visitantes del Palacio de Hielo –en su mayoría padres y madres que habían ido con sus hijos a pasar la tarde– primero la censuraron a ella con la mirada por alzar la voz y luego a su acompañante, al darse cuenta de la diferencia de edad e intuir que no eran precisamente familia. Álvaro Artero titubeó, muy apurado.

–No es lo que parece, Noelia.

–Yo no sé qué coño parece, Álvaro –dijo ella conteniendo la voz–, pero necesito que me expliques qué hacía esto en tu cartera.

–Yo... –respondió, tratando de improvisar, agobiado– quería saber quién eras antes de contratarte y... encontré esa noticia.

–Y una puta mierda. Este recorte lleva años en tu cartera. Solo hay que ver su estado.

–Lo siento, pero ahora no puedo decirte más.

Álvaro Artero recuperó su cartera, se quitó a toda prisa los patines y salió de allí con los zapatos en la mano, sin pararse a responder a la batería de preguntas que le hacía Noelia. Ella lo hubiera seguido hasta la calle si no fuera porque un vigilante le impidió salir con los patines.

Todavía se quedó allí quince minutos leyendo el recorte de periódico e intentando encontrarle una explicación a todo aquello. La sacó de su ensimismamiento el sonido de su móvil. Contestó mecánicamente, aún muy aturdida y sin mirar quién la llamaba.

–¿Noelia? –preguntó Arancha al otro lado de la línea.

–Sí...

–Hoy es tu día de suerte. Acaba de llamar Guillermo Torres, tu primer cliente. Está en Madrid y quiere otra cita contigo. ¿Te mando a casa la ropa que desea que te pongas esta noche?

Noelia llevaba esperando aquella llamada desde el día siguiente de conocerlo, pero justo estaba en un momento de su vida en el que era capaz de rechazar unos Manolo Blahnik, un vestido de Yves Saint Laurent y ganar más de tres mil euros por pasar una agradable noche con el millonario.

–Lo siento, Arancha, pero hoy no puedo.

–¿Cómo dices? –preguntó esta desconcertada.

–Que hoy no puedo quedar con nadie. Me ha surgido algo importante. Discúlpame.

Noelia colgó sin hacer caso de las protestas de Arancha, cogió un Cabify hasta la plaza de Castilla y allí un autobús que la llevó a Cercedilla. Cuando llegó a casa, su madre ya estaba preparándose para acostarse y se llevó un susto de muerte al verla entrar.

–¿Qué pasa, Noelia? ¿Qué haces aquí?

–No pasa nada, mamá... –respondió ella, tratando infructuosamente de tranquilizarla–. Solo me apetecía venir a verte y... he venido.

–¿Pretendes engañarme a mí, que te he parido? –preguntó la madre con incredulidad–. Ya estás contándome qué te pasa.

Noelia prometió que se lo diría, pero antes necesitaba comer algo. Su madre le sirvió unas migas que había hecho por la mañana, un revuelto de huevos y setas de la sierra de Guadarrama, y de postre, cuajada casera. Habría disfrutado como nunca de la buena mano de su madre en la cocina de no haber sido porque no lograba quitarse de la cabeza aquel recorte de periódico.

–¿Y bien? –atacó inquisitiva la madre en cuanto Noelia terminó el postre.

–¿Qué sabes de la muerte de papá?

–¿A qué viene eso ahora, Noelia? –preguntó a su vez su madre, a la defensiva.

–Jamás detuvieron a nadie, ¿verdad?

–Sabes muy bien que no. Lo atropellaron cuando se bajó a cambiar la rueda del camión y el conductor se dio a la fuga. ¿Por qué sacas ahora ese tema?

–Porque... creo que sé quién lo hizo.

–¿Qué tontería estás diciendo?

Noelia le contó –evitando decirle el motivo por el que pasaba la tarde con un hombre que le doblaba la edad– lo que había encontrado en aquella cartera. La madre trató de asimilarlo y, como hizo su propia hija durante todo el trayecto en autobús, dar con una explicación medianamente lógica.

–Que tuviera ese recorte no significa por fuerza que lo atropellase él.

–¿Quién guarda recortes de periódico de un accidente ocurrido hace diez años si no tiene nada que ver, mamá? Ni siquiera yo lo conservo, joder.

La madre frunció el ceño, sabiendo que su hija tenía razón.

–¿Dónde conociste a ese hombre?

–En el campus –improvisó Noelia–. Se acercó un día a charlar conmigo y nos hicimos amigos. ¿Qué crees que debemos hacer?

–Denunciarlo.

Madre e hija se acercaron al puesto de la Guardia Civil, donde Noelia repitió lo que minutos antes le había contado a su madre. Aunque no tenían demasiadas esperanzas en que las tomaran en serio, un joven agente le formuló todo tipo de preguntas y se dio cuenta de que el relato de la chica tenía mucho sentido. Mientras la madre rellenaba unos documentos con otro guardia civil, el que las había atendido observaba a Noelia con curiosidad. Ella se incomodó al notarlo.

—¿Pasa algo?

—No te acuerdas de mí, ¿verdad?

—¿Debería?

Noelia se fijó en él y, por primera vez en la media hora que llevaba allí, vio a la persona que había tras el uniforme.

—¿Pablo? —Él asintió con timidez y ella sonrió, contenta de volver a ver al primer amante que tuvo después de su primo Javi—. Joder, perdóname. No te había reconocido.

—Ha pasado mucho tiempo —dijo Pablo sin darle importancia—. Aparte de lo de tu padre, ¿cómo te va?

—Muy bien, ¿y a ti? Veo que decidiste no hacerte mecánico.

—Ya ves las vueltas que da la vida. A los veinte años era yo el que causaba los problemas en el pueblo y ahora soy quien los resuelve.

Noelia se rio, lo último que esperaba hacer después de la mierda de día que llevaba desde que se le ocurrió abrir aquella taquilla y fisgar en la cartera de Álvaro Artero.

61

La agente Navarro sale al encuentro de la inspectora Ramos y de la subinspectora Ortega cuando las policías entran corriendo en el hospital. Estaban empezando a interrogar al conductor de la excavadora encargado de perfilar los lagos del campo de golf de la urbanización de chalés de Toledo cuando recibieron el aviso de lo que le había pasado al oficial Jimeno.

–¿Cómo está?

–Mal, jefa –responde Navarro conteniendo las lágrimas–. Ha entrado en parada cardiorrespiratoria y hace un momento lo han metido en quirófano. No tienen muy claro que sobreviva.

–Pero ¿cómo ha sido? –pregunta la subinspectora.

–Lo único que sabemos es que se llevaron a Ramón Fonseca con una orden de traslado falsa y Óscar los siguió hasta un polígono industrial cerca de Alcobendas. Un par de trabajadores denunciaron haber oído disparos y unos policías locales lo encontraron con un punzón clavado en el pecho.

–Joder… ¿han cogido al que lo hizo?

–Está muerto. Óscar consiguió dispararle antes de caer. Todavía no han podido identificarlo, pero por sus tatuajes creemos que pertenece a la 'Ndrangheta.

–¿Qué cojones tiene que ver la mafia calabresa en todo esto? –pregunta la inspectora, sobrepasada por los acontecimientos.

La agente Navarro se encoge de hombros, incapaz de responder. La inspectora Ramos chasquea la lengua contrariada. A ella le gusta tener las cosas bien atadas, y este caso se le empieza a ir de las manos.

—¿Y Ramón Fonseca?

—Todavía sigue vivo, pero está en las últimas. Lo tienen en la UCI.

—¿No ha dicho dónde está el cadáver del segundo de los secuestrados?

—Con todo lo que ha pasado, ni se me ha ocurrido preguntarlo...

La inspectora Ramos le pide a la agente Navarro que permanezca allí hasta que salga el médico con noticias sobre el estado del oficial Jimeno y se dirige con la subinspectora Ortega a la planta de cuidados intensivos. La enfermera intenta evitar que molesten al señor Fonseca, pero a esas alturas la policía no piensa detenerse solo porque esté incumpliendo el horario de visitas.

Ramón Fonseca está intubado y vendado de arriba abajo, en un estado lamentable tras la paliza que le propinó el difunto Adriano. El médico que ha acudido a la llamada de la enfermera le observa con lástima junto a las dos policías.

—¿Saldrá de esta? —pregunta la inspectora.

—No lo creo. Aparte de lo que ve a simple vista, tiene media docena de costillas fracturadas, varias de las cuales le han perforado un pulmón. También le han roto un pómulo, una clavícula y el cúbito y el radio del brazo izquierdo, le han seccionado los tendones de ambas rodillas... Vamos, que a su edad sería un milagro que pasase de esta noche.

—Necesito hablar con él.

—No creo que lo consiga. Hemos tenido que sedarlo con benzodiacepinas y opiáceos.

—Está en juego la vida de al menos una persona inocente, doctor. ¿Hay alguna manera de hacer que se espabile unos minutos?

El médico calla y la inspectora deduce que sí la hay.

–¿Doctor? –insiste Indira.

–El flumacenilo lo despertaría –dice el médico rindiéndose–. El problema es que dejaría de estar sedado y sufriría unos dolores terribles.

–¿Adelantaría su desenlace? –pregunta la inspectora.

–No tiene por qué.

–Entonces que se joda.

La subinspectora Ortega mira a su jefa estupefacta. Jamás creyó que la oiría aprobar que se hiciera algo así, pero se muestra totalmente de acuerdo en intentar lo que sea para salvar a Juan Carlos Solozábal o a Noelia Sampedro, quienquiera que sea de los dos el que aún siga vivo.

–Este hombre ya ha matado a dos personas y amenaza con matar a otra más –interviene la subinspectora–. Y eso sin contar con que, por su culpa, un compañero nuestro se debate entre la vida y la muerte en este mismo hospital.

–No podemos dejar que se salga con la suya, doctor. Yo me responsabilizo.

El médico intenta resistirse cuanto puede, pero es tal la insistencia de las policías que al final cede.

–Intentémoslo...

Nada más inyectarle el medicamento, las constantes vitales de Ramón Fonseca se disparan. Las policías se asustan cuando el monitor emite un pitido de alarma.

–¿Qué pasa? –pregunta Indira.

–Que su cuerpo ya ha despertado, aunque su mente aún no se ha dado cuenta de ello –responde el médico con tranquilidad.

Tras unos minutos en los que Ramón Fonseca se agita luchando por volver en sí, coge una bocanada de aire y abre el único ojo que Adriano le dejó sano.

–Tranquilo, señor Fonseca –le dice el médico tocándole el brazo–. Ya está a salvo. Intente respirar con calma.

Ramón Fonseca mira a su alrededor, tratando de ubicarse. En cuanto su cabeza se despeja, vuelve a sentir cada una de sus heridas.

–Es todo suyo, inspectora. –El médico deja paso a Indira–. Yo en su lugar me daría prisa. No creo que aguante demasiado tiempo lúcido.

–¿Se acuerda de mí, señor Fonseca? –pregunta la inspectora colocándose frente a él.

–Inspectora Ramos –contesta el anciano con una mueca de dolor, como si con cada letra que pronuncia le arrancasen una muela sin anestesia.

–¿Tiene idea de por qué la mafia calabresa le ha hecho esto?

La cara de sorpresa del anciano mientras niega con la cabeza hace comprender a la inspectora Ramos que está tan desconcertado como ella. Pero teniendo en cuenta que eso ya no tiene solución y que su torturador está muerto, decide abordar el tema que realmente le interesa.

–Supongo que le alegrará saber que creo haber averiguado quién mató a su nuera, aunque por desgracia aún no tengo las pruebas que lo demuestren.

–Dese... prisa.

–Voy lo más rápido que puedo, pero usted debe colaborar y decirme ahora dónde están Juan Carlos Solozábal y Noelia Sampedro.

–Suelten a Gonzalo.

–Las reglas han cambiado, señor Fonseca. Debe decirnos dónde están los secuestrados si quiere que demostremos la inocencia de su hijo.

–Suelten... a mi hijo.

Por más que la inspectora Ramos insiste y le presiona con todo tipo de promesas y amenazas, Ramón Fonseca solo accede a decirles dónde se encuentra la segunda de sus víctimas. En cuanto lo hace y ante las convulsiones causadas por el dolor, el médico vuelve a administrarle un sedante y el anciano cae profundamente dormido. Para la inspectora Ramos no es agradable tener que rescatar otro de los cadáveres, pero aún lo será menos sacarlo de donde ha dicho que está.

62

Gonzalo Fonseca deja caer la caja de sanjacobos congelados que había ido a buscar cuando, al salir de la cámara frigorífica, se encontró con que el rumano Gheorghe y dos de sus sicarios tenían inmovilizado con un cuchillo en la garganta a Fabián, cuyo cadáver ya está desangrándose lentamente sobre el suelo de la cocina de la prisión. Los asesinos del colombiano se acercan a Gonzalo con una macabra sonrisa y la excitación de quien va a volver a matar y disfruta con ello.

–Vamos, acaba con él –le dice el que ha asesinado al colombiano al que ahora empuña el cuchillo.

–Esto no tiene por qué terminar así, chicos –dice Fonseca a la desesperada, mientras retrocede buscando algo con lo que defenderse–. Podemos llegar a un acuerdo.

–¿Un acuerdo? –pregunta el del cuchillo, saboreando su posición de superioridad–. ¿Qué clase de acuerdo?

–Tengo dinero. Vosotros decid una cifra y os la pagaré. Os lo juro.

–Si tuvieras pasta, habrías saldado tu deuda con Gheorghe.

–Es verdad que ahora no tengo un euro, pero ya habéis visto que hablan de mí en la tele a todas horas. Cuando me suelten iré a un montón de programas y ganaré un huevo de pasta. Es toda vuestra.

Los dos sicarios intercambian una mirada, sopesando la oferta, pero dudan apenas una milésima de segundo.

—¿De qué nos serviría ser ricos si traicionamos a Gheorghe?

—Mátalo de una puta vez o devuélveme el pincho para que lo haga yo —insiste el que no tiene el cuchillo, impacientándose.

Los dos yonquis, ávidos por derramar más sangre, forcejean por el arma. Gonzalo consigue hacerse con una sartén de acero inoxidable y los sicarios se sorprenden.

—¿Qué haces con eso? ¿Nos vas a freír unos huevos?

Ambos estallan en carcajadas y Gonzalo aprovecha su oportunidad. Al del cuchillo le da un sartenazo en la cara con todas sus fuerzas y nota cómo le rompe un pómulo en mil pedazos. El sicario da una vuelta entera sobre sí mismo, como si estuviera protagonizando una comedia infantil, y cae fulminado encima del colombiano muerto. El otro reacciona con rapidez y le propina una patada en las costillas que deja a Gonzalo sin respiración. Fonseca suelta la sartén e hinca una rodilla en el suelo, intentando recuperar el resuello.

—Te voy a matar, hijo de puta —dice el rumano que todavía queda en pie.

Cuando Gonzalo ve que va a coger el cuchillo, que está tirado junto al cuerpo inerte de su compañero, se incorpora a duras penas y se lanza contra él. La pelea es desigual y, tras un breve intercambio de golpes, el sicario se sienta a horcajadas sobre Fonseca. Después de darle una tanda de puñetazos que terminan de someterlo, le pone el cuchillo en el cuello.

—¿Preparado para morir, cabronazo?

—No, por favor. No tienes por qué hacerlo.

—Quiero hacerlo, estúpido.

El sicario se dispone a degollarlo cuando alguien se le acerca por la espalda y le abre la cabeza con la misma sartén que ha tumbado a su compañero. El golpe es tan fuerte que le sale un chorro de sangre por la nariz que empapa la cara de Gonzalo antes de caer hacia un lado, entre convulsiones que presagian una muerte segura. Al limpiarse la sangre de los ojos y mirar hacia arriba, ve al gitano Adonay con la sartén en la mano.

–Ay... mira la que me has liado en un momentito, mierdaseca –le reprocha el gitano–. Yo que venía a pedirte un poco de pan para el bocadillo y me haces matar a un rumano.

–Gracias... –atina a decir Gonzalo.

–¿Qué gracias ni qué pollas? ¡Que me has buscado la ruina!

–¡Al suelo!

Varios funcionarios entran en tromba en la cocina, desarman al gitano y lo reducen con violencia junto a Gonzalo. Los dos amigos quedan boca abajo, uno junto a otro, mientras los esposan.

–Espero que a partir de ahora no me racanees más tabaco, puto payo.

Gonzalo niega con la cabeza, sonriente y agradecido.

Durante el resto del día, tanto Gonzalo como Adonay son interrogados sobre los dos presos que han muerto en la cocina: el colombiano Fabián y el sicario al que el gitano descalabró cuando iba a degollar a su amigo. Gonzalo evita mencionar los problemas que tiene con Gheorghe, pero salvo ese detalle les cuenta toda la verdad de lo ocurrido. Aunque su intención es exculpar a Adonay, lo cierto es que el gitano ha matado a un hombre y se enfrentará a un nuevo juicio con el que, casi seguro, aumentará su condena, por mucho que ambos juren que lo ha hecho en defensa propia. El mismo dinero que unos minutos antes les ofreció a los sicarios para intentar salvar la vida, se lo ofrece ahora Gonzalo a su amigo para que contrate al mejor abogado posible.

–¿De dónde vas a sacar tú la guita, infeliz?

–La encontraré, te lo prometo. Tú confía en mí.

Cuando lo devuelven a su celda, después de muchas horas respondiendo preguntas y haciendo papeleo, uno de los funcionarios informa a Gonzalo de la gravísima agresión que ha sufrido su padre en la comisaría donde estaba retenido por el secuestro de tres personas y el asesinato de, por el momento, dos de ellas.

–¿Sigue vivo?

–Eso no puedo decírtelo, pero por lo que he oído en las noticias le han zurrado a base de bien.

–¿Ha sido la policía?

–Lo único que han dicho es que la mafia italiana tiene algo que ver.

Gonzalo Fonseca se sorprende tanto como la inspectora Ramos al no tener ni idea de por qué la mafia le ha hecho algo así a su padre. En cualquier caso, no ha sido un buen día para los Fonseca.

63

Volver a meterse en el alcantarillado después de lo que pasó cinco años atrás probablemente sea lo más duro a lo que ha tenido que enfrentarse Indira Ramos en toda su vida, pero justo ahí es donde Ramón Fonseca les ha dicho que encontrarán el cadáver del segundo de los secuestrados. Mientras la subinspectora Ortega termina de hablar por teléfono, la inspectora va poniéndose una a una todas sus protecciones en un intento por mantenerse lo más aislada posible de lo que se encontrará cuando recorra el subsuelo de Madrid buscando a un hombre de cuarenta años o a una chica de veintidós... aunque si ella participase en la porra que sabe que siguen haciendo en comisaría, apostaría cuanto tiene a que darán con el abogado.

–Jimeno acaba de salir del quirófano –dice Ortega cortando la comunicación–, pero hay que esperar para ver cómo evoluciona en las próximas horas.

–Ojalá nos den buenas noticias... ¿Navarro sigue con él?

–No quiere ni oír hablar de irse a descansar –responde la subinspectora asintiendo.

La inspectora sonríe levemente, orgullosa del equipo del que ha tenido la suerte de rodearse. Hasta empieza a echar de menos al subinspector Moreno, que ha llamado a primera hora para decir que regresa hoy mismo de Málaga con una sorpresa. El jefe de los geos se acerca a ellas.

–Nosotros ya estamos preparados.

–¿Han comprobado que sea seguro?

–Entrar en este tipo de sitios sin saber con qué vamos a toparnos casi nunca lo es, inspectora. ¿Dónde ha dicho ese chalado que está el cuerpo?

–Asegura que ha dejado señales que nos conducirán hasta él.

–¿Qué clase de señales?

–Ha perdido el conocimiento antes de aclarárnoslo.

–Pues sí que estamos buenos...

Al mando de los geos no le hace ninguna gracia enviar a sus hombres a lo que podría ser una trampa mortal, pero no le queda otra que resignarse y cumplir órdenes. Media docena de policías bajan por la alcantarilla señalada por Ramón Fonseca, a escasos doscientos metros de una lujosa urbanización.

–Por lo menos encontraremos mierda de calidad –dice la subinspectora Ortega mirando resignada la garita de seguridad de la urbanización.

–La mierda de los ricos huele igual o peor que la de los pobres.

–Anda que animas tú, jefa.

Cuando el mando de los geos les dice que todo está despejado, inspectora y subinspectora inician el descenso por la escalerilla de metal. Al tocar el suelo y sentir la humedad bajo los pies, a Indira Ramos le invaden los recuerdos del momento en que cayó a aquella fosa séptica y su vida se complicó más aún de lo que ya lo estaba. A sus manías y miedos se añade una repentina e inesperada claustrofobia que hace que le falte el aire.

–¿Te encuentras bien, jefa? –pregunta su ayudante, preocupada.

La inspectora está tan concentrada en conseguir respirar que no responde.

–¿Por qué no nos esperas arriba y nosotros buscamos el cuerpo?

–No... Estoy bien –dice al fin Indira llenando poco a poco los pulmones del viciado aire de allí abajo–. No perdamos más tiempo.

–¿Hacia dónde? –pregunta el jefe de los geos.

–Buscamos una señal, algo que nos indique el camino que hay que seguir. Podría ser cualquier cosa, así que debemos mantener los ojos bien abiertos.

Las dos policías y el grupo de geos avanzan en todas las direcciones examinando cada centímetro de túnel, pero no encuentran nada. Después de quince minutos de búsqueda infructuosa, los hombres se rinden.

–Aquí no hay nada, inspectora –dice el mando policial.

–Ordene a sus hombres que apaguen las luces.

–No es demasiado inteligente quedarse aquí abajo a oscuras, ¿no le parece?

–Necesito comprobar una cosa. Hágalo, por favor.

La inspectora apaga su linterna y la subinspectora la imita, confiando ciegamente en el instinto de Indira. El jefe del Grupo Especial de Operaciones suspira, rindiéndose.

–¡Apagad las luces!

Los geos obedecen y el túnel se queda completamente a oscuras. De pronto, a una veintena de metros de ellos, aparece como por arte de magia una cruz fluorescente dibujada en la pared.

–¡Es por allí!

Los policías vuelven a encender las linternas y se internan por el lugar marcado. A lo largo de varios cientos de metros, aparte de encontrar basura, ratas y algún que otro animal muerto, tienen que repetir la operación tres veces. En la última de ellas, acaban por meterse en un túnel que no parece tener salida.

–Ese viejo ha estado tomándonos el pelo –protesta el mando de los geos.

–Tiene que estar –asegura la inspectora escudriñando cada rincón.

–¡Aquí!

El aviso de uno de los policías les hace volver sobre sus pasos. Al llegar al túnel desde el que les han llamado, ven un temporizador unido a una botella de monóxido de carbono similar a la que encontraron junto a la celda de la jueza Almudena García. Un tubo la conecta a una plancha de madera.

–¡Hay que retirar el tablero!

Cuando un par de policías quitan la madera, queda al descubierto una vieja puerta metálica cerrada con un volante.

–¿Dónde coño va a dar esta puerta?

–Parece la entrada a una especie de búnker –responde la inspectora Ramos examinándola.

–¿Y desde cuándo hay búnkeres aquí?

–Desde la Guerra Civil –responde la subinspectora Ortega–. Hace poco vi un documental en la tele en el que decían que el subsuelo de Madrid está repleto de ellos. Los construyeron los republicanos para protegerse de los bombardeos.

–Abrámosla –dice Indira conteniendo su nerviosismo.

El mando de los geos da la orden y los mismos dos hombres que han retirado la plancha de madera proceden a la apertura de la puerta. Los demás se mantienen en segundo plano, apuntando con sus armas en previsión de que de allí salga algo inesperado. Nada más girar la rueda, se oye cómo los bulones se van retirando de sus anclajes. Tras unos interminables segundos de tensión, la puerta se abre con un ruido metálico.

En el interior, el cuerpo del abogado Juan Carlos Solozábal yace sin vida sobre el catre. Por su expresión serena, parece que a él ni siquiera le dio tiempo a sospechar que algo malo estaba pasando.

64

Después del inesperado descubrimiento que hicieron debajo del futuro lago del hoyo 16 del campo de golf, la jefa de obra ordenó al conductor de la excavadora que se quedase allí para impedir que alguien bajase a la cueva y fue a informar de lo sucedido a la dirección de la constructora. Dos horas más tarde, Sebastián Oller en persona, su abogado y uno de sus consejeros se habían acercado a verlo con sus propios ojos. Los tres hombres –cuyos trajes, corbatas y zapatos no eran el atuendo más adecuado para una sesión de espeleología– observaban impresionados las pinturas rupestres junto a Andrea Montero y Paco Jiménez.

–¿De cuándo es esto? –preguntó Oller sin poder ocultar su sorpresa.

–No tenemos ni idea, señor –respondió la jefa de obra–, pero por las escenas de caza, el tipo de animales representados y los restos óseos que hemos encontrado... de hace unos cuantos miles de años.

–Allí hay un colmillo de un tigre dientes de sable –intervino Paco.

–¿Cómo dice? –El empresario miró con curiosidad al trabajador, que aún llevaba una gasa ensangrentada sobre la herida de la frente.

–No estamos muy seguros –aclaró Andrea–, pero hemos encontrado un trozo de mandíbula junto con un enorme colmillo y Paco está convencido de que pertenece a uno de esos animales.

–Yo he mirado en Google y pone que esos bichos se extinguieron hace como diez mil años, así que figúrese lo antiguo que es todo esto –añadió el conductor de la excavadora.

Sebastián Oller estaba convencido de que gracias a ese descubrimiento volvería a salir en el telediario, pero a diferencia de otras ocasiones sería por una buena noticia. Aun así, ni siquiera sonrió. El consejero que le acompañaba, un hombre en la cincuentena con facciones afiladas y pinta de no tener escrúpulos ni en los negocios ni en la vida, se acercó al enorme toro representado en la pared de la cueva y rozó la piedra con la yema de los dedos. Al mirárselos, vio que estaban manchados de rojo.

–Para mí que esto es una estafa. ¿Cómo puede mantenerse fresca la sangre después de miles de años?

–No es sangre –respondió Andrea–, sino hematita. Es la forma mineral del óxido férrico. Supongo que la condensación que provocamos en un espacio tan pequeño está haciendo sudar la piedra.

–Los griegos, creo que fue Plinio el Viejo, lo llamaban «piedra de sangre» –confirmó Paco, muy ufano. Al notar las miradas de sorpresa sobre él, aclaró–: También lo he mirado en Google.

–¿Quién más conoce la existencia de este lugar? –preguntó Sebastián Oller.

–Una docena de hombres estaban cerca cuando la excavadora cayó y saben que hemos encontrado algo, pero solo lo hemos visto Paco, yo, y ahora ustedes tres –respondió Andrea Montero.

–Bien. Pues nadie más debe saberlo, ¿estamos?

–Hay que comunicárselo al Ministerio de Fomento, señor.

El abogado se tensó y se llevó a su jefe a un aparte. El consejero de facciones afiladas los acompañó y los tres estuvieron hablando en voz baja durante cinco minutos. Al final, parecieron llegar a un acuerdo y el constructor retomó la conversación donde la habían dejado.

–De momento, no se le va a comunicar a nadie. Clausuraremos la obra unos días, hasta que decidamos qué hacer.

–Este puede ser uno de los descubrimientos arqueológicos más importantes de la historia, señor, probablemente esté a la altura de las cuevas de Altamira –protestó la jefa de obra–. No podemos dejar al margen al Ministerio. Tienen que enviar a un equipo de arqueólogos para que...

–¿Usted sabe lo que supondría eso? –la interrumpió Sebastián Oller con dureza–. Para empezar, paralizarían la obra por un tiempo indefinido, lo que, aparte de hacerme perder muchos millones de euros, llevaría a doscientos trabajadores al paro. ¿Quiere ser la responsable de eso, Andrea?

–No, pero...

–Entonces, obedezca –volvió a interrumpirla Oller, cortando de raíz cualquier conato de rebelión–. Clausuraremos la obra unos días y estudiaremos la mejor manera de gestionar este asunto. ¿Puedo confiar en su discreción?

La jefa de obra y el conductor de la excavadora intercambiaron una mirada, sin saber bien qué responder. El consejero de facciones afiladas tenía asumido que hablar de sobornos, de chantajes y de todo tipo de cosas imputables ante un tribunal era cosa suya, y carraspeó.

–Esto lo digo a nivel estrictamente personal, que conste, pero estoy seguro de que la empresa sabrá premiar como corresponde su fidelidad.

Paco relajó ligeramente el gesto. Se consideraba un hombre honesto y estaría más tranquilo haciendo lo correcto, pero sabía que ir en contra de sus jefes nunca era una buena idea y unos cuantos miles de euros le vendrían que ni pintados para reformar el baño de su casa, que buena falta le hacía, como su mujer no dejaba de recordarle a diario.

–Los compañeros preguntarán qué está pasando aquí abajo –dijo a modo de mínima resistencia.

–Seguro que sabrá usted improvisar –respondió el consejero.

–Es que son muy preguntones.

–Pues aguce el ingenio.

Paco sabía que los billetes le harían improvisar algo medianamente creíble, pero también que a Andrea no sería tan sencillo comprarla y temía que le estropease el negocio, así que se volvió hacia ella con resignación.

–Dejemos que se ocupen ellos de esto, jefa...

–Dejar que se ocupen ellos significa mirar hacia otro lado mientras se lo llevan todo por delante, Paco –respondió la jefa de obra con rabia.

–Nadie ha dicho que vayamos a llevarnos nada por delante, Andrea –protestó Sebastián Oller–. Solo pedimos unos días para ver de qué manera podemos afrontar el problema, ¿de acuerdo?

Aunque no estaba de acuerdo en absoluto, a Andrea no le quedó otra que tragar.

–Bien. –El constructor dio por hecho que había ganado–. Ahora lo importante es sacar la excavadora y clausurar el lugar.

–De la excavadora me ocupo yo, jefe –dijo Paco.

–Estupendo. Una vez que eso esté arreglado, hay que poner guardias en el exterior para que nadie baje mientras la obra permanece cerrada.

Y, sin decir una palabra más, Sebastián Oller inició la salida seguido por su abogado y por el consejero de facciones afiladas. Andrea Montero contempló de nuevo las escenas de caza y el enorme toro dibujado en la pared tantos miles de años atrás. Sabía que dejar que lo destruyeran no solo era un delito, sino también un pecado.

65

Mientras la Guardia Civil se encargaba de localizar e interrogar a Álvaro Artero por el atropello que había sufrido diez años antes el padre de Noelia Sampedro, ella intentó recuperar su rutina. Faltaban pocas semanas para que acabara el curso y necesitaba centrarse en los estudios, que tenía bastante abandonados desde que había empezado a trabajar en la agencia. Su amiga Marta se sentó junto a ella en la biblioteca y la miró con reproche.

–No veas el chorreo que me ha caído por tu culpa, Noe.

–¿Arancha está muy enfadada? –preguntó ella con cara de inocente.

–Imagínate. Guillermo Torres es uno de los mejores clientes de la agencia y a ti no se te ocurre otra cosa que rechazar una cita con él.

–Tenía cosas que hacer.

–¿Qué cosa hay más importante que te regalen un vestidazo, unos zapatazos, que te paguen tres mil pavos por invitarte a cenar en un sitio que te cagas y después te coman el coño durante hora y media? –preguntó Marta alucinada.

Noelia dudó sobre si contarle lo que le había pasado con su último cliente, pero aunque Marta era su mejor amiga, no terminaba de fiarse de su discreción. Además, era algo tan íntimo que necesitaba guardarlo para sí.

–Un problema... familiar –improvisó–. Mi madre se encontró mal y tuve que acompañarla al hospital.

–¿Está bien?

–Sí... solo fue una indigestión.

–La indigestión más cara de la historia...

Noelia sonrió y, como si ambas fuesen dos chicas normales, pasaron el resto de la mañana estudiando e intercambiando apuntes y cotilleos sobre compañeros de clase. A la hora del almuerzo, Marta se cansó y se fue de compras. Noelia comió un sándwich de la cafetería y siguió estudiando hasta que empezó a anochecer. Al salir de la biblioteca, se encontró a Pablo esperándola. Iba vestido de paisano.

–Pablo, ¿qué haces aquí? –preguntó Noelia sorprendida.

–He ido a buscarte a tu clase y un chico me ha dicho que llevabas todo el día estudiando en la biblioteca.

–¿Habéis hablado ya con ese tío?

Pablo le propuso ir a cenar y, mientras se comían una hamburguesa, le contó lo ocurrido desde que ella y su madre habían interpuesto la denuncia contra Álvaro Artero.

–En algún sitio tiene que estar, joder. –Noelia se desesperó al saber que todavía no le habían localizado.

–Hemos cursado una orden de detención contra él, pero de momento no ha dado resultado.

–Si se ha escondido es porque es culpable, ¿no?

–No saquemos conclusiones precipitadas, Noelia –la frenó Pablo, prudente–. Pueden haber pasado mil cosas.

–¿Como qué?

–Como que esté de viaje o vete tú a saber. El tío vive solo y nadie ha sabido contarnos dónde se mete. Hemos ido a casa de sus padres en un pueblo de Soria, pero murieron hace quince años y él no ha vuelto a asomar por allí desde entonces.

–¿Y en su trabajo?

–Es rentista.

–¿Eso qué coño significa?

–Que no trabaja en ningún sitio. Tiene varias propiedades e inversiones y se dedica a administrar su dinero. Pero en el momento en que haga algún movimiento en sus cuentas, saltará la alarma. Tarde o temprano aparecerá.

Noelia se resignó, consciente de que no podía hacer más que esperar que la investigación diera resultado. De pronto, cayó en algo y miró a su amigo.

–¿Has venido desde Cercedilla solo para contarme esto?

–Sí, claro... ¿Por qué lo preguntas?

–Porque podrías habérmelo dicho perfectamente por teléfono.

–Me gustaría tenerte vigilada.

–¿Vigilada por qué? –preguntó Noelia alarmada–. ¿Crees que ese tío puede ir a por mí?

–No, claro que no –se apresuró a contestar Pablo, intentando alejar el miedo que él mismo le había metido en el cuerpo–. Estoy seguro de que no volverás a verlo, pero durante unos días ándate con cuidado, ¿vale?

Ella asintió. Pablo respiró hondo y se lanzó:

–Y también he venido porque... me apetecía volver a verte.

Noelia sonrió y, a pesar de que los exámenes finales estaban a la vuelta de la esquina y ella había decidido no salir hasta que acabaran, le propuso ir a un concierto de unos compañeros de clase en el Café La Palma. Estuvieron por ahí hasta que Pablo se empeñó en ir a comer unos churros con chocolate a la chocolatería San Ginés, el local más emblemático de Madrid para esos menesteres.

Cuando a las siete y media de la mañana Pablo la acompañó hasta su portal, los dos tenían claro lo que iba a pasar. Pero justo al meter la llave en la cerradura, Noelia se dio cuenta de que había sido la mejor noche que había pasado con nadie sin necesidad de follar y no quiso estropear el momento.

—Perdóname, Pablo, pero estoy un poco cansada.

Lo normal era que él hubiera insistido hasta el aburrimiento en rematar la faena, pero su reacción desarmó todavía más a Noelia.

—Claro... además, mañana tendrás mucho que estudiar.

—No me lo recuerdes... —suspiró ella—. Me lo he pasado genial.

—Yo también... aunque las últimas tres porras me han caído regular.

—Solo a un parrao se le ocurre meterse tanto aceite en el cuerpo después de pasarse la noche de juerga —dijo ella divertida.

—Tenía que echarme algo al estómago antes de coger el coche.

—¿Vas bien?

—Sí, tranquila. Solo me he tomado un par de copas.

Se produjo un silencio.

—Bueno, pues yo me marcho —dijo el chico suspirando—. Me queda un trecho hasta casa.

—Ten cuidado con el coche, porfa.

—Descuida. Te llamo en cuanto sepamos algo de ese tío, ¿vale?

—Vale...

Pablo la besó en la mejilla y fue hacia su coche. Cuando solo llevaba unos metros recorridos, Noelia le llamó y él se giró.

—Recuerda que me has prometido que el domingo que viene iríamos a apostar en las carreras de caballos.

—Estoy deseando que llegue. Todavía estamos a martes y esta puta semana ya se me está haciendo eterna.

Noelia se echó a reír y se metió en el portal. Mientras se desmaquillaba frente al espejo se sentía como en una nube. Aunque Pablo le encantaba desde que tenía quince años, se sentía orgullosa de no haber tenido sexo con él. Era un momento que quería disfrutar como se merecía. Entonces comprendió a las que decían que jamás se acostaban con un chico en la primera cita. Ella siempre había pensado que, si te apetece, debes hacerlo, pero deseaba que aquello durase más que un simple polvo después de una noche de copas. Antes de dormirse, se limitó a masturbarse pensando en que, después de hacer el amor, pasarían la noche abrazados.

66

Paco Jiménez, el conductor de la excavadora que cayó dentro de la cueva donde encontraron las pinturas rupestres, aguarda sentado en el sofá del salón de su casa con gesto de preocupación. Por primera vez desde que tiene uso de razón, hay una tele cerca de él y permanece apagada. Necesita pensar en lo que va a decirles a las dos policías que fueron a hablar con él a la obra. Se ha librado porque recibieron un aviso de un compañero que había resultado herido y se marcharon corriendo apenas habían empezado a interrogarle, pero sabe que volverán. Su mujer entra en el salón y le mira sorprendida.

—¿Se ha roto la tele?

—No, la tele está bien.

—Entonces ¿por qué no la estás viendo? —pregunta totalmente desconcertada.

Paco no tiene tiempo de responder porque en ese instante llaman a la puerta.

—Ya están aquí —dice con gravedad levantándose del sofá.

—¿Quiénes? —pregunta ella acongojada—. No hables así que me recuerdas a la niña de *Poltergeist*, Paco.

Él va a abrir la puerta y, como sospechaba, se encuentra ante la inspectora Ramos y la subinspectora Ortega.

–Pasen, por favor. Las estaba esperando.

–¿Quiénes son estas mujeres? –pregunta la esposa, escamada.

–Somos policías, señora –responde la inspectora Ramos y ambas enseñan sus placas–. ¿Podría dejarnos un momento a solas con su marido, por favor?

–¿Qué has hecho, Paco? –La mujer lo fulmina con la mirada.

–Nada, Catalina. Vete un rato a ver a tu hermana y luego te lo explico.

Ella obedece a regañadientes después de arrancar a las policías la promesa de que no se llevarán detenido a su marido. Una vez los tres solos, Paco les ofrece asiento y algo de beber. Solo aceptan lo primero.

–Nos quedamos en que habían encontrado ustedes un...

–Un toro –se adelanta el conductor de la excavadora, como si el secreto le quemara por dentro–, entre otras muchas cosas.

–Cuéntenoslo todo desde el principio, por favor.

Paco les habla del accidente con la excavadora, de los restos fósiles, de las escenas de caza en la pared de la cueva y del dibujo del toro prehistórico a tamaño real. Las dos policías le escuchan estupefactas.

–¿Y no informaron del hallazgo?

–Andrea y yo informamos a quien teníamos que informar, inspectora. Después los jefes se ocuparon.

–¿Sebastián Oller?

–El mismo. Se presentó allí con dos hombres más y cerraron la obra unos días. Al cabo de una semana, me ordenaron que me lo llevara todo por delante y yo obedecí –confiesa arrepentido.

–Supongo que no lo haría gratis.

–No, señora. Me dieron una prima que me vino que ni pintada. Pero si hay que devolverla, pido un préstamo y la devuelvo. Sé que es dinero sucio y eso me quita el sueño, con lo que yo he sido, que siempre he dormido las ocho horas del tirón... Pero cuando uno tiene hijos, el dinero se le escapa entre los dedos.

–¿Andrea Montero también aceptó dinero?

–No tengo ni idea de lo que haría después, pero no parecía muy por la labor. Ella insistió mucho en avisar al Ministerio y el jefe le dijo que nanay, que así perdería muchos millones.

Las policías ya tienen un motivo por el que alguien podía desear la muerte de Andrea Montero, pero saben que es una información delicada que deberán manejar con mucho cuidado si quieren demostrar la culpabilidad del constructor.

–¿Tiene usted alguna prueba de lo que nos ha contado?

Paco asiente serio y, sin decir una palabra, se adentra en el domicilio. Al cabo de unos segundos, regresa con lo que parece media mandíbula y un enorme colmillo.

–Lo encontré allí abajo y se lo traje a mi hijo, que le encantan estos bichos. Pertenece a un tigre dientes de sable de hace más de diez mil años.

A la inspectora ni se le ocurre alargar la mano para tocar algo que bien podría tener hasta virus prehistóricos, así que la subinspectora Ortega se hace con él y lo mete con cuidado en una bolsa de pruebas que saca de su bolso. Una vez protegido por el plástico, Indira lo coge y lo observa con curiosidad.

Mientras la subinspectora Ortega lleva el trozo de mandíbula al Museo de Ciencias Naturales para que algún experto les diga si de verdad se trata de un fósil de un tigre dientes de sable o de un simple tigre del zoo, la inspectora Ramos acude al hospital, donde el oficial Óscar Jimeno sigue convaleciente tras la operación a vida o muerte a la que lo sometieron unas horas antes. Al entrar en la habitación, ve a la agente Navarro sentada junto a la cama de Jimeno. Él parece dormido y hasta tiene buen aspecto, nada que ver con el estado en el que se encuentra Ramón Fonseca varias plantas más abajo.

–¿Alguna novedad? –pregunta la inspectora conteniendo la voz.

–Acaba de pasar el médico y todo sigue igual –contesta Navarro negando compungida–. Debemos seguir esperando hasta que despierte.

–Estoy segura de que saldrá de esta, Lucía. –Indira le pone una mano en el hombro, en señal de apoyo.

La joven agente asiente, queriendo creerla. En su cara se nota el cansancio de llevar tantas horas al pie del cañón.

–Ahora recoges tus cosas y te marchas a casa a descansar un rato, ¿vale? –La inspectora se adelanta a sus protestas–. Es una orden.

–Está bien... –cede Navarro–. Por cierto, se me olvidó comentarte que los de la Brigada Especial del Juego me dieron el contacto de un tipo que organiza partidas de póquer para millonarios. He quedado mañana en llamarle, pero si pudiera encargarse otro te lo agradecería. Yo no me siento con muchas ganas.

–Dame el teléfono y yo me ocupo, no te preocupes.

La agente Navarro saca una libreta y un bolígrafo de su bolso.

–Una cosa... –dice la inspectora, pensativa, mientras Navarro escribe el número del contacto y se lo tiende–. Entre las pertenencias de Andrea Montero no estaba su móvil, ¿verdad?

–En el sumario no consta que lo tuviera.

–¿No es un poco raro?

La agente Navarro se encoge de hombros.

–En fin... a estas alturas no creo que lo encontremos –dice la inspectora–. Márchate ya, venga.

–En cuanto vuelva la novia de Jimeno de tomar algo, lo prometo. A todo esto, en la cafetería está esperándote Moreno.

–¿Ya ha vuelto de Málaga?

–Sí... y no ha vuelto solo.

El subinspector Moreno está sentado a una de las mesas de la cafetería. Frente a él, de espaldas a la puerta, hay una chica joven. Al verlo, la inspectora Ramos siente un cosquilleo en el estómago que trata de contener apretando los abdominales, como si fuese tan sencillo mantener a raya los sentimientos.

–Así que ya has vuelto de vacaciones...

–Jefa –responde Moreno sonriente–, deja que te presente a Verónica Díaz.

La inspectora le tiende la mano y Verónica se la estrecha casi sin mirarle a la cara, con la cabeza a muchos cientos de kilómetros de allí.

–¿No te suena de nada? –le pregunta Moreno a Indira.

El caso es que sí.

–¿Debería sonarme? –pregunta ella a su vez, con cautela.

–Una vecina de los Fonseca me contó que Ramón había tenido una aventura extramatrimonial hacía unos veinticinco años. Fui a hablar con la mujer y por desgracia había muerto, pero descubrí que tenía una hija de exactamente veinticinco años.

–¿Ramón Fonseca es tu padre? –pregunta la inspectora sorprendida, volviéndose hacia Verónica.

–Eso dice su compañero –responde la chica abrumada–, pero yo no lo tengo muy claro. Según me contó mi madre, mi padre murió antes de que yo naciera.

–Pues me temo que te mintió, Verónica. –Moreno le aprieta el brazo con confianza–. Te pareces mucho a Ramón Fonseca, pero más aún a Gonzalo Fonseca. Sois como dos gotas de agua.

Verónica busca con la mirada la confirmación de la inspectora, a quien no le queda otra que asentir con la cabeza.

–Aunque así fuera –dice la supuesta hija de Ramón Fonseca–, no creo que vaya a decirme a mí dónde tiene secuestrada a esa tal Noelia.

–Tal vez no, pero tenemos que intentarlo...

67

Desde que sufrió la agresión en la cocina, Gonzalo Fonseca procura exponerse lo menos posible y pasa las horas muertas encerrado en su celda, vigilante. Sabe que Gheorghe volverá a atacarle, y esta vez con más fiereza por haber perdido a uno de sus hombres de confianza. Lo primero que hizo al día siguiente del ataque fue cumplir su palabra y negoció una exclusiva con un programa de televisión para poder pagarle la mejor defensa posible a su amigo Adonay. Es de bien nacidos ser agradecidos.

Cuando le anuncian que tiene visita imagina que será su abogado, las mismas policías que ya fueron a visitarle cuando su padre se entregó unas semanas atrás o incluso algún miembro del programa de televisión para hacerle la entrevista previa a la oficial que ya le anunciaron que entraba en el lote, pero al hombre que está esperándolo no lo había visto en la vida.

—¿Quién es usted?

—Mi nombre es Salvatore Fusco.

Gonzalo no necesita preguntar más para saber que tiene delante al mafioso italiano que ordenó darle la paliza a su padre, al que, por más que lo ha solicitado, no le permiten visitar en el hospital. Se sienta frente a él, precavido.

—¿Qué quiere?

—Verá... la locura de su padre me ha metido en problemas muy graves, señor Fonseca. Secuestró a la persona equivocada, un abogado que tenía en su poder algo que me pertenece y que deseo recuperar.

–Yo nada tengo que ver con lo que ha hecho mi padre.

–¿Está seguro de que él no tiene lo que es mío y le ha dicho dónde lo guarda?

–No sé de qué me habla.

–Tengo amigos en la policía y me han comentado que no ha querido usted convencerle de que dijera dónde estaban los secuestrados.

–Que esto haya sido cosa suya no significa que no me haya beneficiado, señor Fusco. Gracias a lo que ha hecho mi padre, se ha reabierto mi caso y tengo la esperanza de que por fin se demuestre mi inocencia.

Salvatore Fusco lo escruta largo rato, intentando descubrir si le dice la verdad. Él ha tratado con muchos mentirosos y sabe distinguirlos con solo mirarlos a los ojos. Para su contrariedad, en Gonzalo Fonseca únicamente encuentra franqueza.

–Espero que no se le ocurra engañarme, señor Fonseca. Si algún día ciertos documentos vieran la luz, usted correría la misma suerte que su padre.

Salvatore Fusco se levanta y se marcha sin añadir una palabra. Gonzalo resopla, resignado. Pasó de llevar una existencia tranquila casi sin meterse en problemas a ser condenado por el asesinato de su mujer y ahora a estar amenazado por un mafioso italiano, por otro rumano y en deuda con un tercero colombiano. Lo mejor de cada casa.

Al regresar a su celda, se encuentra a un colombiano sin camiseta vigilando la entrada. Cuando pasa por su lado, este le fulmina con la mirada, seguramente culpándole por la muerte de su compañero Fabián. En el interior, Walter Vargas está curioseando entre sus pertenencias con la única mano que le queda. Al verlo entrar, sonríe con amabilidad y devuelve una novela a la estantería.

–¿Te gusta leer?

–Cuando estaba en libertad no disponía de demasiado tiempo para ello, pero aquí he descubierto que sí.

–La cárcel suele sacar lo peor de cada persona, pero en ocasiones también aporta cosas buenas, ¿no te parece? Entre ellas tiempo de ocio.

–Sinceramente, preferiría divertirme lejos de aquí.

–Ya me lo imagino... –Vargas sonríe–. Aunque deberías plantearte escribir tu propia historia. Hasta el momento tu vida es muy interesante.

Gonzalo Fonseca le mira cauteloso, sin saber adónde quiere ir a parar.

–¿Has pensado ya en lo que harás cuando te suelten?

–Supongo que intentar empezar de cero, buscar un trabajo...

–Después de cumplir tu parte de nuestro acuerdo, claro está.

Gonzalo sabe que lo último que le conviene es perder la protección de Walter Vargas allí dentro, pero tiene que desvincularse como sea del compromiso que adquirió con él.

–Le prometí que le vengaría por lo que le hicieron –dice mirándole el muñón–, siempre y cuando usted me protegiera a mí aquí dentro, señor Vargas. Y no fueron sus hombres los que me salvaron el pellejo el otro día.

–Te lo estoy salvando ahora, *m'hijito*. ¿O es que prefieres que le haga saber a ese rumano *hijueputa* que estás solo?

A Gonzalo Fonseca no le queda más remedio que negar con la cabeza.

–No te oigo, muchacho. Quiero escucharte decir que nuestro acuerdo sigue en pie y que no me fallarás.

–Sigue en pie... –Gonzalo se rinde–, aunque creo que debería ponerme más protección si pretende que lo cumpla. Estoy seguro de que Gheorghe vendrá de nuevo a por mí.

–Tú no te preocupes por Gheorghe. Nadie que mate a uno de mis hombres se va de rositas.

Un chico con gafas y pinta de no haber roto un plato en su vida está fregando el pasillo de la enfermería. Si los guardias se hubieran fijado en él, se habrían dado cuenta de que lleva diez minutos frotando las dos mismas baldosas. Cuando ve salir al médico, sujeta la puerta con el palo de la fregona y entra. En la única cama ocupada está el rumano al que Gonzalo Fonseca hundió el pómulo de un sartenazo. Fue trasladado al hospital y operado de urgencia, pero hace unas horas que ha sido devuelto a la cárcel para su recuperación. El chico se le acerca mientras duerme y le quita una de las almohadas de debajo de la cabeza. El sicario abre los ojos y enseguida comprende qué está pasando. Quiere gritar pidiendo ayuda, pero el vendaje que le comprime la cara le impide abrir la boca más que para alimentarse a través de una pajita.

–El señor Walter Vargas te envía recuerdos.

El asesino le pone la almohada sobre el rostro y presiona hasta que, al cabo de treinta segundos, el rumano deja de luchar. Después, devuelve la almohada a su sitio y se marcha sin que nadie se haya enterado de lo ocurrido.

A Gheorghe le espera un final bastante menos plácido...

68

Antes de volver a casa, la inspectora Ramos se pasa por la comisaría para poner orden en los últimos avances en la investigación. Aunque tiene que ser sometido a una datación uranio-torio para conocer su antigüedad, la subinspectora Ortega ha asegurado que, por la excitación que han mostrado los paleontólogos al ver el fósil de la media mandíbula con el colmillo, no pertenecía a un simple tigre del zoo. Pero también le han advertido de que, de ser auténtico, no se trataría de un tigre dientes de sable, como asegura el conductor de la excavadora, sino de una *Panthera leo spelaea*, un león de las cavernas extinto hace unos quince mil años y que podía llegar a pesar más de trescientos cincuenta kilos. Una máquina de matar que había terminado en la mesilla de noche de un adolescente.

Si al fin se confirmase la historia contada por Paco Jiménez, el constructor y su campo de golf tienen las horas contadas, pero Indira no sabe si eso servirá para acusarlo del asesinato de Andrea Montero, puesto que ni ella misma tiene claro todavía que no lo hiciera Gonzalo Fonseca. Es cierto que Sebastián Oller contaba con un motivo de mucho peso para ordenar la muerte de su jefa de obra, pero las pruebas halladas en la escena del crimen señalan claramente al marido de la fallecida y la experiencia le dice que ningún asesino se entretiene tanto montando una pantomima que incrimine a un inocente. Y menos aún que le salga tan bien. El problema es que, de confirmarse la culpabilidad de Gonzalo, a la joven escort Noelia Sampedro le quedan muy pocas horas de vida. Su única esperanza es que la recién descubierta hija de Ramón Fonseca haga entrar en razón al anciano.

La llegada del subinspector Moreno con una bolsa de plástico en la mano la saca de su ensimismamiento.

–¿Qué haces aquí a estas horas? –pregunta Moreno sorprendido al verla todavía en la comisaría.

–No me apetecía encerrarme en casa... ¿Y tú?

–Venía a dejar una sorpresa para el desayuno –dice mostrando la bolsa–. Un par de botellas de moscatel y unas tortas de aceite de Ardales.

–Qué rico, por favor...

–¿Qué te parece si le doy un lavado a una de las botellas y nos cenamos la mitad de las tortas?

–Me da cosa quitarles el desayuno a Navarro, a Ortega y a los agentes de apoyo...

–Dejaremos suficientes para que las prueben. Y en cuanto al moscatel, tampoco es plan de que se emborrachen en horas de trabajo.

–El otro día dónuts y hoy tortas y vino... ¿Qué te ha pasado para que cambies así, Moreno? –pregunta Indira divertida.

–Que empieza a gustarme pertenecer a este equipo –responde Iván mirándole a los ojos.

Durante tres chupitos de moscatel y dos deliciosas tortas de aceite, la inspectora Ramos y el subinspector Moreno hablan del caso. Han tenido que alojar a Verónica en un hotel cercano al hospital porque el médico que forzó la reanimación de Ramón Fonseca está fuera de la ciudad y no regresará hasta el día siguiente. Indira le cuenta la sorprendente historia de la cueva prehistórica y Moreno califica a Sebastián Oller de hijo de la gran puta por haberla destruido. También hablan de un guardia civil que ha llamado diciendo que es amigo de Noelia Sampedro y que se pone a disposición de la investigación, pero poco puede ayudar cuando se encuentra destinado en Mauritania. Ninguno de los dos tenía ni idea de que la Guardia Civil también prestaba servicios en el extranjero. Con el cuarto chupito pasan a llamarse por sus nombres de pila y a hablar de asuntos más personales.

–¿Cómo te fue en el alcantarillado?

–Bien, ¿por qué?

–Porque después de lo que te pasó, no sería fácil volver a bajar ahí.

Indira se tensa al comprender que Iván está al tanto de su secreto. Él percibe su incomodidad e intenta recular.

–Perdona. Seguro que no te apetece hablar de eso.

–¿Cómo lo has averiguado? Me encargué personalmente de ocultar el informe.

–Me deben muchos favores y no me ha resultado difícil enterarme del motivo por el que estuviste tres meses de baja hace cinco años.

–¿Por qué lo has hecho?

–Quizá por deformación profesional... o simplemente porque me gusta conocer el pasado de la gente que me interesa.

Indira pugna por reprimir una sorprendente sonrisa que amenaza con asomar.

–Ya sé que ninguno lo comprendéis –dice al fin–, pero para mí estar allí dentro fue...

–No tienes que justificarte, Indira –Iván la interrumpe, amistoso–. Te juro que, si yo hubiera estado nadando en una fosa séptica, también estaría acojonado por las bacterias.

Indira le observa con gesto neutro, sin saber si debería abrirse ante él. Apenas una semana antes era la última persona a la que le hubiera contado algo personal, pero es estúpido negar que, desde que se besaron, todo ha cambiado entre ellos.

–No solo son las bacterias –confiesa finalmente–. También me acojona el desorden. Ver cosas descolocadas me produce una especie de interferencia que no me deja pensar con claridad.

–Como cuando un móvil jode la antena de la tele, ¿no?

–Más o menos, sí –concede ella–. Y hay más cosas: como vea una acera con baldosas blancas y negras, solo puedo pisar las negras o tengo que volver al principio.

–Eso para perseguir a sospechosos no parece muy útil, ¿no?

–No lo es –responde Indira relajando el gesto y sirviendo dos chupitos más de moscatel–. De hecho, una vez el atracador de una joyería se me escapó justo por eso.

Iván se ríe.

–Te parezco una chiflada, ¿no?

–Muy normal no eres, no voy a engañarte. Pero las personas más interesantes nunca lo son. De hecho, los genios suelen ser gente muy peculiar.

–¿Conoces a muchos genios para hacer esa afirmación tan a la ligera? –pregunta Indira con incredulidad.

–Aparte de lo que todos sabemos sobre Van Gogh, que se cortó la oreja y quiso alimentarse a base de pintura, o de Beethoven y su famoso trastorno bipolar, tenemos a Rafa Nadal, por ejemplo.

–¿El tenista? –Indira le mira, descolocada.

–No es simplemente un tenista, sino el mejor deportista español de todos los tiempos, un tío que, si se presentase mañana a las elecciones, puede que hasta ganase. ¿Y sabes la que lía cada vez que juega un partido?

–Pues no.

–Siempre coloca las botellas de agua en la misma posición y en el mismo ángulo o no se concentra, le da un parraque como pise una línea al llegar a la pista o al cambiar de lado, y cada vez se ajusta el calzoncillo, se coloca el pelo y se seca el sudor en el mismo orden antes de sacar. Eso y algunas cosas más que todos identificamos ya como parte de su juego. De hecho, yo no concebiría no verle hacer cada uno de sus rituales.

–Supongo que al final es cuestión de acostumbrarse a las rarezas de los demás –dice Indira sonriente.

–Exacto. Ahora solo tienes que encontrar a quien no le importen las tuyas.

Por desgracia para Indira, Iván ha pasado de caerle terriblemente mal a empezar a caerle demasiado bien. Le mira en silencio, intentando averiguar si es algo real o un simple truco para que ella baje la guardia y así hacerle pagar al fin por denunciar a su amigo Daniel. Él se da cuenta de su titubeo.

–¿Qué?

Indira está a punto de exponer todas sus dudas e inseguridades, pero todavía no está preparada para desnudar ni su alma ni su cuerpo. Sabe que, como siga un segundo más frente a él, volverá a besarle y las cosas se complicarían más de la cuenta, así que se levanta tambaleándose ligeramente debido a la ingesta de moscatel y coge su bolso y su chaqueta.

–Ya se ha hecho tarde. Nos vemos mañana.

Y sin que Iván pueda preguntar si ha dicho algo que le haya molestado o simplemente se trata de otra de sus extravagancias, la inspectora desaparece a toda prisa por la puerta.

69

Durante los días en los que la obra permaneció cerrada por orden del constructor Sebastián Oller, Andrea Montero procuró mantenerse al margen de las decisiones que tomasen sus jefes acerca de las pinturas rupestres, pero no lograba quitarse de la cabeza que lo que habían encontrado podía hacer historia. No la movía el ego –aunque fuera plenamente consciente de que, de hacerse público el descubrimiento, su nombre y el del conductor de la excavadora pasarían a la posteridad–, sino el sentido de la responsabilidad. Le hubiera gustado comentar lo que pasaba con Gonzalo, pero su marido había dejado de hablarle hacía una semana, cuando ella le comunicó que ese año no pensaba pasar las vacaciones de verano en la casa de sus padres en Málaga. Además, Gonzalo llevaba un par de días en una convención de su empresa en Murcia y, en la única llamada que se hacían por las noches, apenas quedaba tiempo para confidencias.

Ni siquiera lograba distraerse en las clases de cocina. El chef Antonio Figueroa se acercó a ella y miró la tentativa de suflé que estaba preparando su alumna.

–¿No sube?

–No sé qué le pasa hoy –contestó Andrea frustrada.

Al profesor de cocina le bastó con coger el ramequín y echar un vistazo dentro para descubrir el motivo.

–¿Has batido bien las claras? Si no quedan firmes y esponjosas, no sirve de nada.

–Mierda...

–¿Te pasa algo, Andrea? –le preguntó Antonio preocupado–. No es muy normal que tú cometas este tipo de errores.

Andrea no tenía claro que debiera involucrar a Antonio en aquello, pero necesitaba contárselo a alguien y últimamente se entendía con él mejor que con nadie. El chef percibió sus dudas y le facilitó las cosas.

–¿Qué te parece si te invito a un vino cuando termine la clase y hablamos?

Andrea le esperó en una bodega cercana a la escuela de cocina y, tras hacerle jurar que, pensara lo que pensase, Antonio guardaría el secreto, le contó con todo lujo de detalles lo que habían encontrado en la cueva.

–¿No se te ocurrió sacarle una foto a ese toro? –preguntó él tras asimilar la historia.

–Debí haberlo hecho –contestó Andrea chasqueando la lengua–, pero fue todo tan rápido que ni se me pasó por la cabeza.

–Todavía estamos a tiempo.

–¿Qué?

–Podemos ir esta misma noche, colarnos en la cueva y sacar unas cuantas fotos de las pinturas.

–Hay guardias vigilando para que nadie se acerque.

–Por eso he dicho «colarnos». Seguro que tú te conoces el terreno mejor que todos ellos.

Andrea dudó. Era cierto que ella sabía mejor que nadie cómo llegar allí sin ser vista, y la idea de obtener pruebas que certificasen su hallazgo no la disgustaba en absoluto –quizá incluso fuese la manera de salvar esas pinturas de una destrucción más que segura–, pero implicar a su profesor de cocina no le hacía demasiada gracia.

–Puede que vaya, pero sola.

–Ni de coña. –Antonio negó, vehemente–. Después de saber lo que hay allí, me muero por verlo con mis propios ojos.

Antonio Figueroa aparcó la moto detrás de la caseta de piedra en la que guardaba sus aperos el único de los propietarios que se resistía a vender sus terrenos para que se construyese un campo de golf en los sembrados que su familia poseía desde hacía generaciones.

–A unos quinientos metros en aquella dirección –dijo Andrea señalando unos árboles que se adivinaban en la distancia–, está el hoyo dieciséis. Y dentro del futuro lago que bordea el *green*, la cueva... si todavía existe después de casi una semana, claro.

–Vayamos a comprobarlo.

–Tendremos que acercarnos a oscuras –dijo ella–. Toda esta zona ya está prácticamente despejada y la luz de una linterna se vería a varios kilómetros a la redonda.

–Podemos matarnos...

–Pisa exactamente donde yo.

El profesor de cocina asintió y siguió a la jefa de obra por un terreno inestable en la oscuridad más absoluta. Al subir una pequeña colina, Andrea detuvo a su acompañante con un brazo y ambos se pusieron en cuclillas.

–Ahí está, a unos cincuenta metros en línea recta.

–Yo no veo a nadie vigilando.

Acababa de decirlo cuando un guardia de seguridad que estaba dentro de un coche aparcado junto al socavón abierto por la excavadora se encendió un cigarrillo y su presencia se reveló con un fogonazo. Su compañero, que debía de haber estado orinando junto al vehículo, abrió la puerta del copiloto y se sentó a su lado.

–Tenemos que rodear el coche –susurró Andrea.

Ambos se acercaron con sigilo y se agacharon al llegar a la parte trasera del vehículo, dentro del cual los dos guardias veían una serie en una tablet. El profesor de cocina aguzó el oído y no pudo contener una sonrisa al oír a Tony Soprano hablar con su tío Junior:

«¿Te acuerdas de la historia que me contaste sobre el padre toro hablando con su hijo, tío Junior? Desde lo alto de una colina miran a un grupo de vacas y el hijo mira al padre y le dice: "¿Por qué no bajamos corriendo y nos follamos a una?". ¿Te acuerdas de lo que el padre contesta? El padre contesta: "¿Por qué no bajamos andando y nos las follamos a todas?"».

Era una escena tan magistral y tan apropiada para aquel momento que a Antonio incluso le fastidió que, mientras los dos guardias se reían a carcajadas, Andrea le hiciera una seña para que la siguiese hasta el borde del agujero.

–Ahora hay que tener cuidado –le susurró ella–. Una vez abajo, podremos encender las linternas.

Como ya no estaba la excavadora tuvieron que descender por la pared de roca y a punto estuvieron de despeñarse cuando un saliente se desprendió y fue a caer al fondo de la cueva causando un gran estruendo. Andrea y Antonio contuvieron la respiración apoyados contra la pared, temiendo que los guardias lo hubiesen oído, pero debían de estar muy metidos en la serie y no reaccionaron. Cuando al fin Andrea entró en la galería, encendió la linterna de su móvil.

–Sígueme...

Nada más internarse en el pasadizo, Andrea supo que la decisión sobre el destino de aquel lugar estaba tomada al ver que en las paredes de la cueva habían hecho una serie de agujeros para meter cartuchos de dinamita.

–Cabrones –dijo Andrea con rabia–. Van a volarlo todo.

–¿Dónde está el toro? –preguntó Antonio excitado.

–Por aquí.

Al llegar a las pinturas, Antonio Figueroa se quedó extasiado. Nunca en su vida había contemplado nada tan hermoso. Se acercó al gran toro y lo rozó con la yema de los dedos con delicadeza, procurando no dañar algo que seguramente tenía las horas contadas.

–No me creo que esos cabrones vayan a destruir esto.

–No si yo puedo impedirlo. Aparta, por favor.

Él se apartó y Andrea sacó un sinfín de fotografías y vídeos de cada rincón de aquella cueva. Al cabo de media hora, decidieron que era el momento de marcharse. Al subir por la pared del socavón, una linterna los deslumbró.

–¿Qué hacen aquí? Esto es una propiedad privada.

–Soy yo, Joaquín –respondió Andrea aparentando calma.

–¿Andrea? –preguntó desconcertado el guardia de seguridad.

–¿Puedes apartarme esa luz de la cara, por favor?

–Tenemos orden de no dejar acercarse a nadie –dijo el guardia bajando la linterna.

–Lo sé, pero he querido enseñarle esto a mi amigo antes de que lo vuelen.

–¿Qué hay ahí abajo? –preguntó el guardia con curiosidad.

–Un simple río subterráneo. Lo mejor es no molestar a nadie por esto, ¿no te parece?

Andrea y Antonio se despidieron y se marcharon quitándole importancia a lo que ellos denominaron «una pequeña travesura». Con lo que no contaban era con que el compañero de Joaquín, durante las largas horas que les quedaban para el cambio de turno, le convenció de que lo mejor para ahorrarse problemas era informar a sus superiores.

70

Noelia Sampedro siempre había defendido con uñas y dientes su forma de ser, incluso cuando trabajar en una agencia de escorts le parecía una idea excelente. Pero hay cosas que pueden poner la vida de cualquiera patas arriba: unas veces es la muerte de un ser querido, otras un despido o un cambio de casa y algunas, para los más afortunados, enamorarse. El reencuentro con Pablo, la noche que pasó con él en Madrid y sentirse respetada por primera vez desde los quince años hicieron que Noelia tuviera la necesidad de replantearse su vida; desde la agencia no hacían más que llamarla, pero algo había cambiado en ella y ya no le gustaba ganar dinero mediante el sexo. Aunque la mala fama siempre la había perseguido debido a su promiscuidad, cobrar por entregar su cuerpo empezó a parecerle sucio. Solo con imaginarse que Pablo pudiera descubrir a lo que se dedicaba hacía que se muriese de la vergüenza. Intentó centrarse en los exámenes y olvidarse de todo lo demás, pero la presión a la que la sometía Arancha unida a la inquietud que le producía que Álvaro Artero siguiese sin dar señales de vida no le dejaban concentrarse en los estudios. Finalmente se armó de valor y se presentó en el puticlub encubierto de agencia de modelos de la calle Jorge Juan. Arancha la miró con ganas de ponerla de vuelta y media, pero le hacía ganar suficiente dinero para decidir que merecía la pena tragarse el orgullo.

–Me parece que cometes un error al querer dejarlo, Noelia –le dijo con suavidad–. ¿Es que alguno de tus clientes te ha tratado mal?

–No se trata de eso.

–Entonces ¿de qué? Explícame por qué una chica que está ganando más de cinco mil euros al mes por pasar un par de noches a la semana en compañía de caballeros amables y educados querría renunciar a ello, porque yo no lo entiendo.

–Si de verdad te parece un chollo, ¿por qué no lo haces tú, Arancha? –Noelia se revolvió–. Sigues estando de puta madre y puedes tener a todos los clientes que quieras.

Arancha endureció el gesto. No le hacía ninguna gracia tener que darle explicaciones a aquella mocosa. Noelia comprendió.

–Ya entiendo. Es más fácil mandarnos a Marta o a mí, que tú ya te llevarás tu parte sin tener que abrirte de piernas, ¿no?

–Eres una desagradecida, Noelia. Te recuerdo que fuiste tú quien vino a pedirme trabajo porque no tenías dónde caerte muerta.

–Tienes razón –dijo Noelia, aflojando–, y te agradezco que me ayudaras, pero ya no quiero seguir haciéndolo.

–Haz como Marta y quédate solo con unos pocos clientes –insistió, viendo que se le escapaba la gallina de los huevos de oro–. Podrás seguir viviendo como te gusta. ¿O cómo coño crees que vas a poder pagar la ropa que llevas o el piso en el que vives?

–Me he dado cuenta de que no lo necesito.

–Ten una última cita con Guillermo Torres, me lo debes –suplicó Arancha–. Él solo quiere verte a ti.

–No me llames más, por favor.

Noelia salió de aquel portal señorial totalmente liberada, sintiendo que había escapado a tiempo de las garras de algo que podía haberla tenido atrapada toda la vida. Fue caminando hasta la glorieta de Quevedo, pensando que lo más sensato sería dejar el apartamento y alquilar algo más barato. Aunque había ganado mucho dinero en aquellos últimos meses, también había tenido más gastos de los previstos. Aun así, pudo ahorrar lo suficiente para no tener que volver al colegio mayor. Al entrar en casa fue a hacer pis y, al salir del baño todavía abrochándose los pantalones, se llevó el mayor susto de toda su vida.

–No me hagas daño, por favor. Te juro que no le diré nada a nadie sobre ese recorte de periódico.

–¿Te crees que no sé que ya se lo has contado a ese guardia civil amigo tuyo, Noelia? –Álvaro Artero la miraba con gesto neutro, cerrándole el paso.

Noelia analizó rápidamente la situación. Aunque el hombre que en teoría había matado a su padre no era corpulento, ella sabía que no tenía nada que hacer si peleaba con él cuerpo a cuerpo. Miró hacia la mesa de la cocina, donde al llegar había dejado el móvil. Álvaro adivinó sus intenciones y se hizo con el aparato con solo alargar la mano.

–Olvídate ahora de llamar a nadie, Noelia.

–¿Qué vas a hacerme?

–Solo quiero que hablemos.

Noelia vio que la puerta de la terraza estaba forzada y comprendió que su más que probable asesino había entrado a través de la escalera. Cuando alquiló el piso, pensó que no era muy seguro y que debía exigir a su casera que pusiera una reja para impedir que alguien se colase, pero al final no lo dijo y estaba pagando las consecuencias.

–Si de verdad no fueras a hacerme daño, ¿por qué has entrado por la terraza?

–¿Me habrías abierto si hubiera llamado a la puerta?

–Por supuesto que no.

–Ya tienes la respuesta, Noelia. Siéntate, por favor.

Ella obedeció y tomó asiento en el sofá.

–¿Vas a confesar?

–¿A confesar, dices?

–Ya no es necesario que sigas disimulando, Álvaro. Tengo clarísimo que atropellaste a mi padre y después te diste a la fuga.

Álvaro sonrió, lo que enfureció a la chica.

–¿Encima te ríes, hijo de puta?

–Te dije en el Palacio de Hielo que te equivocabas conmigo, Noelia.

–Pues si tú no lo mataste, dame una explicación medianamente creíble de por qué llevabas el recorte del periódico en la cartera.

–Está bien. –Se rindió–. He intentado mantenerte al margen de esto, pero está claro que no serás capaz de olvidarlo.

Álvaro Artero dejó el móvil de Noelia sobre la mesa y empezó a desabrocharse lentamente los botones de la camisa, lo que la desconcertó completamente.

–¿Qué estás haciendo?

–Demostrarte que yo no maté a tu padre. Al contrario, gracias a mí todavía sigue con vida, o al menos una parte de él.

Cuando terminó de desabrocharse, Noelia vio una enorme cicatriz vertical que le partía el pecho en dos, desde el cuello hasta el vientre. Pero, por su expresión, parecía que seguía sin comprender lo que significaba todo aquello.

–Yo recibí su corazón, Noelia. Al salir del hospital me obsesioné con descubrir quién era mi donante y, cuando al fin lo averigüé y supe lo que le había pasado, me juré que cuidaría de ti y de tu madre. Y no podía permitir que tirases tu vida por la borda como lo estabas haciendo.

Noelia no lograba apartar la mirada de aquella cicatriz, asimilando lo que Álvaro le acababa de contar. Se levantó lentamente y puso la mano en su pecho. Cuando sintió el corazón de su padre latir después de diez años creyéndolo parado, se rompió de la misma manera que cuando supo que un conductor se lo había arrebatado para siempre en una fría carretera de Soria.

71

La inspectora Indira Ramos y la subinspectora María Ortega esperan junto a la fuente del parque de la Bombilla, donde las ha citado el contacto de la agente Navarro que organiza partidas ilegales de póquer para millonarios. Cuando hablaron por teléfono no parecía muy convencido de querer reunirse con ellas, pero tras mucho insistirle en que el cambio de interlocutor no ocultaba nada extraño, accedió a verlas. Ahora, cuando llevan ya más de media hora esperando, empiezan a pensar que se ha arrepentido y no aparecerá.

–¿Será ese? –pregunta María observando a un anciano con muy buena planta que pasea por el parque.

–No le veo pinta de organizar timbas ilegales –contesta Indira.

–¿Qué pinta tienen los organizadores de timbas ilegales?

–No tengo ni idea, pero me sorprendería que ese hombre estuviera metido en asuntos tan turbios.

María se fija y, en efecto, llama la atención su sonrisa franca y su cara de buena persona. Como canta Luis de la Guardia, parece tener todo lo que quiere, no necesita más. Al seguirle con la mirada, descubren a un hombre de unos cuarenta años que las mira con desconfianza desde detrás de un árbol.

–Creo que es ese.

Cuando se siente descubierto, el hombre titubea, pero decide acercarse a ellas.

–Son ustedes las policías, ¿no?

–El organizador de las partidas de póquer, supongo.

–Ojalá. Yo solo soy el encargado de la caja. Pero antes de hablar quiero saber si me pueden acusar de algo.

–Eso depende –contesta la inspectora Ramos–. ¿Alguna vez ha matado usted a alguien?

–No.

–Entonces no se preocupe. Nosotras somos de Homicidios y solo nos interesan los muertos.

El hombre no sabe si eso le tranquiliza o le pone aún más nervioso.

–¿Y...?

–No –lo interrumpe la inspectora antes de que lo pregunte–, tampoco pagamos ni un euro por la información.

–Vaya por Dios... –dice resignado–. ¿Qué quieren saber?

–¿Qué puede contarnos sobre esas partidas?

–Que se mueve una pasta gansa. Solo por sentarse a la mesa, cada jugador tiene que comprar fichas por valor de quince mil euros. Y lo normal es que las repongan un par de veces durante la noche.

–Salvo el que gana –apunta la inspectora.

–Salvo el que gana –concede el confidente–. Aunque esos son los menos. Normalmente allí pierde todo el mundo.

–¿Y entonces por qué van? –pregunta extrañada la subinspectora.

–Principalmente porque la pasta se la suda. Los hay que se aburren en casa y no tienen nada mejor que hacer, otros tienen más vicio que una garrota y la mayoría van al hotel a hacer contactos con otros millonetis como ellos.

–¿Al hotel?

–Antes alquilaban chalés, pero desde hace un tiempo las partidas se organizan en habitaciones de hoteles de lujo. Es mucho más cómodo para todos.

–Háblenos de los asistentes.

–Lo mejor de cada casa: futbolistas, políticos, empresarios, actores... Una vez incluso fue un príncipe de no sé qué país europeo, un bigardo de más de dos metros que se dejó hasta los calzoncillos.

–¿Almudena García solía asistir a esas partidas?

–¿Quién?

–La jueza a la que secuestraron y que apareció muerta hace un par de semanas, supongo que lo habrá visto en la tele.

–Ah, sí. No se perdía una, la muy viciosa. Y esa era de las que solía ganar.

–¿Coincidía con el constructor Sebastián Oller?

Oír ese nombre hace que el confidente se ponga en tensión y mire a su alrededor, vigilante.

–Por su reacción, supongo que lo conoce –dice la inspectora.

–Ese tío es muy peligroso. Un compañero me comentó que estaba detrás de lo que le pasó a Gus.

–¿Quién es Gus?

–Gustavo Burgos. Un crupier que solía trabajar en las partidas y que un día apareció muerto en un descampado. Le dieron una paliza de cojones y le arrancaron los pezones con unos alicates, los muy cabrones. Dicen que intentó chantajear a ese tío, a Oller, y él ordenó que lo quitaran de la circulación.

–Supongo que de eso no tiene pruebas, ¿verdad?

–Pues va a ser que no.

–Todavía no nos ha contestado a la pregunta –insiste la inspectora Ramos–. ¿Sabe si la jueza y él coincidieron en alguna partida?

–En un huevo de ellas. Solían salir a la terraza a fumar juntos y se tiraban bastante rato hablando. A saber qué tramarían.

El vínculo que encontró el oficial Óscar Jimeno entre Almudena García y Sebastián Oller al fin se ha confirmado, pero no cuentan más que con la palabra de un confidente que se niega en redondo a prestar una declaración oficial y mucho menos a testificar en contra del empresario en un posible juicio. Las policías necesitan encontrar algo más, y se les agota el tiempo para rescatar a Noelia Sampedro, la última de las secuestradas que aún queda con vida.

Después de llamar por teléfono a los inspectores que llevaron el caso del crupier asesinado para que les confirmen lo dicho por el confidente, van a visitar a la madre del tal Gustavo Burgos, una mujer castigada por la vida que vive en un humilde piso de protección oficial en el distrito de Villaverde.

–Mi hijo no iba por buen camino, no señor –les dice a las policías con la pena dibujada en la mirada–. Desde que dejó de trabajar en el casino estaba metido en asuntos muy feos. Me dijo que se haría rico, y ya ven ustedes cómo terminó el desgraciado.

–¿Cómo tenía planeado ganar dinero? –pregunta la subinspectora Ortega.

–A saber, pero sea lo que sea, no le salió bien.

–¿Cuándo fue la última vez que le vio?

–Unos días antes de que lo encontrasen muerto vino a verme. Parecía muy contento, pero no me contó el motivo.

–¿No hizo o dijo algo extraño?

–No. Comió, se acostó un rato en su antigua habitación y se marchó.

Las policías le piden permiso para echar un vistazo a esa habitación y la señora se lo concede. Aunque en la pared sigue habiendo varios pósters de Naranjito, de Hombres G y de Sabrina con un pecho al aire durante su actuación en la Nochevieja de 1987, ahora el cuarto se ha convertido en un trastero donde va a parar todo lo que a la señora le da cosa tirar a la basura. A la inspectora Ramos le basta con echar una ojeada a la librería para descubrir unas pequeñas marcas en el polvo producidas al haber sacado un álbum de cromos de fútbol de la temporada 1990-1991.

Entre las páginas acartonadas por el pegamento de los cromos encuentra un sobre, y dentro una copia de las fotos con las que Gustavo Burgos intentó chantajear a la jueza Almudena García y en las que aparece, entre otros, junto al empresario y constructor Sebastián Oller.

72

Hoy no hace falta que el médico le administre flumacenilo a Ramón Fonseca para que despierte. El anciano, cuya vida parece que vaya a apagarse con un simple soplido, mantiene abierto su único ojo sano, fijo en algún punto indeterminado del techo. Aun así, no tiene pinta de estar demasiado lúcido; dada la cantidad de calmantes que lleva en el cuerpo seguramente no sabrá ni quién es. El subinspector Iván Moreno entra en la habitación y se acerca a su cama. Le mira con lástima unos segundos antes de hablar.

–Joder... le han dejado hecho polvo, jefe.

Aparte del pitido uniforme que emite el monitor que controla sus constantes vitales, un pestañeo es la única prueba de que sigue vivo.

–El médico me ha dicho que me costará comunicarme con usted –continúa el subinspector Moreno–, pero necesito que haga un esfuerzo, porque lo que tengo que contarle seguro que le interesará. ¿Me oye?

Ramón Fonseca le mira y asiente ligeramente. Al policía no deja de sorprenderle la fortaleza de ese hombre.

–Bien. Resulta que he estado en Málaga, ¿sabe? Fui a husmear un poco en su casa para ver si encontraba alguna pista que me condujera a Noelia Sampedro, pero se ve que ha sido usted muy cuidadoso a la hora de complicarnos la vida. Se le han muerto las plantas, por cierto. El caso es que, cuando ya estaba a punto de marcharme, conocí a su vecina, la señora de la puerta de enfrente. Se acuerda de ella, ¿verdad?

El anciano vuelve a asentir.

–Perfecto, porque ella me habló de su hijo Gonzalo, de la amistad que la unía a su mujer, de cuánto los echan de menos en el bloque... y de la aventura que tuvo usted hace unos cuantos años con la que decían que era hija del cura de Ardales.

El pitido del monitor se acelera. El subinspector lo mira y sonríe, consciente de que ha logrado captar la atención del secuestrador y asesino.

–Me alegro de que eso tampoco lo haya olvidado, señor Fonseca. Decidí ir a Ardales y, aunque por desgracia Camelia murió hace un par de años, me enteré de que tenía una hija. En cuanto la vi, supe que debía traerla conmigo. ¿Conoce usted a Verónica?

El aumento de los pitidos del monitor multiparamétrico vuelve a confirmar que Ramón Fonseca sabe de lo que habla Moreno y que no se esperaba que la policía fuera a descubrir que no está tan solo en el mundo como pretendía hacer creer.

–Supongo que querrá que su hija siga viviendo tan tranquila cuidando de sus animalitos, ¿verdad?

El anciano le dirige una mirada de profundo desprecio. Al subinspector no le gusta utilizar a la chica de esa manera, pero el tiempo de las sutilezas ha quedado atrás. Hasta la íntegra inspectora Ramos está de acuerdo ya en servirse de cuanto tengan a mano para sacarle la información que necesitan.

–A mí tampoco me hace ni puta gracia joderle la existencia a una buena chica que no tiene culpa de que su padre sea un asesino chiflado, créame, pero no nos deja otra opción. Le juro que si Noelia Sampedro muere me ocuparé personalmente de que no solo su hijo Gonzalo se pudra en la cárcel por muy inocente que sea, sino de que a su hija también se le complique mucho la vida. Sé cómo hacerlo, palabra –añade Moreno muy convincente.

–Cabrón... –atina a decir el viejo con esfuerzo.

–Lo sé. Será mejor que no demoremos mucho más el encuentro o terminará explotándole el corazón.

El subinspector sale al pasillo y regresa acompañado de una impresionada Verónica Díaz. La chica, todavía asimilando que su madre le mintió al contarle que su padre había muerto antes de que ella naciera –aunque ya le hayan advertido de que volverá a ser huérfana dentro de muy poco tiempo–, siente un nudo en el estómago al ver que el hombre con quien lleva fantaseando desde niña ahora no es más que un despojo humano. Ramón Fonseca esboza algo parecido a una sonrisa.

–Hola... hija.

Verónica le mira sin reaccionar. El subinspector Moreno se da cuenta y le toca el brazo con delicadeza.

–Siento presionarte así, Verónica, pero no disponemos de demasiado tiempo.

–¿Puede dejarnos solos?

–Antes tienes que conseguir que te diga dónde está encerrada Noelia.

–Déjenos solos, por favor –insiste ella.

Aunque no entraba en sus planes, el policía asiente y sale de la habitación. Puede que estando un rato a solas con Verónica el viejo se ablande y confiese al fin lo que necesitan saber. El subinspector Moreno presencia a través del cristal el encuentro entre padre e hija y mira su reloj, preocupado. Apenas quedan dos horas para que venza el plazo marcado para la tercera de las muertes programadas.

Baja a la cafetería a tomarse un café bien cargado que le haga mantenerse en alerta cuando ve a su amigo Daniel saliendo de una consulta. En solo unas semanas su aspecto ha dado un giro radical: ya no queda rastro de aquel policía que solía trabajar con vaqueros y zapatillas último modelo. Iván comprende que permanece instalado en el bache que estaba pasando cuando fue inhabilitado y que tiene que hacer algo para sacarle de él. Va a acercarse para ofrecerle su apoyo, pero está seguro de que lo rechazará al saber que no solo no se ha vengado de Indira por haberle denunciado, sino que su relación con ella cada día es más estrecha. Además, ahora tiene cosas más urgentes que hacer. Mientras lo observa cruzar la puerta con paso vacilante, se promete que buscará la manera de ayudarle.

73

Gheorghe aprieta los dientes con rabia al darse cuenta de que sus hombres le dejan vendido en las duchas. En cuanto nota cómo se escabullen mirándole de soslayo, sabe que está muerto.

«Putos traidores», piensa mientras ve que tres colombianos armados con pinchos se plantan frente a él. En una pelea, un hombre desnudo siempre parece desprotegido, aunque sea grande y fuerte como el rumano. A pesar de lo ridículo que resulta, se pone en guardia, dispuesto a vender cara su muerte.

– Vamos, venid a por mí, cabrones.

–¿Prefieres que te violemos antes o después de matarte, marica?

–Soy yo quien os mataré a vosotros, y después enviaré a mis hombres a violar a las putas de vuestras madres, a vuestras hermanas y hasta a vuestras hijas.

–Tú ya no tienes hombres, *güevón*.

El primero de los colombianos se confía demasiado y le ataca directamente, sin pararse a pensar que ese tipo no ocupa el lugar que ocupa por casualidad. Gheorghe esquiva su embestida y le golpea con la palma de la mano en la nariz, de forma ascendente. Durante un par de segundos parece un golpe sin consecuencias, pero ni siquiera el sicario de Walter Vargas sabe que le ha roto el tabique nasal y se le ha clavado en el cerebro. El colombiano se vuelve dispuesto a atacar por segunda vez, pero las piernas no le responden y cae como fulminado por un rayo. Sus dos compinches le miran confusos, sin saber qué ha pasado.

–¿Quién es el siguiente?

Gheorghe logra ganarse su respeto y los dos colombianos que aún siguen con vida organizan mejor su ataque. Cada uno se sitúa en un flanco y se lanzan contra él a la vez. Aunque el rumano logra devolver algunos golpes, los suyos son con los puños y los de sus agresores se le clavan diez centímetros en la carne. Solo es cuestión de tiempo que alguno de los pinchazos le haga daño de verdad. Cuatro minutos después, Gheorghe se desploma en el suelo con más de sesenta heridas en diferentes partes del cuerpo, pero antes de rendirse ha conseguido hacerse con uno de los pinchos –que se le había quedado clavado en la cadera– e incrustárselo en el cuello al mulato. El chorro de sangre arterial que tiñe la pared de la ducha no sale de Gheorghe, lo que le hace sonreír, recordando la primera vez que mató a un hombre en Bucarest. También le seccionó la carótida y también vio salir un chorro de sangre rojo brillante a varios metros de distancia. Habrán conseguido matarlo, sí, pero se ha llevado por delante a dos de sus atacantes y el tercero no se olvidará de él en lo que le queda de vida.

–Y ahora me violas si quieres –dice el rumano antes de cerrar los ojos para siempre.

Desde la muerte de Gheorghe, Gonzalo Fonseca vive mucho más tranquilo, contando los minutos que faltan para una liberación que, según su abogado, cada vez está más próxima. Solo espera salir antes de que su padre muera, pero no confía mucho en ello; por lo que sabe, los médicos no creen que vaya a durar demasiado. Su abogado está presionando al juez para que le dejen visitarle en el hospital, pero el permiso se está demorando más de la cuenta. Seguramente sea un castigo por no haber querido interceder a favor de que el anciano liberara a los secuestrados.

Cuando uno ya lleva más de un año viviendo en un sitio, empieza a considerarlo su hogar, aunque sea una celda de menos de diez metros cuadrados y tenga que compartirla con un dominicano con sobrepeso del que Gonzalo ha descubierto que ronca hasta despierto. Nelson también está encerrado por un homicidio, pero en su caso, salvo el juez que lo condenó, todo el mundo lo consideraría inocente: cuando una noche volvía a casa después de pasar doce horas trabajando en un almacén por mucho menos del salario mínimo, vio a un hombre intentando violar a una chica que no tenía ni quince años. Al principio apartó la mirada y siguió su camino, pensando que lo último que necesitaba era meterse en líos, pero no pudo ignorar lo que estaba ocurriendo y volvió sobre sus pasos. Bastó un empujón para que el violador trastabillase y se desnucase contra el bordillo. En un solo segundo, la vida puede cambiar para siempre.

–¿Vas a querer alguna de mis cosas, Nelson?

–Estás muy seguro de que van a soltarte, blanquito.

–Siempre he creído en la justicia.

–¿A pesar de lo que has visto aquí dentro?

–La justicia nada tiene que ver con terminar aquí. Todo depende de la suerte y de la defensa que puedas pagarte.

–Empezamos cuando quiera.

La dirección de la cárcel ha puesto todos los impedimentos posibles para evitar que los del programa de televisión hablasen con Gonzalo Fonseca, pero le han dado tanto bombo a la entrevista que hubiese sido mucho peor suspenderla. Después del dinero que han invertido, seguramente los de la tele estarían varias semanas sacando trapos sucios de la penitenciaría e invitando al plató a antiguos reclusos y a exfuncionarios con alguna *vendetta* pendiente.

–Yo ya estoy listo.

Durante los cuarenta y cinco minutos que dura la entrevista hablan del asesinato de Andrea, de posibles culpables alternativos, de los secuestros de su padre y la consiguiente muerte de la jueza y del abogado, de Noelia Sampedro, a la que le quedan pocas horas de vida si Ramón Fonseca no lo remedia –y a la que Gonzalo asegura no desearle ningún mal e incluso promete intentar averiguar dónde se encuentra si el juez le permite visitar a su padre en el hospital– y de los intentos de asesinato que ha sufrido Gonzalo dentro de la cárcel. Si la opinión pública ya estaba bastante segura de su inocencia, después de verle en la tele y de enterarse de que el dinero que saque lo destinará a la defensa de su amigo Adonay, ahora está completamente convencida.

74

—¿Siempre supiste que yo era tu hija?

Ramón Fonseca calla, con el cargo de conciencia dibujado en la mirada.

—Respóndeme, por favor.

El anciano asiente, lo que supone una enorme decepción para Verónica: si él no hubiera sabido que ella existía, ambos habrían sido víctimas de las mentiras de su madre y podrían empezar una relación desde cero, aunque estuviera condenada a extinguirse al cabo de unas horas o incluso de unos minutos.

—¿Por qué nunca me buscaste para decírmelo?

De haber estado en condiciones, el viejo le habría contado que esa era su intención, que incluso estuvo dispuesto a abandonar a su mujer y a su hijo para formar una familia con su madre y con ella, pero que fue Camelia quien lo rechazó. Cuando ya estaba enamorado hasta las trancas y Verónica ya había nacido, descubrió que no era el único, que Camelia quería a otro hombre que, como él, también estaba casado. Lo descubrió un día que fue a buscarla a Ardales para suplicarle en persona —por teléfono ya lo había hecho infinidad de veces, en vano—, que le diera otra oportunidad, aunque solo fuera por la hija que tenían en común. Aparcó el coche en la entrada del pueblo y, al llegar a la plaza de San Isidro, los vio comiéndose a besos entre las sombras, junto al cochecito donde la niña dormía.

Era la primera vez en su vida que Ramón sentía esa ira incontenible recorriéndole las venas, la misma por la que, más de dos décadas después, decidió secuestrar a las tres personas que consideraba culpables de la injusta situación de su hijo y se entregó a la policía asegurando estar dispuesto a dejarlas morir si no se cumplían sus exigencias. Lo que quiso hacer en aquel entonces fue más visceral, algo ni mucho menos tan elaborado como lo de ahora.

–Hijo de la gran puta... –masculló cuando, después de más de tres horas agazapado en una esquina, vio al hombre salir de casa de Camelia.

Lo siguió por las calles del pueblo, desiertas un martes de febrero a las doce de la noche. El hombre caminaba distraído y se paró a orinar en un árbol, a unos metros del coche de Ramón. Este abrió la puerta intentando no descubrirse y cogió una barra de hierro que guardaba detrás del asiento del conductor. Ramón Fonseca se colocó a su espalda y, cuando ya apretaba la barra en su mano y la levantó dispuesto a descargar el golpe, tuvo un momento de lucidez y logró contenerse. El hombre se subió la cremallera de los pantalones y continuó su camino, sin saber lo poco que había faltado para que su vida terminase aquella fría noche de invierno.

–Tu madre... no quiso –responde Ramón al fin.

–¡Me importa una mierda lo que quisiera mi madre! –Verónica se revuelve indignada–. ¡Yo tenía derecho a saberlo, joder!

–Lo siento.

La chica trata de tranquilizarse, consciente de que no tiene ningún sentido enfadarse con un viejo que está en las últimas y que ya nada puede hacer para cambiar el pasado.

–¿Tu hijo Gonzalo sabe que existo?

Ramón Fonseca niega con la cabeza.

–¿Lo hizo? ¿Fue él quien mató a su mujer?

–No –responde el anciano con toda la seguridad que le permite su estado.

–¿Cómo puedes estar seguro?

–Es inocente... hasta la policía lo sabe ya.

–Entonces ¿qué sentido tiene que Noelia Sampedro siga secuestrada? Debes decirles dónde está para que puedan rescatarla.

Ramón Fonseca duda, resistiéndose a ceder.

–Vamos –insiste Verónica–. Haz algo bien por una vez. ¿Quieres que te recuerde pensando que dejaste morir a una chica inocente?

Ramón Fonseca la mira, a punto de rendirse, pero cuando va a hablar, sufre una convulsión que le arquea todo el cuerpo, como si alguien estuviera tirando de una cuerda imaginaria que le sale del pecho. Los parámetros del monitor enloquecen y el indicador de sus constantes vitales pasa a emitir un sonido más grave, de alarma.

–¿Qué te pasa? –pregunta Verónica asustada.

El anciano intenta decir algo, pero su voz apenas resulta audible.

El subinspector Moreno ya ha subido de la cafetería y aguarda fuera, recorriendo impaciente el pasillo, cuando ve pasar a toda prisa a un médico y varias enfermeras. Al darse cuenta de que entran en la habitación de Ramón Fonseca, corre tras ellos. El anciano convulsiona sobre la cama mientras el doctor y las enfermeras luchan por controlar el ataque.

–¡Preparad oxígeno y una inyección de adrenalina! –ordena el médico mientras le da un masaje cardíaco–. ¡Y llevaos a esta chica de aquí, joder!

Una de las enfermeras dispone lo que ha pedido el doctor y la otra conduce hacia la puerta a Verónica, que lleva una revista médica en la mano.

–Tiene que salir.

–¿Qué ha pasado? –le pregunta Moreno a Verónica, asustado.

–No lo sé... –responde ella impresionada, con los ojos humedecidos–. Parecía que estaba bien y de pronto...

–¿Te ha dicho dónde está Noelia Sampedro?

Verónica no puede apartar la mirada del interior de la habitación, donde el médico y las enfermeras intentan traer de vuelta a Ramón Fonseca. Pero por su cara de preocupación, la urgencia de sus movimientos y los ruidos que emite el monitor, no parece que vayan a conseguirlo.

–Respóndeme, Verónica –insiste el policía–. Necesito saber ahora mismo si te ha dicho dónde tiene a Noelia.

–No... –Verónica intenta centrarse–. Cuando me lo iba a decir ha pasado esto. Solo le ha dado tiempo a señalar esta revista.

Moreno coge la revista, en cuya portada se puede leer: «Tuberculosis».

–¿Qué cojones significa? –pregunta el subinspector, extrañado.

–No tengo ni idea. Solo ha señalado la revista, y después...

En la habitación, tras cinco minutos tratando de estabilizar a Ramón Fonseca, las líneas del monitor multiparamétrico dejan de mostrar ondulaciones y el pitido pasa a ser continuo. El médico se da por vencido y certifica su muerte a las dos menos cuarto de la tarde del día en que seguramente también muera la joven estudiante y prostituta Noelia Sampedro.

75

Hace días que Noelia Sampedro dejó de golpear las tuberías con una lata de espárragos, convencida de que nadie la rescatará. Se rindió cuando decidió no levantarse del catre para orinar en el desagüe que hay en una esquina del lugar en el que, de no haber perdido la cuenta, sabría que lleva ya veintidós días encerrada. Uno por cada año que ha vivido.

Pasa la mayor parte de las horas durmiendo, y cuando despierta vuelve a sentir la soledad y el miedo que le producen los ruidos provenientes del exterior. Al principio creyó que eran personas y se desgañitó pidiendo ayuda, más tarde animales e intentó no hacer demasiado ruido para no revelar su presencia, y ahora prefiere no pensar en qué diablos será lo que no la deja descansar, pero por si acaso procura no abrir ni la boca ni los ojos. Se estremece cuando oye de nuevo esas pisadas en el techo. Está segura de que son reales, de que no ha perdido la cabeza ni son producto de su imaginación. El problema es que en ocasiones las oye dentro de su propia celda. Una vez incluso sintió que alguien pasaba por su lado y le rozaba el brazo, y juraría que entonces estaba despierta.

Desde hace un buen rato siente que se está deshidratando y mira las botellas de agua apiladas junto a la puerta, a menos de un metro de distancia. No tendría ni que levantarse, con solo alargar el brazo aplacaría la sed. Y sin embargo, duda de si coger una. Ya se ha bebido la mayoría, pero aún tiene suficientes para sobrevivir durante unas semanas.

El horror.

Si se hidrata, el agua hará que desaparezcan esas agujas que se le clavan en la garganta y aliviará ese terrible dolor de cabeza, pero a cambio prolongará su tormento a saber cuánto tiempo más. Después de algunos minutos de vacilación, decide seguir sufriendo y bebe por su madre, por Pablo y por el corazón de su padre, que contra todo pronóstico aún sigue latiendo. Enseguida siente el alivio del líquido tomando posesión de todos los rincones de su cuerpo. Su estómago, vacío desde hace días, ve una oportunidad y ruge pidiendo alimento. Noelia se toma un rato más y por fin abre la lata de espárragos con la que intentaba avisar de su presencia allí. Una muestra más de que ha perdido toda esperanza de salir de ese lugar.

Igual que hizo tres semanas antes el abogado Juan Carlos Solozábal, observa el filo de la tapa de hojalata y piensa en terminar con todo de una vez, pero no reúne ni el valor ni las fuerzas necesarias para suicidarse, y menos cortándose las venas. Si tuviera una pistola a mano ya se habría volado la tapa de los sesos, pero desangrarse lentamente no es el final que desea.

En el exterior de la celda de Noelia Sampedro, junto a un pequeño generador oculto debajo de unas mantas que amortiguan su sonido, el temporizador conectado a una botella de monóxido de carbono apura su cuenta atrás. Ya queda menos de una hora para que llegue a cero y libere el gas.

76

La inspectora Ramos vuelve a hacer su rutina de contención mientras observa obnubilada el caótico tapiz de fotografías, recortes de periódico y diplomas en la pared de detrás del escritorio del juez. El magistrado, resentido tras haber tenido que echarla de su despacho la última vez que se reunieron allí, la mira con cara de pocos amigos a la vez que hojea el informe que le ha entregado y examina las fotografías encontradas en casa del crupier asesinado Gustavo Burgos.

–Que el señor Oller jugase al póquer con la jueza Almudena García no significa absolutamente nada –dice cuando termina de leerlo, lanzando con desprecio los papeles sobre el escritorio.

–Lo sé, pero hay muchas más pruebas que...

–Indicios –le corrige.

–Está bien, indicios –concede ella–. Pero reconozca que todos juntos hacen sospechar que Sebastián Oller está detrás de la muerte de Andrea Montero.

–No puedo tramitar una orden de detención contra él solo porque tenga usted una sospecha, inspectora.

–¿Y por lo de las pinturas rupestres?

–Eso me suena a cuento chino. Sinceramente, no termino de creerme que en Toledo haya habido una suerte de cuevas de Altamira.

–Tenemos la declaración del conductor de la excavadora y media mandíbula de un animal que murió hace quince mil años. Los del Museo de Ciencias Naturales han certificado que es auténtico, así que podría ordenar que lo detuvieran por destrucción de patrimonio histórico.

–¿Para tener que soltarlo a las dos horas? No, gracias.

–Tal vez esas dos horas basten para que Ramón Fonseca nos diga dónde tiene secuestrada a Noelia Sampedro –le presiona la inspectora–. Además, también está lo del asesinato del crupier.

–Otra patraña que se ha sacado de la manga, inspectora. ¿Quién le ha contado eso? Porque no veo el nombre del testigo por ninguna parte.

–Es un confidente que, de momento, no quiere figurar.

–O sea, que podría estar inventándoselo todo.

–No ganaría nada con ello.

–Lo siento, pero estoy atado pies y manos.

–Entonces ¿dejamos que esa chica también se pegue un chute de monóxido de carbono, señor? –pregunta la inspectora, incisiva.

–Si no han conseguido encontrar a esas personas es que ustedes no han hecho bien su trabajo, inspectora –responde el juez, a la defensiva.

–Bastaría con que firmara la orden de detención para que Ramón Fonseca viera que hemos cumplido sus condiciones y acabara con esto de una maldita vez. ¡Tenemos que intentar lo que sea, joder!

El juez la fulmina con la mirada, irritado. Esa policía no le cae bien y la mandaría al cuerno de muy buena gana, pero ya han muerto un abogado y una colega y no quiere que también muera esa chica. Además, si se filtrase a la prensa que él tuvo en sus manos la posibilidad de salvarle la vida y no lo hizo por la animadversión que siente por la inspectora, su carrera se tambalearía. Y algo le dice que esa mosca cojonera con placa de policía filtraría la información solo para fastidiarle.

–No es por presionar, señor –dice la inspectora todo lo amable que puede–, pero son las dos y diez.

–¿Y? ¿Tiene que irse a comer?

–No, pero solo nos quedan cincuenta minutos para encontrar con vida a Noelia. ¿Podría firmar el papel y seguir despreciándome después?

El juez aprieta los dientes, se traga el orgullo y firma el papel. Se lo tiende a la inspectora, pero cuando esta va a cogerlo, lo retira.

–Se lo daré con una condición.

–¿Cuál?

–Que no vuelva usted por aquí en su puñetera vida, inspectora Ramos. Si tiene que pedir algo, que venga otro policía de su equipo, no quiero volver a verle el pelo nunca más.

–Hecho.

La inspectora le quita el papel de las manos y sale corriendo. El juez se recuesta en la silla sin terminar de creerse que ha logrado librarse para siempre de ese molesto grano en el culo.

La inspectora Ramos y la subinspectora Ortega entran a la carrera en el hospital. Al verlas dirigirse hacia la habitación de Ramón Fonseca, el subinspector Moreno les sale al paso.

–¡Ya tenemos la orden de detención contra Sebastián Oller, Moreno! –dice la inspectora, recuperando el resuello tras la carrera desde el aparcamiento.

–Me parece que llegáis un poco tarde, jefa.

–Todavía faltan treinta y cinco minutos para que se cumpla el plazo –responde Ortega mirando su reloj–. Si Ramón Fonseca nos dice dónde tiene a Noelia Sampedro, podríamos llegar a tiempo.

–Me temo que Ramón Fonseca ya no podrá decir nada, María –replica el subinspector con cara de circunstancias.

–¿Por qué no? –pregunta Ramos, intuyendo que algo no va bien.

Por toda respuesta, Moreno señala con un gesto hacia la habitación que ocupaba el secuestrador. Al girarse, las policías ven que unos enfermeros sacan empujando una camilla con el cadáver.

–¿Cuándo ha muerto? –pregunta la inspectora, abatida.

–Hace diez minutos. Estaba hablando con su hija y sufrió un ataque.

–¿No llegó a decirle dónde tiene a Noelia?

–No... –contesta el subinspector negando con la cabeza y mostrando la revista médica que le entregó Verónica–. Solo señaló esta revista, pero la he revisado de arriba abajo y no he encontrado ninguna pista que nos conduzca hasta ella.

La inspectora mira pensativa la portada de la revista cuando ve a los enfermeros entrar en el ascensor con el cuerpo de Ramón Fonseca y se acerca a un médico mayor que está hablando con una colega a unos metros de ellos.

–Disculpen. Soy la inspectora Ramos –dice enseñando su placa–. ¿Podrían decirme si en España sigue habiendo tuberculosis?

–¿Tuberculosis? La hay, en efecto –contesta la doctora–. Aproximadamente unos nueve casos por cada cien mil habitantes.

–¿Y la cura es muy complicada?

–Ahora menos que hace unos años, pero aun así es una enfermedad bastante puñetera. En los casos más difíciles hay que seguir un tratamiento a base de antibióticos durante casi dos años.

–¿Antes cómo se curaba?

–Con retiro y esas cosas –responde el médico mayor–. Los enfermos iban a tratarse en sanatorios en la montaña. Yo mismo hice las prácticas en uno que había en la sierra de Guadarrama.

–¿Cómo se llama ese hospital?

–Sanatorio de la Marina. Está en Los Molinos, pero no se molesten en ir. Pasé por allí hace un par de años y está abandonado. Es una auténtica lástima.

La inspectora siente que se le acelera el corazón.

–Tiene que estar allí –dice a los subinspectores Ortega y Moreno, convencida.

77

El constructor Sebastián Oller estaba reunido con el consejero de facciones afiladas cuando les informaron del incidente protagonizado la noche anterior por la jefa de obra. Nada más colgar el teléfono, el empresario se levantó para mirar por la ventana con el ceño fruncido, como hacía cada vez que tenía que tomar una decisión difícil.

–Ya sabes lo que hay que hacer, Sebastián –le dijo su consejero con frialdad.

–Maldita estúpida. –El empresario chasqueó la lengua contrariado–. ¿No podía quedarse quietecita y olvidarse del tema?

–Te dije que Andrea Montero nos daría problemas desde que se negó a coger el dinero que le ofrecimos a cambio de su silencio.

Oller asintió. Él también sabía que no sería sencillo lograr que se olvidase de aquel hallazgo, pero confiaba en que dirigir el ambicioso proyecto que tenían entre manos apaciguase su ofuscación. Pero no fue así y aquella noche se había colado en la cueva a saber con qué intenciones. Lo más seguro es que hubiese fotografiado todas las pinturas y quisiese negociar con ellas. Si Oller había puesto vigilancia en aquel lugar fue precisamente porque temía que eso sucediera.

–¿Quién era el hombre que la acompañaba? –preguntó el consejero.

–El guardia no pudo identificarlo, pero por la descripción que dio, supongo que sería su marido.

–¿Qué hacemos entonces?

Sebastián Oller buscó desesperadamente alguna solución, pero solo tenía dos posibles salidas: o hacía público el descubrimiento, arriesgándose a perder los muchos millones de euros que había invertido en aquel proyecto cuando el Ministerio revocase los permisos y enviara a un equipo de arqueólogos, o acababa con el problema de raíz. Tras unos minutos de silencio, y aunque le costó un triunfo decidirse, dio la orden que su consejero sabía que daría. Ella solita se lo había buscado.

–Que se encarguen los rusos. Y que destruyan todas las pruebas que puedan haberse llevado.

La noche en que Andrea Montero sacó las fotos a las pinturas de la cueva, no pudo pegar ojo. Aún tenía la adrenalina por las nubes por la aventura que había vivido junto a su profesor de cocina, pero lo que realmente no la dejaba dormir era que cuando regresaron a la moto él la besó. Desde el primer día le pareció un hombre muy atractivo y había mucho *feeling* entre ambos, aunque jamás se le había pasado por la cabeza tener nada con él. Pero esas cosas no se planean, simplemente suceden. Fueron a abrazarse porque creían que habían salido airosos de su encuentro con los guardias, sus bocas quedaron una frente a otra y ya no hubo marcha atrás.

Al día siguiente, Andrea quedó a comer con su amiga Silvia Ribot con la intención de contarle tanto lo de las pinturas como el desconcertante beso con el chef, pero después de media hora en la que Silvia le puso la cabeza como un bombo con los problemas que tenía uno de sus hijos en el colegio, se arrepintió y se limitó a decirle que le mandaría unos documentos para que los guardase por si a ella le pasaba algo. Silvia Ribot no se tomó demasiado en serio a su amiga, pero tampoco pudo preguntar mucho más porque tuvo que marcharse a toda prisa a una reunión en el colegio con la tutora del mayor de los niños.

Ese día Andrea pensó en faltar a la clase de cocina, pero por mucho que intentase olvidar lo sucedido la noche anterior, no pudo quitarse de la cabeza el sabor de los labios de su profesor. Cada mirada y cada roce que se produjo aquella tarde mientras escabechaban unas codornices les puso a ambos la piel de gallina, tanto que dar un paso más se convirtió en inevitable.

–¿Te apetece que quedemos para tomar un vino al terminar la clase? –propuso Antonio Figueroa.

–¿Qué tal si vamos a un lugar más discreto? –respondió Andrea Montero.

La convención a la que Gonzalo Fonseca asistía en Murcia terminó un día antes de lo previsto a causa de la indisposición repentina del último de los ponentes, que se había venido arriba en la cena de la noche anterior. Aunque muchos de los compañeros de Gonzalo decidieron quedarse y aprovechar el día libre lejos de sus familias y su rutina, él quiso volver a casa para invitar a cenar a Andrea en un buen restaurante y arreglar las pequeñas desavenencias que habían surgido entre ellos en los últimos días.

Llegó a casa con el tiempo justo para cambiarse e ir a recogerla a la escuela de cocina. Cuando estaba aparcando vio que su mujer salía riéndose acompañada por el profesor. Gonzalo lo conocía de haber hecho algún curso suelto y le caía bien, así que se dispuso a ir a saludarlo... pero algo en la actitud de Andrea y de Antonio le hizo detenerse y estuvo observándolos desde el coche, a unos metros de distancia. Sus sospechas se vieron confirmadas cuando, antes de subirse a la moto, se besaron.

A Gonzalo le costó reaccionar. En un primer instante ni siquiera se lo tomó como una traición, simplemente dudó de lo que habían visto sus ojos y hasta estuvo a punto de frotárselos, como en los dibujos animados. Sin embargo, eso tampoco hizo falta porque, antes de ayudarla a abrocharse el casco, el profesor volvió a besarla y ella no se retiró para abofetearle diciéndole que no volviera a hacerlo porque era una mujer felizmente casada.

Cuando la moto giró en la esquina de la calle, Gonzalo Fonseca reaccionó y los siguió a una distancia prudencial, todavía creyendo que habría una explicación para aquello. Estuvo a punto de perderlos al llegar al paseo de la Castellana, pero un semáforo se alió con él y pudo ver que se metían en el aparcamiento de un hotel. Aparcó el coche frente a la puerta de entrada y esperó sintiendo cómo el desencanto se iba apoderando poco a poco de él.

78

El sanatorio militar de Los Molinos –conocido en su día como Sanatorio de Marina– es un conjunto de edificaciones que ocupan más de diez mil metros cuadrados construidos en un recinto de sesenta y cinco hectáreas. El imponente edificio principal, de seis plantas, contaba con cincuenta y cinco habitaciones, quirófanos, cafetería, cocinas, salas de consulta, sala de autopsias, capilla y residencia, primero para médicos y enfermeras, y más tarde para las monjas que atendían a los enfermos terminales. Fue erigido en 1943 con el objetivo de, sirviéndose de la calidad del aire de la sierra de Guadarrama, sanar a los militares españoles aquejados de dolencias respiratorias. Después de medio siglo acogiendo principalmente a tuberculosos, cuando los nuevos tratamientos se impusieron a los costosos retiros en la montaña, pasó a ser una clínica geriátrica para altos cargos de la Marina, hasta que el Ministerio de Defensa dejó de poder sufragar los enormes gastos que generaba y en 2001 ordenó su cierre. Desde entonces, a esa inmensa mole de ladrillos y hormigón solo acuden mendigos que buscan refugio, saqueadores, grafiteros, grupos de chavales para hacer botellón y amantes de lo paranormal. Se dice que entre sus muros han quedado encerradas las almas de los que allí murieron, que no fueron pocos.

El coche en el que van la inspectora Ramos y los subinspectores María Ortega e Iván Moreno aparca frente a un cartel en el que se prohíbe el paso y que amenaza con multas cuantiosas a los merodeadores, aunque eso no parece que fuera suficiente para disuadir a Ramón Fonseca. Los dos furgones del Grupo Especial de Operaciones llegan cuando los policías están bajándose del vehículo.

–Me cago en la leche –dice la subinspectora Ortega estremecida–. ¿Ese viejo habrá sido tan cabrón de encerrar aquí a esa pobre chica?

–Esperemos que sí, porque de lo contrario seguramente ya nunca recuperemos su cuerpo –responde Moreno observando el edificio.

–¿Cómo vamos de tiempo? –pregunta la inspectora.

–Quedan ocho minutos.

–Joder... ¡Tenemos ocho minutos para encontrar a Noelia Sampedro antes de que el temporizador llegue a cero y libere el monóxido de carbono! –informa la inspectora a los geos, que se incorporan al grupo mirando contrariados el antiguo sanatorio.

–Este sitio es enorme, inspectora –dice el mando de los geos–. No sé ni por dónde empezar a buscar.

–Que seis de sus hombres recorran en parejas los edificios aledaños. El resto entrará con nosotros en el edificio principal. Recuerde que buscamos una botella de monóxido de carbono conectada a un temporizador. En caso de que lo vean, que den el aviso de inmediato.

Al entrar en el vestíbulo, los policías se dan cuenta de que será prácticamente imposible encontrar a nadie allí dentro, y menos en tan poco tiempo. Ante ellos se despliegan larguísimos pasillos con múltiples estancias y recovecos donde podrían haber encerrado a una persona. Los escombros, los grafitis y las decenas de muebles desvencijados que atestan el lugar no ayudan demasiado a centrar la búsqueda.

–Cuatro minutos, jefa –dice la subinspectora Ortega consultando su reloj.

–¿De cuánto tiempo dispone desde que empiece a salir el gas?

–Depende de lo débil que esté y del tamaño del sitio donde se encuentre encerrada, pero de no más de seis o siete minutos –responde Moreno.

–Hagamos ruido, todo el que podamos. Tenemos que intentar que Noelia nos oiga y nos indique su posición.

Los policías golpean chapas con las porras, rompen muebles y gritan a pleno pulmón llamando a la única que aún queda viva de las tres personas secuestradas por el fallecido Ramón Fonseca.

En el interior de su celda, Noelia oye unos golpes ahogados, pero en vez de recuperar la esperanza de ser rescatada, el ruido hace que se bloquee aún más, temiendo que la presencia que lleva tantos días percibiendo haya decidido mostrarse al fin. No logra pensar con claridad y se tapa los oídos.

–¡Déjame en paz!

Si no estuviera tan desquiciada después de tantos días de encierro, se daría cuenta de que lo que está pasando es muy real y algo está provocando pequeñas vibraciones en el edificio que hacen que una de las latas apiladas junto a la pared se caiga al suelo y vaya rodando hasta perderse debajo del catre. De repente, los ruidos en el exterior cesan y Noelia aguanta la respiración, temerosa. Entonces oye un sonido distinto, un leve siseo que procede del conducto de ventilación, donde el temporizador conectado a la botella de monóxido de carbono acaba de llegar a cero.

—Se ha cumplido el tiempo. —La subinspectora Ortega apaga la alarma de su móvil con cara de circunstancias.

—Seis minutos a partir de ahora —dice el subinspector Moreno con gravedad.

—¡Silencio! —La inspectora Ramos aguza el oído—. ¿No oís eso?

—¿El qué?

—Es un zumbido uniforme, como de una especie de motor. Tal vez un... ¿podría ser un generador?

—¡Lo oigo! —grita el mando de los geos, esperanzado—. ¡Viene del piso superior!

Los policías corren escaleras arriba hasta la primera planta, donde se multiplican los pasillos, las pintadas y los escombros. Aunque ligerísimamente, allí el ruido del generador se oye un poco más nítido, pero aún están muy lejos.

Noelia Sampedro empieza a tener sueño, aunque no es del mismo tipo que la ha mantenido en una especie de duermevela durante las últimas semanas; ahora se trata de algo distinto. Intenta mantener los ojos abiertos, pero algo le empuja a cerrarlos, invitándola a descansar, esta vez para siempre. Antes de dejarse llevar mira la última botella de agua de la que ha bebido y sospecha que estaba envenenada. Por fin ha encontrado su premio y sonríe. Ya no siente miedo, solo ganas de que todo termine de una vez y volver a abrazar a su padre.

A medida que van subiendo escalones, los policías oyen el ruido un poco más alto. Al llegar al último piso, la inspectora Ramos corre por el pasillo sin pararse a pensar en el desorden y la suciedad del lugar.

—¡Eh! —exclama el jefe de los geos, sorprendido por su reacción—. ¡Espere a que inspeccionemos el terreno!

Pero Indira no se detiene y entra en la última habitación. Tras retirar unas mantas con las manos desnudas, encuentra el pequeño generador. A su lado, están el temporizador ya apagado y la botella de monóxido de carbono conectada a un conducto de ventilación en lo alto de una pared de cemento y ladrillos de reciente construcción.

–¡Aquí! ¡Está detrás de esta pared!

–¡Apártese!

El propio mando de los geos, tras lanzarle una mirad de reproche, se adelanta con una maza y empieza a tirar abajo la pared.

–¡Ya han pasado seis minutos! –avisa la subinspectora Ortega–. ¡Debemos darnos prisa!

Los golpes con la maza hacen temblar toda la estancia. Al séptimo, la pared cede y se viene parcialmente abajo. El fuerte olor a orín, sudor y excrementos procedente del boquete indica que han dado con el lugar donde Noelia Sampedro lleva más de veinte días secuestrada. La chica está tumbada en el catre, inerte. Mientras los policías retiran los ladrillos, el subinspector Moreno se cuela por el hueco abierto y se acerca a ella.

–¿Sigue viva? –pregunta la inspectora Ramos.

–¡Está muy débil, pero todavía tiene pulso!

Moreno la coge en brazos y se la entrega al mando de los geos a través del agujero, que poco a poco va haciéndose más grande.

–¡Oxígeno!

Uno de sus hombres se abre paso con una botella de oxígeno y le pone a la chica la mascarilla. Todos aguardan con los dedos cruzados.

–Vamos, Noelia. Respira.

Al cabo de unos segundos, la chica coge aire y abre los ojos, muy débil y asustada, sin tener claro si sigue estando en esta vida o ya en la siguiente.

–Tranquila, ya estás a salvo. Te pondrás bien.

Con esfuerzo, Noelia se quita la mascarilla y mira hacia el techo.

–El que me ha hecho esto... está en el piso de arriba.

–Este es el último piso, Noelia. Arriba no hay nada.

Noelia Sampedro les mira desconcertada y vuelve a perder el conocimiento. Los policías la bajan en volandas hasta el vestíbulo. La inspectora Indira Ramos, olvidándose por completo de su naturaleza, no le suelta la mano hasta que se la entrega a los sanitarios, que ya aguardan en el exterior con las puertas de la ambulancia abiertas... aunque inmediatamente después, se lava las suyas hasta casi borrarse las huellas dactilares.

79

A primera hora de la mañana, Gonzalo Fonseca recibe la noticia que lleva tantos meses esperando. Su abogado, tras enterarse de que se ha cursado la orden de detención contra el empresario y constructor Sebastián Oller, ha exigido al juez que libere inmediatamente a su defendido y que le permita asistir al entierro de su padre. Gracias a la presión de los medios de comunicación, y teniendo en cuenta que Noelia Sampedro se recupera sin contratiempos de sus tres semanas de secuestro, no hay motivo para que permanezca un día más encerrado.

Durante toda la mañana su celda es un desfile de reclusos que intentan rascar algo de ropa, libros que cambiar por un par de cigarrillos o comida de la despensa. Su compañero Nelson pelea por lo que considera suyo después de tanto tiempo de convivencia, pero odia leer y la ropa no le entra ni por asomo, así que tiene que conformarse con los sobres de sopa, el jamón de York envasado y las chocolatinas. Cuando ya parecía que se había olvidado de su acuerdo con Gonzalo, aparece el manco.

–Déjanos solos, negro –le dice Walter Vargas al dominicano.

Nelson sabe que con él no puede regatear y se marcha a toda prisa.

–Al final te saliste con la tuya, muchacho –dice el narco una vez que se han quedado solos.

–Le dije que era inocente, señor Vargas.

–El precio que has pagado para demostrarlo ha sido muy alto...

–Mi padre sabía bien lo que se jugaba. Estoy seguro de que ha muerto feliz por haber logrado darme una nueva oportunidad.

–Yo por mis hijos también moriría, ciertamente.

El señor Vargas le hace una seña al hombre que vigila fuera de la celda, el único de los tres sicarios que sobrevivió al encuentro en las duchas con el rumano Gheorghe. Entra todavía renqueante y le entrega un papel a Gonzalo, donde solo hay escrito un número de teléfono.

–Agárrate una borrachera, echa un buen polvo y después llama a ese número –dice Walter Vargas.

–¿De quién es?

–Te darán lo que necesitas para cumplir nuestro acuerdo.

Gonzalo observa el papel en silencio.

–¿Algún problema?

Gonzalo lleva días pensando en desaparecer para siempre en cuanto ponga un pie en la calle y así evitar cumplir el acuerdo al que llegó con el colombiano a cambio de protección durante su estancia en prisión, pero sabe que le buscaría hasta dar con él y que su final no sería muy diferente al de Gheorghe. Además, ha descubierto que ya no está tan solo en el mundo como creía y no quiere tener que esconderse.

–Ningún problema, señor. Solo estaba memorizando el número. –Cuando se lo ha aprendido, coge un mechero de encima de la mesa, quema el papel y lo tira al váter.

–Espero que te vaya bien, muchacho.

–Lo mismo le deseo, señor Vargas.

La sensación al pisar la calle después de más de un año convencido de que no saldría de aquel lugar hasta haber cumplido los sesenta es extraña para Gonzalo, y más aún verse rodeado de periodistas, como si fuese una estrella de rock. Por un momento se agobia y busca una vía de escape, pero los reporteros no se lo ponen fácil. Repara en un coche aparcado a unos metros desde el que una chica le mira fijamente, con curiosidad, y ambos se reconocen al instante. Corre hacia allí y sube al vehículo. No cruzan una palabra hasta que ya han salido del aparcamiento.

—Así que tú eres mi hermana...

—Así que tú eres mi hermano —responde Verónica.

Los hermanos se miran y se sonríen, contentos por haber descubierto hace pocos días que comparten genes. Durante las horas que tardan en llegar a Málaga para despedirse por última vez de su padre les da tiempo a conocerse y percatarse de que tienen muchas más cosas en común de las que podían imaginar.

Sebastián Oller está tomando una copa en uno de los salones del exclusivo club privado del barrio de Salamanca cuando entra Silvia Ribot, la amiga de Andrea Montero. Si el constructor supiera que fue ella quien puso a las investigadoras tras su pista, daría orden de liquidarla de inmediato, pero de momento las policías se han portado bien y han respetado su anonimato.

—Disculpe, señor Oller —dice Silvia con timidez—. Unas policías preguntan por usted.

Oller chasquea la lengua y apura un coñac que cuesta cuatrocientos euros la botella, consciente de que pasará mucho tiempo antes de que pueda volver a disfrutar de algo parecido; según su abogado, esta vez no le resultará sencillo librarse de la cárcel. Aunque les será casi imposible demostrar su participación en el asesinato de Andrea Montero o en el del crupier Gustavo Burgos, lo imputarán por unos cuantos delitos más, incluidos sobornos, amenazas y destrucción de patrimonio histórico. Y lo peor es que ya habrán cursado la orden de paralizar las obras del campo de golf réplica del Augusta National para buscar más restos arqueológicos en la zona. La ruina más absoluta.

Sebastián Oller siempre pensó que acabaría con él la ambición de algún socio o tal vez un asesino a sueldo contratado por alguno de sus múltiples enemigos, pero jamás se le pasó por la cabeza que su verdugo sería un puto Velázquez muerto hace más de quince mil años.

–¿Señor Oller? –insiste Silvia Ribot.

–Estoy listo –dice el empresario al fin.

Enseguida entran la inspectora Ramos y la subinspectora Ortega.

–Señoras... –Oller las saluda con una amabilidad impostada–. Lamento no poder decir que me alegro de verlas.

–Supongo que ya sabe a qué hemos venido, señor Oller –dice la inspectora.

–Estoy al tanto, sí, aunque debo decirles que se equivocan.

–Es inocente, no diga más.

–De unas cosas sí y de otras no tanto. A ustedes no les negaré que he cometido algunas irregularidades que, según se miren, podrían ser más o menos censurables, pero jamás he matado a nadie.

–Le creo. Usted es de los que prefieren enviar a otros a hacer el trabajo sucio, ¿no?

–Dudo mucho de que puedan demostrar algo así.

–Eso ya lo veremos. Las manos a la espalda, por favor –dice la inspectora Ramos sacando unas esposas.

–¿Son necesarias las esposas? Si tiene usted un poco de humanidad, déjeme salir con dignidad. En este club hay personas que me conocen desde hace más de treinta años.

–Entonces no se sorprenderán de verle esposado, señor Oller. Es más, seguro que muchos se preguntarán por qué hemos tardado tanto.

–Y otros muchos se cagarán patas abajo –añade la subinspectora Ortega.

Las policías se miran y sonríen antes de esposar a Sebastián Oller, de leerle sus derechos y de mandarlo a la cárcel haciendo el paseíllo por delante de sus antiguos amigos, que no parecen demasiado afectados. En los círculos en los que se mueven, la ruina de unos supone nuevas oportunidades para otros.

Como en los negocios y en la cárcel, unos entran y otros salen.

80

–No me parece tan grave –dice el psicólogo quitándole importancia.

–¿Que no te parece...? –Indira le mira escandalizada–. ¿Tú sabes la cantidad de riesgos que tiene eso, Adolfo?

–Si no fuera por «eso», ni tú ni yo estaríamos aquí. Además, existen los condones.

–Los condones protegen de una ínfima parte de las cosas que pueden contagiarse a través del sexo.

–Pues nada –resopla él harto–, tú sigue poniendo a hervir una vez a la semana el consolador ese que tienes de silicona antialergénica y olvídate de subinspectores.

–No me ayudas mucho, ¿sabes? –responde Indira molesta.

–¿Y cómo crees que podría ayudarte, Indira? Me dices que te sientes atraída por un hombre y, cuando te digo que como psicólogo te veo preparada para empezar a relacionarte con otras personas, te pones como el bicho del pantano.

–Es que ahora no necesito el consejo de mi psicólogo, sino el de un amigo.

–Está bien, coge tus cosas. –El psicólogo se levanta con determinación y va hacia la puerta.

Indira lo contempla estupefacta desde su butaca, sin moverse del sitio.

–Todavía no es la hora.

–Lo sé, pero vamos a hacer una terapia de choque. Venga. –Adolfo sale de su consulta, le pide a su secretaria que anule la última cita de la tarde y espera a Indira sujetando la puerta del ascensor–. ¿Quieres entrar de una vez? No tenemos todo el día.

Indira mira a su alrededor, desazonada, mientras el psicólogo pide algo en la barra. En el bar, un local que mezcla estilos variopintos –decoración mitad irlandesa mitad americana, con jamones colgados en lugares estratégicos, una máquina tragaperras y un gato chino con movimiento perpetuo del brazo–, aparte de ellos dos, hay un grupo formado por ocho hombres y tres mujeres que jalean a los futbolistas que ven en una pantalla gigante como si estuviesen en el campo. Adolfo regresa de la barra con una bandeja en la que lleva dos enormes perritos calientes con carne picada y queso derretido por encima y dos jarras de medio litro de cerveza helada

–¿Kétchup y mostaza? –pregunta sentándose frente a ella.

–No pretenderás que me coma esto, ¿verdad? –pregunta a su vez Indira asqueada–. A saber cómo estará la cocina de este garito.

–Llena de mierda, seguro. Pero eso es justo lo que lo convierte en el garito con los mejores perritos calientes de todo Madrid.

–Pues te vas a empachar, porque yo no pienso probarlos.

–¿No querías charlar conmigo como amigo, Indira?

–Sí, pero...

–Los amigos –la interrumpe– hacen estas cosas juntos. Ah, y como les toques mucho las narices, te pueden mandar a tomar por culo.

–Pues entonces casi te prefiero como psicólogo.

–Cómete el perrito de una vez, por favor.

Indira está a punto de negarse, pero el caso es que tiene buena pinta.

—¿Y los cubiertos?

—Aquí no hay cubiertos —responde el psicólogo dándole un mordisco a su perrito.

La inspectora se recubre los dedos con varias servilletas y coge con un asco infinito un trocito de carne cubierta de queso. Se lo lleva lentamente a la boca, como cuando los concursantes de los programas de supervivencia se comen las cucarachas para ganar una prueba. Un par de veces está a punto de abortar la misión, pero la mirada amenazante del psicólogo se lo impide. Cuando al fin se decide y lo mastica, se da cuenta de que está riquísimo y mira sorprendida al que en ese momento es solo su amigo.

—¿Qué tal? —pregunta Adolfo satisfecho.

—No está mal...

—Pues ahora muérdelo como Dios manda y pégale un trago a la cerveza, que ya he pedido dos más.

El subinspector Moreno está intentando montar por segunda vez un armario de Ikea que compró hace varios meses, cuando decidió que el canapé de su cama, por muy útil que fuera para almacenar cosas, no lo era tanto para guardar camisas, que siempre salían de allí arrugadas. La primera vez montó al revés las baldas y no se podían cerrar las puertas. Lo abandonó frustrado. Esta segunda lo ha cogido con más ganas, pero lo cierto es que no está llamado para la ebanistería.

El timbre de la puerta es la excusa perfecta para renunciar al montaje del armario por segunda y definitiva vez. Moreno se pone la camiseta y va a abrir. Se asusta al ver allí a su jefa.

—Indira... ¿qué haces aquí? ¿Le ha pasado algo a Jimeno?

—Que yo sepa —a la inspectora le cuesta vocalizar—, Jimeno sigue en coma. ¿Puedo pasar?

—¿Estás borracha? —pregunta Iván atónito.

—Solo un poquito —responde ella con una sonrisa inocente.

Indira se acerca a él y le besa. Aunque Iván no puede evitar corresponderla, enseguida se retira.

—Espera, espera un momento. No sé si estás en condiciones de...

—Estoy en las condiciones perfectas —lo interrumpe ella—. Si no me hubiera bebido tres jarras de cerveza y tres chupitos de ron, no me habría atrevido a venir. Aunque si quieres, puedo marcharme y nos olvidamos.

Iván la mira en silencio, sin saber qué hacer. Indira lo interpreta a su manera y, muy avergonzada, hace ademán de marcharse.

—Ya entiendo. Perdona por haberte molestado.

—Espera, Indira. —Él la sujeta del brazo con delicadeza—. Lo que pasa es que no quiero que hagas esto solo porque hayas bebido más de la cuenta y mañana te arrepientas.

—Probablemente me arrepienta, sí... pero ahora es lo que quiero hacer.

—¿Estás segura?

Por toda respuesta, Indira vuelve a besarle y esta vez Iván no se retira. Van camino de la habitación principal besándose y desnudándose el uno al otro. Cuando llegan e Indira ve un armario a medio montar y una caja de herramientas desperdigada por el suelo, le entran los siete males.

—Ay, Dios mío...

—Olvídate de lo que has visto —se apresura a decir Iván cerrando la puerta—. Mejor vayamos a otro sitio.

En la habitación de invitados terminan de desnudarse y hacen el amor como si fueran una pareja normal.

V

81

La inspectora Ramos se despierta con una tortícolis terrible después de haber pasado la noche en un incomodísimo sofá junto a la cama del oficial Óscar Jimeno. Ya lleva una semana en coma y, según los médicos, cuanto más tarde en volver en sí, más probabilidades habrá de que le queden secuelas. Indira se levanta, se despereza y va a tomarle la temperatura con la mano. Ella misma se sorprende de ser capaz de tal cosa sin antes ponerse unos guantes de silicona extragruesos, y más aún en un hospital, donde todo el mundo sabe que las bacterias y los virus campan a sus anchas. Y por si fuera poco, anoche cenó en la cafetería. Quizá esa sea la causa del extraño malestar que siente, pero también puede deberse a la sensación de que se le ha pasado algo por alto.

Desde que cerró el caso y encontró con vida a Noelia Sampedro todo han sido felicitaciones para ella y su equipo, aunque, siendo honestos y con datos en la mano, solo lograron salvar a una de las tres víctimas de Ramón Fonseca, un escaso treinta y tres por ciento de éxito. Está contenta por la chica; contra todo pronóstico, la suerte se puso de su parte y en el último segundo la rescataron del hospital abandonado de la sierra. Pero aun así, no consigue quitarse el caso de la cabeza y pasar página.

La puerta se abre y entra el subinspector Moreno. Ya han transcurrido tres días desde que hicieron el amor e Indira todavía no ha podido volver a mirarle a la cara, y mucho menos abordar el tema, con o sin naturalidad. Más que nada porque no tiene ni idea de qué decir. Él ya empieza a conocerla y sabe que no debe forzar la situación, que lo mejor es que ella dé el siguiente paso.

–¿Ha habido alguna novedad? –pregunta Iván mirando a su compañero.

–Sigue durmiendo... –dice Indira negando con la cabeza.

–¿No se había quedado María contigo?

–Sí, pero no tenía ningún sentido que estuviésemos aquí las dos y anoche la mandé para casa.

Se produce un incomodísimo silencio entre ellos.

–¿Y tú cómo estás?

–Con tortícolis. Oye, lo del otro día... –empieza a decir Indira.

–¿Sí?

–¿Qué te parece si lo olvidamos?

–¿Es lo que quieres? –El subinspector disimula su decepción.

–No tengo ni idea de lo que quiero, Iván. Jamás pensé que pudiera pasar esto entre nosotros y necesito unos días más para asimilarlo con calma y pensar qué me gustaría hacer, ¿de acuerdo?

–De acuerdo. No tengo ninguna prisa.

Indira le sonríe, agradecida por su comprensión. Un nuevo silencio se ve interrumpido por la llegada de la agente Lucía Navarro, que entra agobiada.

–Perdón por el retraso, jefa. Ya sé que te dije que vendría hace media hora a relevarte, pero había un atasco de la hostia.

–No te preocupes.

–Joder... No sé qué te ha pasado últimamente, pero me gustas mucho más así de maja. ¿Cómo está?

–Igual.

Navarro chasquea la lengua disgustada, cuelga su abrigo en el armario y se dispone a ocupar el lugar de su jefa, pero al mirar hacia la cama, palidece.

–Dios mío...

La inspectora Ramos y el inspector Moreno siguen su mirada y descubren con asombro que Jimeno tiene los ojos abiertos.

–¡Ve a avisar a un médico, corre!

La agente Navarro se precipita al pasillo y la inspectora coge aliviada la mano del oficial, que mira aturdido a su alrededor.

–Tranquilo, Jimeno. Enseguida llega el médico.

–¿Qué ha pasado? –pregunta con un hilo de voz.

–Te acuchillaron y la operación se complicó, pero ya estás a salvo.

–¿No lo recuerdas? –pregunta Moreno.

–Recuerdo que bajé a ver a Ramón Fonseca, pero se lo habían llevado y...

–Eso ya se acabó. Tú no te preocupes.

–¿Hemos salvado al abogado y a la chica?

–El abogado por desgracia murió, pero Noelia está bien.

Jimeno asiente, con una sensación agridulce. Entra el médico seguido por la agente Navarro. Se acerca al oficial y le toma el pulso.

–Bienvenido al mundo de los vivos, muchacho. ¿Cómo te sientes?

–Como si me hubiera pasado un autobús por encima.

–Lo que importa es que te vas a recuperar, Óscar. –Navarro sonríe, emocionada.

–Ahora vendrán unas enfermeras a hacerle unas pruebas

–anuncia el médico tras comprobar que todo parece estar bien–. Procuren no atosigarle demasiado.

–Descuide, doctor.

El médico sale de la habitación.

–Nos has dado un susto de muerte –dice la joven Lucía Navarro con una mezcla de reproche y alivio.

–Tampoco habrá sido para tanto.

–Te aseguro que sí... –afirma la inspectora Ramos–. Le debes mucho a Navarro. En una semana no ha querido separarse de tu cama.

–¿Una semana? –pregunta Jimeno, sorprendido.

–Llevas en coma desde el lunes pasado, chaval –responde Moreno.

–Joder... –Jimeno asimila–. ¿Tan mal he estado?

–Peor que mal. Para que te hagas una idea, el acta de defunción ya estaba firmada. Solo había que escribir la fecha.

De pronto, la inspectora Ramos siente un profundo escalofrío, como si por fin todas las piezas hubieran encajado en su cabeza.

–No me lo puedo creer –dice para sí.

–¿El qué? –pregunta Moreno mirándola.

–Antonio Figueroa...

–¿El chef? ¿Qué pasa con él?

–¿Sabéis a qué hospital lo llevaron después de tener el accidente con la moto?

–Me suena haber leído en algún sitio que a Puerta de Hierro, ¿por qué?

La inspectora no responde y se marcha corriendo de la habitación. El subinspector Moreno y la agente Navarro se miran, desconcertados.

–Ve con ella, corre –dice la agente–. Yo me quedo con Jimeno.

Moreno asiente y sale tras su jefa sin que ninguno de ellos tenga ni idea de lo que pasa.

–Conociéndola –dice el oficial Jimeno haciendo un gran esfuerzo–, nos va a complicar la vida.

La agente Navarro asiente, conforme con su compañero. Esos arrebatos de la inspectora Ramos nunca suelen traer nada bueno...

82

El abogado Juan Carlos Solozábal seguía oculto en su coche mientras Gianna lo esperaba cada vez más nerviosa junto a la puerta trasera del centro de estética, donde los dos amantes se habían citado para fugarse y empezar juntos una nueva vida. Cuando ella vio llegar a su marido acompañado por su sobrino Luca y el sanguinario Adriano, supo que todo había acabado.

Juan Carlos no se atrevió ni a respirar mientras presenciaba cómo Salvatore Fusco la insultaba y la agarraba con violencia del cogote. Justo antes de que la metiera por la fuerza en el coche, al abogado le pareció que Gianna le miraba durante una décima de segundo, como si estuviera diciéndole con una tristeza infinita que el precioso sueño que habían vivido acababa de convertirse en la peor de las pesadillas. El vehículo desapareció derrapando calle abajo y solo entonces Juan Carlos se acordó de que debía llenar de aire sus pulmones si quería seguir viviendo, aunque solo fuera un poco más.

En cuanto comprobó que el peligro se había alejado, arrancó el coche y puso rumbo a la estación de Atocha. Lo único que podía hacer era coger la bolsa con el dinero, las joyas y la documentación que había guardado en la consigna y marcharse lo más lejos posible. Sin embargo, mientras conducía se dio cuenta de que su vida sería una mierda si no intentaba salvar a la mujer a la que amaba. Aparcó a unos cientos de metros de la estación y marcó el teléfono de Luca.

–Quiero hablar con don Salvatore.

–Eres hombre muerto, abogado.

–¿Me pasas de una vez con tu tío?

Juan Carlos oyó hablar a tío y sobrino en italiano y, al cabo de unos segundos, la grave voz del capo de la 'Ndrangheta sonó al otro lado de la línea.

–¿Sí?

–Supongo que querrá recuperar sus documentos, don Salvatore.

–Devuélvamelos y podrá llevarse a la puta de mi mujer. Toda suya. Yo ya no la quiero.

–De acuerdo, pero permítame que sea yo quien ponga las condiciones.

Salvatore Fusco aguardó en silencio. Estaba acostumbrado a hacer negociaciones de ese tipo y sabía que lo más inteligente era escuchar.

–En primer lugar, quiero que su sobrino y Adriano se mantengan al margen de este intercambio. Si salen de su casa en las próximas horas, los papeles que prueban sus sobornos y negocios ilegales llegarán a todos los medios de comunicación.

Por los insultos y las protestas en italiano que se oyeron al otro lado del teléfono Juan Carlos comprendió que los aludidos estaban escuchando junto a su jefe. Salvatore los mandó callar con vehemencia y retomó la conversación.

–Continúe.

–Será usted quien lleve a su esposa dentro de una hora a Llegadas de la T-4 del aeropuerto Adolfo Suárez. Allí volveré a llamarle al teléfono de Gianna. Le recomiendo que acudan los dos solos o no volverá a saber de mí.

Salvatore quiso negarse a cumplir sus exigencias, pero el abogado cortó la comunicación sin negociar, convencido de que el mafioso no perdería la oportunidad de recuperar sus documentos aunque para ello tuviera que renunciar a su esposa.

Juan Carlos arrancó el coche y puso rumbo al aeropuerto. Al salir del aparcamiento buscó un lugar desde el que vigilar la sala de espera de la terminal, a esas horas repleta de familiares y amigos que esperaban la llegada de los viajeros. Una hora y media después no había rastro de Salvatore ni de Gianna y empezó a pensar que su improvisado plan se había ido al traste antes incluso de empezar, pero al fin los vio aparecer. Aunque Gianna ocultaba prácticamente toda su cara detrás de unas enormes gafas de sol, tenía buen aspecto. Salvatore la agarraba del brazo con firmeza mientras lo observaba todo a su alrededor. Juan Carlos todavía esperó cinco minutos más antes de dar el siguiente paso, después de comprobar que, aunque ni Luca ni Adriano le habían acompañado, había al menos dos de los hombres del mafioso vigilando la terminal. Uno de ellos, en su ronda, pasó a pocos metros de donde estaba él, pero por suerte no llegó a reconocerle. Cuando el peligro se alejó, sacó su teléfono y marcó el número de Gianna. El capo contestó.

–¿Han venido solos usted y su esposa, don Salvatore?

–Sí.

–No lo tengo muy claro, pero tampoco me esperaba otra cosa.

–Deme lo que me pertenece y acabemos con esto de una vez.

–Ya falta poco, don Salvatore. He pedido un Cabify para Gianna que la recogerá dentro de cinco minutos en la cuarta planta del módulo B del aparcamiento. Quiero que vaya sola y que no la sigan, ¿está claro?

–¡Una mierda! –protestó Salvatore Fusco desquiciado–. ¡No dejaré que esta zorra vaya sola a ninguna parte!

–Entonces ¿rompemos la negociación?

El mafioso dudó unos instantes. Al fin, Juan Carlos lo oyó resoplar.

–¿Cómo sé que después me dará lo que es mío?

–Porque yo lo único que quiero es a Gianna. Nos quedaremos con parte del dinero para poder marcharnos del país y, cuando ambos estemos a salvo, le haré llegar sus documentos y no volverá a saber de nosotros. Tiene mi palabra.

–Su palabra no vale una mierda.

–Más no puedo ofrecerle. ¿Lo toma o lo deja?

Al mafioso el cuerpo le pidió decirle que lo dejaba y jurarle que dedicaría el tiempo que fuese necesario para buscarle y despellejarlos a los dos con sus propias manos, pero si el abogado llegaba a cumplir sus amenazas y esos documentos veían la luz, era hombre muerto.

–Si se le ocurre tenderme una trampa, le juro por mis hijos que mi familia le buscará por todos los rincones del mundo, le encontrará y entonces deseará no haberme conocido, abogado.

–Que Gianna se lleve el teléfono.

El abogado colgó y Salvatore Fusco le entregó el teléfono a Gianna, cruzó unas palabras con ella y esta se encaminó aturdida a la cuarta planta del aparcamiento, pensando que todavía tenía una oportunidad. Juan Carlos la vio pasar a pocos metros de donde se encontraba él y tuvo que contenerse para no ir a su encuentro. Aguardó unos minutos hasta comprobar en su móvil que el Cabify contratado se ponía en marcha y salía del aparcamiento en dirección a la glorieta de Embajadores. Solo entonces corrió hacia su coche marcando el teléfono de Jacinto Romero, jefe de una banda de aluniceros al que consiguió librar de la cárcel hacía unos años y que estaba en deuda con él. Tenía la intención de pedirle que enviase a varios de sus hombres para recoger a Gianna en Embajadores y que, cuando estuvieran seguros de que nadie los seguía, la llevasen a la estación de Atocha, donde se reuniría con él... Pero cuando llegó junto a su coche y contestaron al otro lado de la línea, el anciano Ramón Fonseca se acercó por su espalda y le inyectó algo en el cuello. Al volver a abrir los ojos, el abogado Juan Carlos Solozábal ya estaba en el búnker que se convertiría en su ataúd.

Nadie recogió a Gianna en la glorieta de Embajadores donde la dejó el Cabify y Salvatore Fusco volvió a llevarla a su casa. Unas semanas después de la muerte de los dos amantes, cuando la empresa que gestiona las consignas de la estación de Atocha consideró que el contenido que había en una de las taquillas había sido abandonado y les pertenecía legalmente, procedieron a su apertura y encontraron la bolsa con el dinero, las joyas y la documentación por la que Salvatore Fusco había estado dispuesto a renunciar a su mujer.

Al día siguiente de salir publicados en los periódicos los negocios que tenía con importantes empresarios y políticos, el mafioso fue encontrado flotando boca abajo en la piscina climatizada de su mansión.

83

La madre de Noelia Sampedro estaba convencida de que era su marido quien velaba por ella y su hija desde que muriera atropellado. Después de aquella fatídica noche habían pasado estrecheces, pero cuando estaban a punto de convertirse en un verdadero apuro, siempre tenían un golpe de suerte: algunas veces era una repentina e inesperada oferta de trabajo, otras una sorprendente beca para financiar los estudios de la chica y una más fue una cuenta secreta que al parecer tenía su esposo y que sirvió para pagar todas las cuotas atrasadas de la hipoteca. En cuanto su hija le contó lo ocurrido, pudo atar cabos. Se sintió algo decepcionada cuando supo que no era su marido quien las ayudaba tanto desde algún lugar parecido al cielo, pero empezó a creer que seguía habiendo gente buena en el mundo.

Madre e hija estaban poniendo la mesa mientras Álvaro Artero arreglaba con Pablo el papeleo en el cuartelillo.

–Teniendo un trasplante, yo no sé si ese hombre podrá comer cochinillo, hija –dijo la madre, preocupada.

–¿Qué tendrá que ver el tocino con la velocidad, mamá? –preguntó Noelia divertida.

–Mucho. Algo con tanta grasa podría taponarle las arterias y adiós muy buenas.

–Tú no te preocupes por eso, que si no le gusta o no puede, ya lo dirá.

–Voy a acercarme un momento al mercado por si prefiere que le haga un pescadito a la plancha.

Por más que Noelia intentó disuadirla, la mujer fue al mercado y regresó con una dorada salvaje de kilo y medio. Cuando la madre de Noelia por fin conoció a Álvaro, sintió que volvía a estar frente a su marido, pero con otro envoltorio. Él jamás le dijo que podía comer cochinillo, pero que desde hacía casi una década era vegetariano. Se sintió tan a gusto y agradecido que incluso repitió.

Noelia, por su parte, se propuso recuperar el curso y planeó encerrarse en la biblioteca las semanas que siguieron, aprovechando que a Pablo al fin le habían dado luz verde para pasar unos meses destinado en Mauritania, colaborando con la policía y el ejército local en la lucha contra la inmigración irregular. Al despedirle en el aeropuerto, sintió la necesidad de sincerarse con él.

–Pablo... tengo que contarte algo.

–Mi vuelo sale dentro de media hora, Noe. ¿No puedes esperar a que vuelva?

–No. Seguramente esté haciendo una gilipollez, pero resulta que te quiero y necesito que lo sepas todo para que decidas si tú también me quieres.

–Eso no es algo que se pueda decidir. Se quiere o no se quiere.

–Tú ya me entiendes.

Pablo accedió a sentarse con ella junto al control de seguridad y la observó en silencio mientras Noelia bebía agua, agobiada. Aunque la situación no era precisamente divertida, le hizo gracia verla en aquel estado de nervios.

–¿Y bien?

–Pues... –Noelia se arrancó con la voz temblorosa–. Resulta que yo tenía planeado trabajar cuidando niños y poniendo copas para pagarme la vida en la uni, pero entonces me ofrecieron algo y...

–No sigas –la interrumpió Pablo.

–Quiero contártelo.

–Lo sé todo, Noelia.

–¿Lo sabes? –preguntó ella demudada.

–Soy poli, ¿recuerdas?

–Y... ¿te da igual?

–No, claro que no me da igual. No puedes imaginarte cuánto me jode.

–Ya lo he dejado.

–También lo sé. Y aunque creo que cada uno es libre de hacer lo que le dé la gana con su vida, no puedo decirte que no me alegre.

Noelia le sonrió, constatando que lo que sentía por él era amor y no un simple capricho pasajero. Pablo le cogió la mano, cariñoso.

–Mira, yo creo que lo mejor es que nos tomemos el tiempo que yo esté fuera para pensar y después decidimos qué hacer, ¿te parece?

Noelia asintió y se abrazó a él con todas sus fuerzas. Lloró como una magdalena y le juró que estaría esperándole a su regreso, tardara lo que tardase.

Cuando Noelia terminó el último de los exámenes y se dirigía a un bar a celebrarlo con sus compañeros, un Jaguar paró a su lado. La ventanilla trasera se bajó y Noelia descubrió con sorpresa que era Guillermo Torres, el que había sido su primer y mejor cliente durante su breve época como escort.

–Hola, Noelia.

–Guillermo... –dijo ella sorprendida–. ¿Qué haces aquí?

–En tu agencia me han dicho que has dejado el trabajo.

—Así es. —Ella miró alrededor con incomodidad, nerviosa por si alguien la veía hablar con aquel hombre que había ido a buscarla con chófer incluido—. He decidido tomarme en serio los estudios y aquello solo me distraía.

—Vaya... —dijo él, admirado—. Eso te hace aún más apetecible.

—Te lo agradezco. —Noelia forzó una sonrisa—. Ahora, si me disculpas, he quedado con unos compañeros de clase y ya me están esperando.

Cuando alguien tiene tanto dinero como Guillermo Torres, suele pensar que absolutamente todo está en venta.

—¿No me vas a dar una última cita, Noelia?

—Lo siento, pero lo he dejado.

—¿Qué te parece si te pago el doble? Y sin intermediarios de por medio, todo para ti.

Noelia quiso negarse, pero con el dinero que le ofrecía ese hombre no tendría que volver a pensar en cómo pagar el alojamiento y sus gastos durante el curso siguiente. El millonario percibió sus dudas y la presionó.

—¿Diez mil euros por toda la noche?

—Treinta mil —se aventuró ella.

—Ni que fueras la princesa de Mónaco.

—Es lo que valgo, lo tomas o lo dejas.

—Ni para ti ni para mí. Veinte mil euros y me acompañarás desde las diez de la noche hasta las diez de la mañana, ¿qué me dices?

Noelia pensó en Pablo, con quien había hablado esa misma mañana y le había comunicado que pasaría varias semanas en el desierto y seguramente no podría ponerse en contacto con ella; pensó en Álvaro Artero, que lo intentó todo para sacarla de aquella vida; pensó en su madre, que se avergonzaría de ella si supiera que se vendía al mejor postor; pensó en su amiga Marta, que hubiera aceptado sin dudarlo por una décima parte... pero por último pensó en sí misma.

–¿Adónde me llevarás a cenar?

–Te enviaré a mi chófer a recogerte a la glorieta de Quevedo a las nueve y media, ¿te parece?

–Ya no vivo allí.

–Pues cógete un taxi.

–¿Y el vestido y los zapatos?

–Con lo que te pago, podrás comprártelos tú misma.

La ventanilla volvió a subir y el coche se marchó igual que había llegado. Durante todo el día, Noelia experimentó una punzada de remordimientos, pero fue práctica y se convenció de que técnicamente ni siquiera sería una infidelidad, puesto que Pablo y ella habían decidido dejar lo suyo en suspenso hasta que él regresase de su misión en África. Se maquilló de forma somera, se puso un vestido mini de lentejuelas de Sfera, unos stilettos de Uterqüe y el chófer la dejó a las diez menos diez en la puerta del restaurante DSTAgE, en la calle de Regueros. Aunque al principio se sintió incómoda por volver a hacer lo que se había jurado no repetir, Guillermo Torres era un hombre educado y atento que no tenía más intención que pasar una velada agradable con una chica joven y preciosa.

Después fueron al hotel, donde él volvió a hacerle sexo oral durante más de una hora. Cuando Noelia abrió los ojos ya eran las once de la mañana y el millonario estaba terminando de vestirse.

–Buenos días. Te he dejado el dinero en la mesilla.

Ella miró hacia allí y vio un sobre abultado, pero no sintió la necesidad de comprobar si era lo acordado.

–¿A qué hora tengo que dejar la habitación?

–A la hora que te apetezca, tú por eso no te preocupes. Le diré al chófer que te espere en el garaje para llevarte a donde quieras.

–Gracias.

–Ha sido un placer, Noelia. Si decides volver a trabajar, no dudes en avisarme.

Ella asintió y Guillermo Torres salió de la habitación y de su vida para siempre. Nada más cerrarse la puerta, la chica cogió el sobre y sonrió al ver la cantidad de billetes que había dentro. Lo metió en la caja fuerte y decidió aprovechar los servicios que ofrecía el hotel. Después de comer, de bañarse en la piscina y de darse un masaje, volvió a la habitación para ducharse y despedirse de esa vida de lujo. Bajó al garaje para pedirle al chófer que la llevase a casa, pero solo encontró a un anciano tratando de meter una pesada bolsa en el maletero de su coche.

–Perdona, hija –le dijo Ramón Fonseca con amabilidad–. ¿Podrías echarme una mano con esto?

–Claro...

Noelia le ayudó a coger la bolsa. Al darle la espalda notó un pinchazo, y después se hizo la oscuridad. Cuando volvió en sí ya estaba encerrada en la fría estancia donde permanecería secuestrada tres semanas.

84

Por más que el subinspector Moreno insiste durante el trayecto hasta el hospital Puerta de Hierro de Majadahonda, la inspectora Ramos se niega a decirle lo que se le ha pasado por la cabeza para salir corriendo de la habitación del oficial Jimeno, según ella porque su corazonada se puede gafar.

–¿Gafarse una corazonada? –pregunta Moreno atónito.

–Eso he dicho –responde ella con dignidad.

–¿No crees que estás llevando tus manías un poco lejos, Indira?

La inspectora tuerce el gesto y clava el pie en el freno. El coche derrapa más de cinco metros en pleno carril central de la carretera de La Coruña y está a punto de provocar un accidente en cadena. Los conductores que los adelantan pitan desquiciados y se cagan en su puta madre.

–¿Te has vuelto loca? –Iván mira alrededor acojonado mientras los coches pasan rozándolos.

–Esto solo te lo diré una vez, Iván. Y vale tanto para el trabajo como para lo nuestro... sea lo que sea lo nuestro.

–¿Podrías echarte a un lado antes de que alguien nos arrolle, por favor?

–No pienso consentir –dice Indira ignorando su petición– que cuestiones o juzgues mi manera de ser. Si te digo que una corazonada se gafa o que algo hay que desinfectarlo tres veces, por muy absurdo que te parezca, para mí es serio y necesito que se respete, ¿estamos?

–Estamos –cede él.

–Si mi actitud te parece ridícula o crees que no vas a poder soportarla, lo mejor es que zanjemos esto aquí, ¿qué me dices?

Iván la mira en silencio y, como Indira, también deja de oír los pitidos y los insultos de los otros conductores. Se acerca lentamente a ella y la besa con suavidad en los labios, consolidando lo que ambos tenían claro que surgió el día que decidieron traspasar la línea entre una jefa y su subordinado.

–¿Es suficiente respuesta para ti?

Indira se limita a asentir.

–Bien. ¿Ahora podrías arrancar antes de que alguien nos mate, por favor?

Indira pone en marcha el coche y ninguno de los dos abre la boca hasta que llegan al hospital, una enorme y moderna mole de cristal y cemento situado en las afueras de uno de los municipios más caros de España.

–Necesitamos consultar el expediente de Antonio Figueroa. Tuvo un accidente de moto e ingresó en Urgencias de este hospital hace algo más de un año.

–No tengo claro que pueda facilitarle esa información sin una orden judicial, inspectora –responde la recepcionista, dubitativa, mientras observa las placas que le enseñan los policías.

–No necesitamos que nos entregues ningún informe, solo que nos dejes verificar unos datos. Es muy importante para cerrar una investigación que tenemos en curso.

La joven recepcionista sigue sin decidirse. Bastaría con que escribiera el nombre que le han dicho en el buscador, pero últimamente se están poniendo muy serios con la protección de datos y no quiere meterse en líos. El subinspector Moreno percibe su vacilación y despliega todos sus encantos.

–Sé que te ponemos en un compromiso, pero necesitamos que nos eches un capote. Cuando confirmemos nuestras sospechas pediremos la orden judicial y nadie se enterará de esto, te doy mi palabra. Pero ahora no podemos perder un minuto, por favor... –Mira disimuladamente la pulsera de la chica, donde hay unas pequeñas letras chapadas en oro, y añade–: Clara.

–Carla.

–Eso.

La inspectora Ramos alucina al constatar que el burdo tonteo de Moreno con la recepcionista da resultado, y más aún cuando esta le sonríe y ella siente una inesperada punzada de celos.

–Está bien. –La recepcionista al fin cede–. Pero solo puedo dejarles ver la pantalla, ¿de acuerdo?

–Hay que joderse –masculla la inspectora, casi más molesta por lo que ha presenciado que aliviada por que el subinspector haya conseguido lo que necesitan.

–¿Cómo dicen que se llamaba el paciente?

–Antonio Figueroa.

La recepcionista teclea el nombre y aparece la ficha del chef en la pantalla.

–Aquí está.

La inspectora Ramos se asoma por encima del mostrador y le basta con echar un vistazo a la fecha de ingreso para confirmar sus sospechas.

–¡Lo sabía, joder! –exclama contrariada–. No me puedo creer que nos haya engañado así. ¡Somos gilipollas, completamente gilipollas!

Indira se precipita despotricando hacia la salida. El subinspector Moreno agradece a la recepcionista su colaboración y alcanza a su jefa en la puerta.

–¿Vas a contarme de una vez qué está pasando, Indira?

–Su fecha de ingreso... –responde ella todavía asimilando lo que ha descubierto.

–¿Qué pasa con su fecha de ingreso?

–Que no coincide con el día de su muerte, joder. Cuando Navarro le ha dicho a Jimeno que su acta de defunción ya estaba firmada y que solo quedaba escribir la fecha, lo he visto claro.

–Perdóname, pero no entiendo de qué cojones estás hablando.

–Desde el principio descartamos que Gonzalo Fonseca hubiera tenido nada que ver con la muerte del profesor de cocina, ¿por qué?

–Porque aparentemente fue un accidente de moto y porque... –El subinspector Moreno se da cuenta de adónde quiere ir a parar su jefa y palidece–. No me jodas...

–Porque se produjo seis días después del asesinato de su mujer y él por aquel entonces ya estaba detenido. Pero lo que no sabíamos es que el accidente de moto había sido antes y Antonio Figueroa pasó unos días en coma antes de morir.

–¿Cuándo fue el accidente?

–Justo el mismo día del asesinato de Andrea Montero. Según pone en su ficha, ingresó exactamente dos horas antes de que Gonzalo Fonseca fuese detenido en su casa ensangrentado y con el cadáver de su mujer en la habitación de al lado.

–Un momento... –El subinspector Moreno trata de ordenar sus ideas–. Que Gonzalo Fonseca hubiera podido matarlos a los dos no significa que lo hiciera, Indira. No tenía ningún móvil.

–¿A alguien se le ha ocurrido preguntarle a Noelia Sampedro si es cierto que vio a Gonzalo abofetear a Andrea en el ascensor de un hotel?

85

–¿Qué necesita? –le preguntó la jueza Almudena García al constructor Sebastián Oller cuando este le dijo que ya era hora de que le devolviera el favor que él le había hecho eliminando al crupier que trataba de chantajearla con aquellas fotografías comprometedoras.

–Según tengo entendido –respondió el empresario–, está presidiendo usted el juicio por el asesinato de una mujer a manos de su marido. La víctima se llamaba Andrea Montero.

–¿La conocía?

–Así es. Andrea era la jefa de obra de una urbanización de chalés que estoy construyendo cerca de Toledo.

–El mundo es un pañuelo –respondió la jueza, sorprendida–. Le escucho.

–Verá... –dijo Oller tras comprobar que estaban solos en la terraza del hotel donde aquella noche se jugaba la partida de póquer–. Justo antes de que muriera, tuve algunos problemas con Andrea.

–¿Qué clase de problemas?

–No creo que eso venga a cuento.

–Supongo que lo que me pedirá será muy comprometido para mí, así que seré yo quien decida lo que viene o no a cuento, señor Oller.

El constructor no estaba acostumbrado a que nadie le cuestionase de esa manera y miró a la jueza en silencio, conteniendo la irritación que le producía no poseer el control absoluto de la conversación. Dudó sobre si contarle la verdad, pero teniendo en cuenta que ambos estaban involucrados en el asesinato de un hombre, no tenía nada que perder y finalmente le habló de la cueva que habían encontrado por casualidad cuando cedió el suelo bajo una excavadora, de las pinturas rupestres y de las fotografías que seguramente habría sacado Andrea del lugar la noche antes de morir.

–Me resulta extraño no haber leído ninguna noticia en los periódicos sobre ese hallazgo– ironizó la jueza.

–Espero que nunca lo haga –respondió Oller con frialdad.

–¿No tiene cargo de conciencia por haber destruido esa obra de arte?

–El cargo de conciencia no está hecho para las personas como usted y como yo, querida.

La jueza encajó el golpe. Lo cierto es que ella no era nadie para darle lecciones de moral después de haber consentido el asesinato del crupier Gustavo Burgos.

–Lo que necesito –continuó el empresario– es hacerme con el móvil de Andrea. No quiero que algún día alguien encuentre las fotografías y me lleve una sorpresa desagradable.

–Ese teléfono está apagado y lo he enviado a una empresa especializada para que lo encienda y lo analice.

–Revoque la orden.

–No puedo hacer tal cosa. Si lo hiciera, pondría el foco sobre él.

–Me da igual cómo lo consiga, pero necesito que esas fotografías no vean jamás la luz. Si hace eso por mí, estaremos en paz.

La jueza García frunció el ceño. Era complicado, pero podía pedir que se le entregase el resultado del análisis a ella en persona. La fiscalía no pondría pegas, aunque la defensa seguramente podría decir algo. Por suerte para la magistrada, Juan Carlos Solozábal, el abogado de Gonzalo Fonseca, había presentado su renuncia hacía unos días y el abogado del turno de oficio que le habían asignado al acusado no tenía ni experiencia ni tiempo para meterse en determinados berenjenales. De pronto, a la jueza se le pasó una idea por la cabeza y escrutó a Sebastián Oller.

–¿Lo hizo usted?

–¿El qué?

–¿Mandó matar a Andrea Montero para evitar que hiciese público lo que había encontrado en la cueva y le paralizasen la obra?

–No sé si me conviene responder a esa pregunta.

–Llegados a este punto, lo mejor es poner todas las cartas sobre la mesa.

–¿De verdad le importa?

–No quisiera mandar a un hombre inocente a la cárcel.

Oller se resignó y decidió ser sincero.

–En efecto, di la orden... pero ese hombre es cualquier cosa menos inocente.

Al cabo de unos meses de dictar sentencia en contra de Gonzalo Fonseca, la jueza Almudena García se dio cuenta de que llevaba demasiado tiempo caminando por la cuerda floja y que cualquier día alguien se enteraría de que dejó de ser honesta cuando consintió la muerte del hombre que trataba de chantajearla. Pensó en su hijo, la única persona que le importaba en la vida, y decidió dejarle lo mejor cubierto posible en el caso más que probable de que se destapase el pastel. Cogió todos sus ahorros –legales e ilegales– y se los entregó a un abogado al que conocía desde hacía años para que comprase un piso en Valencia y lo pusiera a nombre de su hijo.

Unos días después, al ir a coger su coche en el garaje de la notaría con la que solía trabajar, sintió una sombra que se le acercaba por la espalda y enseguida un pinchazo en el cuello. No tuvo tiempo ni de gritar antes de perder el conocimiento.

86

Gonzalo Fonseca llevaba ya dos largas horas esperando a que su mujer saliese del hotel después de consumar su infidelidad con el profesor de cocina. Cuando ya creía que se habían marchado por alguna otra puerta sin que él se hubiese dado cuenta, vio salir la moto del garaje. Pero para su sorpresa, Andrea no iba en ella. Se bajó del coche, cruzó la calle y entró en el vestíbulo del hotel. Quiso agarrarse a un clavo ardiendo y tuvo la esperanza de que solo hubiesen ido allí para comer en el restaurante, pero en el comedor no había rastro de su mujer. Al ver que unos clientes se bajaban del ascensor, entró en él y pulsó el botón de la primera de las cuatro plantas de habitaciones con la intención de revisarlas todas hasta dar con Andrea.

Se bajó y recorrió el pasillo de arriba abajo, pero no vio más que a una pareja de estadounidenses que entraban en una de las habitaciones. Cuando volvió a llamar al ascensor y las puertas se abrieron, se encontró a Andrea de frente, con el pelo todavía mojado después de salir de la ducha. La decepción en la mirada de Gonzalo era directamente proporcional a la consternación de su mujer al ver allí a su marido. Por su cabeza pasaron mil excusas, pero sabía que ninguna serviría de nada.

–Gonzalo... ¿qué haces aquí?

La joven escort Noelia Sampedro salía de la habitación en la que había prestado sus servicios a un actor cuando vio a un hombre abofetear a una mujer junto al ascensor.

–Oiga, ¿qué está haciendo? –preguntó acercándose a ellos con decisión.

Ninguno de los dos se giró hacia la chica. Andrea se limitaba a mirar con rencor a su marido, cuyos ojos seguían centelleando de ira.

–Es la primera y última vez que me pones una mano encima, Gonzalo.

A él no le hizo falta oír más para saber que su matrimonio se había acabado sin remedio. Andrea pulsó el botón y las puertas del ascensor se cerraron justo cuando Noelia llegó junto al maltratador.

–¿Cuándo aprenderéis que a una mujer no se le pega, cabrón?

Gonzalo la miró aturdido, sin saber de dónde había salido aquella chica, y se encaminó a las escaleras. Como si fuera un zombi, salió al vestíbulo, atravesó la calle y se subió al coche justo cuando una cobradora de la ORA estaba a punto de multarle. Condujo hacia su casa y, al parar en un semáforo, vio a Antonio Figueroa, que salía en su moto de una gasolinera. Y entonces lo decidió.

Lo siguió a unos veinte metros de distancia hasta Moncloa y después por la carretera de La Coruña hasta que lo vio desviarse por la carretera de El Escorial. Cuando empezó a subir el puerto, pisó el acelerador hasta ponerse a la altura del hombre que le había jodido su hasta entonces perfecta vida. El motorista, al ver que el adelantamiento se hacía interminable, fue a reprenderle por lo arriesgado de la maniobra. Cuando se giró hacia él y vio la expresión de Gonzalo Fonseca, supo que era hombre muerto. Intentó frenar al atravesar el antiguo puente del Retamar, pero no tuvo tiempo y el volantazo lo echó de la carretera. La rueda delantera de la moto se quedó clavada en el quitamiedos y el profesor de cocina voló por encima a más de cien kilómetros por hora. Se golpeó la cabeza contra una piedra y el casco se partió por la mitad. No hubo testigos.

Gonzalo volvió a casa con el veneno metido en la sangre, entró en la cocina y cogió un cuchillo de trinchar que parecía estar esperándole sobre la mesa. Al entrar en la habitación del matrimonio con el arma oculta a su espalda, vio que su esposa tenía una maleta abierta sobre la cama y estaba metiendo ropa en ella sin ningún orden.

–¿Qué estás haciendo, Andrea?

–Me largo, Gonzalo. Ya volveré a por el resto de mis cosas.

–Si te crees que voy a permitir que me dejes por ese mierda estás muy equivocada –dijo Gonzalo con rabia.

–Haré lo que me dé la gana, ¿te enteras? –escupió Andrea envalentonada–. Y si me apetece largarme con Antonio, ten por seguro que lo haré.

–Con él, lo dudo mucho.

La medio sonrisa que esbozaba Gonzalo hizo que Andrea se estremeciera. Dejó de guardar ropa para mirarle muerta de miedo.

–¿Por qué no? ¿Qué le has hecho, Gonzalo?

–Me temo que ha sufrido un pequeño accidente con la moto y te has quedado sin amante, querida.

Andrea ahogó un grito y trató de salir de la habitación, pero Gonzalo se lo impidió agarrándola con violencia del pelo.

–¿Adónde te crees que vas, zorra?

–¡Suéltame!

–No debiste traicionarme, Andrea.

La primera fue una cuchillada limpia que le entró por el costado izquierdo, pero no tocó ningún órgano vital. La segunda le atravesó el bazo, la tercera le perforó un pulmón y las siguientes le hicieron un destrozo ya muy difícil de arreglar. Para acallar sus desgarradores gritos de auxilio, el asesino le cortó el cuello de lado a lado y Andrea enmudeció y cayó al suelo, donde fue desangrándose entre estertores. Gonzalo volvió a guardar la maleta en el armario con cuidado para no mancharla de sangre y miró al que había sido el amor de su vida con el convencimiento de que tenía lo que se merecía. Cuando Andrea dejó de respirar, fue al despacho a esperar la llegada de la policía.

Los dos rusos a los que el constructor Sebastián Oller había enviado para acabar con la vida de Andrea Montero aparcaron su coche frente a la casa. Vieron luces en el piso superior y se prepararon para entrar a hacer su trabajo, pero al poner un pie en la acera, uno de ellos detuvo a su compañero y señaló con la cabeza hacia el otro extremo de la calle, por donde entraban varios Zetas con las luces de sus sirenas encendidas. Volvieron a meterse en el coche y observaron, con sorpresa y contrariedad, cómo dos parejas de policías uniformados tiraban la puerta abajo y entraban en la vivienda.

Gonzalo Fonseca vivió su juicio como si fuera el de otra persona, convencido de que la condena que le impondrían sería ejemplarizante. Pero a medida que transcurrían los días, se dio cuenta de que, aunque las pruebas en su contra eran inapelables, por algún motivo la gente quería creer en su inocencia. A los pocos meses de estar preso, un compañero le dijo que le convenía hablar con un sicario ruso que había ingresado un par de semanas antes y con quien él compartía celda.

–¿Por qué? –preguntó Gonzalo intrigado.

–Porque es de los que les gusta largar más de la cuenta.

–¿Y?

El compañero miró a ambos lados, incómodo, temiendo estar incurriendo en el mismo error que achacaba al sicario. Finalmente suspiró.

–Al tío, por las noches, le encanta contar batallitas. Y anoche me habló sobre un trabajo por el que cobró sin tener que hacerlo.

–¿De qué me estás hablando?

–De tu mujer, coño. Dice que recibió la orden de ir contra ella.

Al principio Gonzalo no le dio ninguna credibilidad: ¿quién salvo él hubiera querido matar a Andrea? Pero cuando fue a preguntarle a su celda y el ruso le agarró con violencia del cuello, se dio cuenta de que el sicario sabía más de lo que decía.

–Necesito que declares ante el juez que te encargaron matar a mi mujer.

–¿Tú te has vuelto gilipollas?

–Por favor, es la única manera que tengo de salir de aquí.

–Si te contase algo, yo terminaría a dos metros bajo tierra. ¡Lárgate!

El ruso le dio una bofetada y Gonzalo volvió a su celda pensando en lo que podía hacer con aquella información, empezando a fantasear con recuperar su vida. No paraba de darle vueltas a que había alguien en el exterior que quiso liquidar a su mujer, pero no tenía ni idea del motivo ni de quién sería. La única posibilidad de que lo encontrasen sería logrando que reabrieran el caso y que pusieran al frente a alguien competente, pero ¿cómo conseguir eso? No fue hasta la muerte de su madre cuando tuvo clara la manera de llevar a cabo su plan.

La semana siguiente de enviudar, Ramón Fonseca envejeció diez años y empezó a rendirse, con el único deseo de volver a reunirse con su mujer. Gonzalo sabía que le quedaba poco tiempo, así que decidió aprovecharse del amor que su padre sentía por él.

–No digas estupideces, Gonzalo –le reprochó con dureza Ramón durante una de sus visitas a la cárcel–. A ti aún te queda mucha vida por delante.

–¿Qué clase de vida, papá? Cuando salga de aquí ya habré cumplido sesenta años y no tendré donde caerme muerto. ¿Quién me dará trabajo?

–Tienes que intentar ser más positivo, hijo.

–O salgo pronto o no llegaré vivo a final de año.

A Ramón le partió el corazón oír hablar así a su único hijo. Sabía que no soportaría perderlo también a él, pero no se le ocurría cómo sacarlo de allí. Gonzalo le echó una mano.

–Tienes que conseguir que reabran el caso.

–¿De qué serviría? Ningún policía se molestaría en indagar más de lo que ya lo han hecho.

–Hay una inspectora, creo que se llama Indira Ramos. Hace poco leí que había denunciado a un compañero por colocar pruebas falsas. Según parece, es una poli incorruptible capaz de llevarse por delante a quien sea.

–¿Crees que ella me escuchará?

–Claro que sí, pero para ello debes ser implacable.

–Dime qué quieres que haga, hijo.

87

Después de acompañar a su hermana Verónica a Málaga para llevar las cenizas del padre de ambos al mismo cementerio donde unos meses atrás Ramón Fonseca depositó las de su esposa, Gonzalo regresa a Madrid dispuesto a cumplir su parte del trato con Walter Vargas. Al principio se devanó los sesos buscando una excusa para evitar hacerlo, pero ahora, cuanto más piensa en ello, más le excita imaginar cómo será el momento: cuando uno mata una vez, desea con toda su alma volver a repetirlo. El poder que se siente al disponer de una vida no tiene comparación. Entra en una tienda de telefonía y, después de completar los trámites para dar de alta una nueva línea, marca el número que le pasaron en su último día en la cárcel. Cuando contesta una anciana, piensa que se ha equivocado, pero nada más decirle de parte de quién llama, la señora le da una dirección en el barrio de Lavapiés. Una hora más tarde entra en un portal donde un grupo de hombres están lanzando unos dados contra la pared e intercambiando billetes de diez y de veinte euros. A su lado, una señora compra envases de jamón de bellota recién robados en un supermercado cercano, y un poquito más allá una prostituta africana le ofrece sus servicios a un viejo que no tiene pinta de poder aprovecharlos.

—Por cinco euros más te doy una Viagra, mi amor.

A pesar de que se oyen ruidos procedentes del interior, Gonzalo tiene que llamar varias veces al timbre hasta que un colombiano exactamente igual a los que había en prisión abre la puerta.

–¿Qué quieres?

–Vengo a recoger algo de parte de Walter Vargas.

El colombiano lo mira de arriba abajo y le dice que espere en el descansillo. A los cinco minutos, le entrega una caja de zapatos y le cierra la puerta en las narices. Dentro hay una Glock 17 semiautomática con el número de serie borrado y varios cargadores. Se guarda la pistola en la cintura, los cargadores en los bolsillos y deja la caja de zapatos frente a la puerta.

Durante los siguientes tres días sigue a su objetivo casi las veinticuatro horas. Continúa protegido por varios guardaespaldas, pero después de un mes sin contratiempos, desde que su mujer apareciera dentro de una maleta en el Estanque Grande del Buen Retiro y él delatara a Walter Vargas, la vigilancia se ha relajado ligeramente. Dos de esos tres días almuerza con su secretaria y, mientras pasan la sobremesa en el apartamento que ella tiene cerca de la oficina, los guardaespaldas van a recoger a los niños al colegio y los llevan a casa.

El cuarto día, Gonzalo aprovecha que un vecino ha pedido una pizza para colarse en el portal y subir hasta el ático sin que el portero le vea. Después de una hora esperando escondido en un recodo del descansillo, cuando empieza a pensar que ese es uno de los pocos días en que Miguel Ángel Ricardos y su amante no irán a echarse la siesta, el ascensor se detiene en el último piso. Gonzalo Fonseca se pone un pasamontañas y aborda a la pareja justo cuando la secretaria ha abierto la puerta.

–Como oiga un solo grito, les reviento la cabeza –les dice apuntándoles con la pistola y entrando en el apartamento detrás de ellos.

A pesar de la advertencia, la secretaria grita y Gonzalo le da un culatazo con la pistola que la deja sin sentido, desmadejada en el suelo.

–Llévese todo lo que quiera –dice Ricardos, asustado–. No opondré resistencia.

–Eso espero. ¿Tiene cuerdas?

–No... no lo sé... yo no vivo aquí...

Sin dejar de apuntarle, Gonzalo abre varios cajones de la cocina y encuentra un rollo de cinta de embalar. Lo coge y se lo tira.

–Átela a una silla. Bien fuerte, por favor.

Ricardos obedece y, a los pocos minutos, la secretaria queda bien atada y amordazada. Al recobrar el conocimiento, su mirada aterrorizada hace que Gonzalo tenga que tranquilizarla para evitar que le dé un infarto. Le promete que no le hará nada y obliga al empresario a encerrarla en la habitación. Cuando regresa, le hace sentarse en el sofá y se quita el pasamontañas.

–Usted es... Gonzalo Fonseca –dice Ricardos aturdido, reconociéndolo después de verle durante el último mes en casi todos los telediarios.

–Si sabe quién soy, también sabrá que he pasado trece meses en la cárcel acusado del asesinato de mi mujer, ¿verdad?

–Sí, pero... ¿qué tengo que ver yo con eso? –El hombre es incapaz de comprender qué está pasando.

–Verá, señor Ricardos. Resulta que en la cárcel necesité pedirle ayuda a un amigo suyo, y esas cosas hay que pagarlas.

–¿De qué amigo habla? –pregunta el empresario temeroso.

–Del señor Walter Vargas.

A Miguel Ángel Ricardos le cambia automáticamente la cara y ofrece lo único que cree que puede salvarle la vida.

–Le pagaré. Le haré un ingreso en el país que quiera por el dinero que sea. ¿Qué le parece medio millón de euros?

–Es usted muy generoso, pero un trato es un trato.

Gonzalo Fonseca levanta el arma mientras Ricardos suplica por su vida. Antes de incrustarse en su cerebro, la bala le atraviesa la palma de la mano, haciéndole un agujero perfecto. Por un momento, el asesino piensa en hacerle una corbata colombiana –sacarle la lengua a través de un corte en el cuello– como homenaje a Walter Vargas, pero lo descarta al pensar en lo engorroso del trabajo. Lo último que necesita es mancharse de sangre y que alguien lo reconozca por la calle.

Mientras buscaba un lugar donde vivir, a Gonzalo le pareció divertido alojarse en el mismo hotel en el que abofeteó a su mujer justo antes de matarlos a ella y a su amante. Todavía no le ha dado tiempo ni de quitarse la chaqueta cuando alguien llama a la puerta. Va a abrir distraído, creyendo que se trata de los del servicio de habitaciones, pero se sorprende al ver en el pasillo a la inspectora Ramos y a los subinspectores Iván Moreno y María Ortega.

–Inspectora Ramos... ¿En qué puedo ayudarla?

–¿Podemos pasar, señor Fonseca?

Gonzalo duda, pero decide franquearles el paso con una sonrisa.

–Faltaría más. Todavía no me ha dado tiempo de agradecerle lo que...

–Sabemos que lo hizo usted –lo interrumpe la inspectora.

–Hacer ¿qué?

–Matar a su mujer.

Gonzalo Fonseca siente que se le eriza el vello de todo el cuerpo, mientras intenta adivinar cómo han podido descubrirlo. Luego sonríe, esforzándose por mantener la calma.

–Supongo que es una broma.

–¿Le parece que tenemos cara de cachondeo? –pregunta Moreno.

No, no se lo parece.

–¿Se puede saber cómo han llegado a esa conclusión tan absurda?

—Hasta hoy mismo pensábamos que Antonio Figueroa había muerto seis días después que su esposa, cuando usted ya estaba detenido. Pero resulta que su accidente se produjo solo un par de horas antes del asesinato de Andrea.

—No entiendo adónde quiere ir a parar, inspectora.

—Eran amantes, ¿verdad? Usted los descubrió en este mismo hotel y por eso la abofeteó. Noelia Sampedro fue testigo de ello. Después siguió a Antonio Figueroa, provocó su accidente, regresó a Madrid y acuchilló a su mujer.

Gonzalo Fonseca la mira en silencio. Si no fuera porque su futuro está en juego, la felicitaría por ser tan perspicaz. Sin embargo, niega con la cabeza.

—Reconozco que, como teoría, es muy buena. Pero lamento decirle que es falsa. Según un informe redactado por su propio equipo y que me ha hecho llegar mi abogado, a Andrea la mandó matar su jefe porque pretendía hacer público un hallazgo arqueológico que podría haber dado al traste con la obra del campo de golf.

—Tenemos pruebas —dice Moreno.

Gonzalo mira al subinspector tan sorprendido como la inspectora Ramos y la subinspectora Ortega. Ellas saben mejor que nadie que se está tirando un farol.

—¿Qué pruebas? —pregunta Fonseca, contenido.

—La grabación de la cámara de seguridad de un hotel que hay en la carretera de El Escorial. Ahora mismo están analizando las imágenes en comisaría, pero ya nos han adelantado que el día del accidente se ve pasar la moto de Antonio Figueroa y su coche unos segundos después.

Si Gonzalo Fonseca hubiese logrado mantener la cabeza fría, se habría dado cuenta de que ningún hotel guardaría las grabaciones de una noche cualquiera de hace más de un año, pero lo cierto es que han descrito con exactitud lo que pasó aquella en concreto. Sonríe, como si fuera a seguir insistiendo en su inocencia, pero en cambio se saca la pistola de la cintura y encañona a la inspectora Ramos.

El disparo retumba en toda la habitación e Indira nota el sabor de la sangre en su boca, presintiendo que está viviendo sus últimos momentos. Pero al mirar hacia un lado ve que la pistola de Iván humea en su mano y, al mirar hacia el otro, descubre que la mitad de la cabeza de Gonzalo Fonseca ha desaparecido. Solo entonces se da cuenta de que no es ella la muerta y de que Moreno acaba de pagar su deuda.

A la inspectora Indira Ramos se le revuelve el estómago y vomita en medio de la habitación.

88

Admitir que se tiene una adicción es difícil para cualquiera, y más para un policía que persigue desde hace años a quienes venden la droga que ahora está acabando con él. El agente Daniel Rubio se daba alguna fiesta de vez en cuando, pero desde que fue inhabilitado por la denuncia de la inspectora Ramos, todo ha ido de mal en peor: empezó bebiendo para intentar atajar su frustración, después pasó de fumar un porro de vez en cuando a hacerlo a todas horas, tratando infructuosamente de evadirse de la realidad, más tarde le dio por la coca, lo que aumentó su rabia y sus ansias de venganza, y por último, cuando asumió que su carrera había terminado para siempre, probó la heroína por primera vez y descubrió que era lo único que le aliviaba.

El subinspector Moreno pulsa el timbre. A la tercera vez sin respuesta pega la oreja a la puerta esperando oír a su amigo moverse en el interior. Él no lo sabe, pero hace ya dos horas que el expolicía se marchó de su piso. Prueba llamándole al móvil y salta el contestador. Iván no es de los que suele tener presentimientos, pero esta vez es distinto, hasta nota que se le acelera el pulso cuando piensa que ha tardado demasiado en presentarse allí para obligarlo a aceptar su ayuda.

El camello al que Daniel suele llamar ha sido detenido en una redada en Vallecas. Cuando se entera, maldice a sus excompañeros por hacer bien su trabajo. Por una parte, le da rabia comprobar que no era tan imprescindible en su unidad y que los camellos siguen cayendo a pesar de que él no esté. Por la otra, le hace darse de bruces con la realidad y comprender que su enganche ha dejado de ser una posibilidad remota. Antes de dejar su casa había decidido darse un último chute y empezar a salir de ese infierno, incluso se había pasado un par de horas buscando en internet la mejor clínica de desintoxicación. El problema es que tenía que ir a comprar ese chute en persona. Aunque alguien que lleva toda la vida moviéndose por esos ambientes sabe bien dónde buscar.

El telefonillo del portal ha sido arrancado de cuajo, al igual que la cerradura de una puerta de metal que ha debido de conocer tiempos mejores. Según le contaron la primera vez que fue a hacer una redada allí, en ese edificio tenía un piso un importante banquero donde solía alojar a jóvenes modelos y actrices que ahora protagonizan series de televisión. Pero todo aquel glamour quedó atrás cuando la crisis económica obligó a despedir al portero y acto seguido entraron unos traficantes en el tercero. El inmueble, que antes era la envidia del vecindario por los relieves de su fachada y las barandillas de hierro forjado, se convirtió de la noche a la mañana en el punto negro de un barrio que llevaba mucho tiempo tratando de mantener a raya la delincuencia.

En cuanto entra en el portal, Daniel ve a un yonqui sentado en las escaleras con la cabeza entre las piernas. Ha dejado atrás la primera (y cada vez más breve) sensación placentera del chute para sumergirse en un letargo que solo se le pasará cuando el cuerpo le exija una nueva dosis. Daniel mira hacia arriba y se da cuenta de que allí al infierno se sube, no se baja.

Atraviesa un pasillo lleno de basura y llama con los nudillos a la puerta del narcopiso. Al vigía le basta con mirarle a los ojos para saber que, aunque no lo haya visto en su vida, será un buen cliente. Le hacen pasar a una sucia habitación donde varios yonquis más esperan la mercancía que un camello acaba de traer oculta en la suela de sus zapatos. Como si estuvieran en la cola de la pescadería, uno de ellos le pregunta a otro que qué tal es allí el género.

–Eso depende de quien lo corte. Si lo pilla la Ana, se tira más el rollo.

Alguien se fija en Daniel, ve la posibilidad de cambiar información por una micra de heroína y sale a hurtadillas de la habitación. A los pocos minutos, entran dos traficantes con muy mala pinta y echan a todos los yonquis de allí. A todos, menos a uno.

–¿Nos conocemos?

Daniel le mira y siente que su vida llega a su fin. Claro que lo conoce. No solo lo detuvo hace tres o cuatro años, sino que le pegó una patada en los riñones cuando ya le tenía esposado en el suelo porque el camello no dejaba de amenazarle. Ya estaba acostumbrado al mal perder de los delincuentes y su mirada de odio no le quitó el sueño ni una sola noche. Claro que entonces no sabía que algún día estaría a su merced, desarmado y sin ningún compañero que fuera a cubrirle las espaldas.

–No.

–¿No? ¿Estás seguro de que tú no eres poli?

–Creo que te confundes, amigo.

El otro traficante le da un puñetazo, le quita la cartera y se la tiende a su compañero. Este la abre y rebusca en ella hasta encontrar una foto en la que aparece junto al subinspector Iván Moreno, ambos vestidos de uniforme.

–Te equivocas en dos cosas, agente Rubio –dice con una sonrisa vengativa–: Yo nunca me confundo, y ni mucho menos soy tu amigo.

89

La inspectora Ramos entra en la farmacia de su barrio, esa que prometió a grito pelado no volver a pisar cuando le dijeron que ya no podían venderle ibuprofeno y paracetamol sin la correspondiente receta médica. Si por ella fuera iría a otra que está varias calles más allá y donde son bastante menos estrictos, pero se encuentra tan mal después de lo vivido en el hotel con Gonzalo Fonseca que hoy le toca tragarse el orgullo. Su intención es pedir lo que necesita y largarse cuanto antes, pero mientras aguarda su turno en la cola, no puede evitar meterse en la conversación que la farmacéutica mantiene con una anciana.

–Disculpen... ¿a qué virus se refieren?

La farmacéutica esboza una sonrisa cargada de suficiencia que viene a significar un: «Ya sabía que volverías con el rabo entre las piernas, bonita».

–Vaya, vaya, inspectora. Cuánto tiempo sin verla. Creíamos que se había mudado de casa.

–No. Sigo viviendo donde siempre. ¿A qué virus se referían? –insiste.

–A uno que viene de Oriente. Dicen que debemos prepararnos porque muy pronto dará el salto a Europa.

–¿Dónde ha oído eso? –pregunta Indira, muy asustada.

–Soy farmacéutica y nosotras solemos enterarnos de estas cosas antes que nadie, inspectora –responde resabiada–. Pero para su información, en la radio ya están hablando de ello desde hace varios días.

–Yo lo que he oído –interviene la clienta– es que un murciélago ha mordido a un chino en un supermercado.

–¿Cómo? –Indira mira a la anciana, aturdida.

–Lo que quiere decir –traduce la farmacéutica– es que allí se comen a esos bichos y por lo visto uno estaba contaminado y le pasó el virus a una persona.

–Pero eso es peligrosísimo, oigan. –Indira abre los ojos, acongojada–. Los científicos llevan años advirtiendo de que algunos virus podrían saltar de las aves y los mamíferos a los seres humanos.

–Pues parece ser que ya lo han hecho... –La farmacéutica disfruta metiéndole el miedo en el cuerpo. Cuando entra otra clienta, apremia a la inspectora–. ¿Me dice de una vez qué necesita?

–Algo para el malestar. –Indira trata de centrarse.

–Ni soy adivina ni médico, así que deberá afinar un poquito más –responde la farmacéutica sin perder su cínica sonrisa.

–Creo que estoy incubando algo.

–¿No será otra de sus manías? –pregunta con muy mala baba disfrazada de inocencia.

–Pues no. Me paso la mitad del día mareada, vomito sin venir a cuento, tengo estreñimiento, pero en cambio orino más a menudo de lo habitual, estoy como fatigada desde por la mañana y sufro una especie de calambres en el vientre. Ah, y también siento los pechos hinchados y muy sensibles.

La farmacéutica y la anciana la miran en silencio, ambas enarcando una ceja con cara de circunstancias.

–¿Qué? –se extraña Indira.

Indira entra en el baño de su casa con cara de susto. Saca a toda prisa las instrucciones de la cajita que le ha vendido la farmacéutica y, cuando encuentra lo que busca, lee en voz alta:

–«Coloque la punta absorbente hacia abajo en el flujo de la orina durante cinco segundos, procurando que el resto de la varilla de la prueba de embarazo digital no se moje. Vuelva a poner la tapa y coloque la prueba en posición horizontal en una superficie seca. Transcurridos tres minutos, aparecerá en la pantalla el resultado final».

La inspectora sigue escrupulosamente las instrucciones y pasa los tres minutos de rigor observando el relojito de arena dando vueltas en una pantalla. Esos ciento ochenta segundos se convierten en la espera más larga de su vida, más larga aún que el tiempo que pasó aguardando a que la rescataran de aquella fosa séptica cinco años atrás. Cuando el reloj se retira y en su lugar aparece una única palabra, Indira palidece.

–Mierda...